大智 48

紅樓夢

白話本

原著◎曹雪芹、高鶚

改寫◎金凡平

上

高寶書版集團

大智系列48

白話本紅樓夢 【上】

原　　著：（清）曹雪芹、高鶚
改　　寫：金凡平
總 編 輯：林秀禎
編　　輯：李慧敏
插　　圖：趙成偉　等
出 版 者：英屬維京群島商高寶國際有限公司台灣分公司
　　　　　Global Group Holdings, Ltd.
地　　址：台北市內湖區洲子街88號3樓
網　　址：gobooks.com.tw
電　　話：(02) 27992788
E-mail：readers@gobooks.com.tw（讀者服務部）
　　　　　pr@gobooks.com.tw（公關諮詢部）
電　　傳：出版部 (02) 27990909　行銷部（02）27993088
郵政劃撥：19394552
戶　　名：英屬維京群島商高寶國際有限公司台灣分公司
發　　行：希代多媒體書版股份有限公司/Printed in Taiwan
初版日期：2007 年 12 月
原出版人：中國少年兒童新聞出版總社(中國少年兒童出版社)

國家圖書館出版品預行編目資料

> 白話本紅樓夢 【上】／（清）曹雪芹、高鶚原著；金凡
> 平改寫. --初版. -- 臺北市：高寶國際出版；希代多媒體
> 發行，2007. 12
> 　　冊；公分. --（大智系列；BI048）
>
> 　　ISBN 978-986-185-111-2(上冊；平裝)
>
> 857. 49　　　　　　　　　　　　　　　96019583

目錄【上】

目錄【上】

甄士隱手倦拋書，忽夢「通靈寶玉」。

賈母、黛玉，與眾家姐妹。

寶玉之父，賈政。

自小極受寵愛、嬌養憨頑的賈寶玉。

纖細感性的林黛玉，棄殘紅悲吟葬花詞。

王熙鳳酒後氣極，發怒撒潑。

劉姥姥初進榮國府，鮮事不斷。

賈元春回府省親，龍旌鳳翼、富貴風流。

瀟湘子奪魁菊花詩。

翠縷偶然拾得寶玉的金麒麟。

含辱投井的金釧兒。

白雪詠紅梅，不雨亦瀟瀟。

第一回 甄士隱夢幻識通靈 賈雨村夤緣逐宦海

大荒山，無稽崖，青埂峰下。

一塊被丟棄的石頭終日只在此山四處遊蕩。那石頭環視渺渺茫茫天地洪荒，返思自己空空落落形影相弔，遊蕩之餘復生寂寞，哪堪更憶及當日……

當日女媧氏補天之時，就在這大荒山無稽崖青埂峰下，煉就了三萬六千五百零一塊頑石，用了三萬六千五百塊，單剩了一塊未用。誰知這石頭自經鍛煉之後，通了靈性，見眾石俱以補天，唯自己無才單被遺落，不免日夜慚愧自怨自艾。

一日，那石頭正自悲悼之際，偶有一僧一道談笑而來。卻聽他們說到紅塵世界無限繁華風流，石頭不由一聲長歎。二仙師連忙回頭，卻空無一人，只見一塊狼犺大的頑石，不料那石頭開口言道：「弟子雖然是蠢物，但聽大師談及紅塵繁華，怦然心動，不知大師可否攜帶弟子去那富貴場中、溫柔鄉裡享受幾年？」二仙師聽了，齊聲憨笑道：「善哉善哉！紅塵中卻是有些樂事，但不能永久，瞬息間便又樂極悲生，終究是到頭一夢。哪有你現在這等天不拘地不羈的好處？」可石頭哪裡聽得進去？二仙師又相顧一歎道：「也好，我們便攜帶你去，只是到不得意的時候切莫後悔。」於是把它幻為扇墜大小的一塊美玉，袖了飄然而去。

又不知過了幾世幾劫，有一個空空道人從這大荒山無稽崖青埂峰下經過，忽見一塊大石

上字跡分明，編述歷歷。上面寫著自己無才補天，幻形入世，一番經歷，一場夢幻。石頭

自道：雖為家庭瑣事，卻也自有盛衰悲歡，其中更有幾個異樣女子，或情或痴，或小才微

善……空空道人從頭細細看了，不覺動了傳奇之心，便抄錄了自下山去了。

不說空空道人從此自空見色，因色悟空。但見作者自題一絕云：

都云作者痴，誰解其中味？

滿紙荒唐言，一把辛酸淚。

當日姑蘇閶門，是紅塵中一二等風流富貴之處。閶門外十裡街仁清巷葫蘆廟旁住著一個

鄉宦，名甄士隱，平日只是觀花修竹、酌酒吟詩，神仙一流的人物。

一日，烈日炎炎，芭蕉冉冉，甄士隱手倦拋書，靠在榻上漸漸兩眼迷離起來。

忽見遠遠來了一僧一道。只聽那道人道：「你攜了這蠢物，想要帶去哪裡？」那僧笑

道：「你放心，如今正有一段風流公案要了結，趁此機會，就將這蠢物夾帶其中，使他去經

歷經歷。」那道人道：「難道近日風流冤孽又要下凡去不成？但不知落於何方何處？」那僧

笑道：「說來好笑，只因西方靈河岸上三生石畔，有絳珠草一株，隨風搖曳，長得甚是婀娜

可愛。當時赤瑕宮神瑛侍者路過，不覺動了愛憐之心，便天天以甘露澆灌。那絳珠既已受天

地精華，又得甘露澆灌，便久延歲月，幻為女兒之形，餓則食蜜青果，

渴則飲灌愁水。因每每思及受神瑛甘露的恩惠無以回報，終日游於離恨天外，

意。近日聽說神瑛下凡，她便對警幻仙子說：『他既下世為人，我也陪他走一趟，但把我一

生所有眼淚還他，也償得過他甘露之惠了。』因此就勾出了多少風流冤家來，要隨同他們一

起下凡歷劫去了結此案。」

甄士隱一一聽得明白，只不知「蠢物」是什麼，便上前問道：「自古至今，從未聽說有

還淚一說！不知大師能否細細說給我，開我愚頑？」

二仙看過他一眼，笑道：「這可不能了。只到那時不要忘了我二人，便可跳出火坑

了。」士隱不便再問，便笑道：「但剛才所說『蠢物』，我可以一見嗎？」那僧道：「若是

此物，倒有一面之緣。」

士隱接過一看，卻是鮮明瑩潔的一塊美玉，上面鐫著「通靈寶玉」四字，背面還有幾行

小字。士隱正想細看，那僧便說已到幻境，從他手中奪了去，與道人路過了一座大石牌坊。

士隱也跟了來，見那牌坊上寫著「太虛幻境」，兩邊又有一副對聯：

假作真時真亦假，無為有處有還無。

士隱還想再跟進去，忽聽一聲霹靂，如山崩地陷，不由大叫一聲，卻是一夢醒來。只見烈日炎炎，芭蕉冉冉，夢中之事已忘了大半。又見奶媽正抱了英蓮過來，士隱見女兒生得更加粉妝玉琢，便接來抱在懷裡，帶到門前街上看了會兒熱鬧。剛想回去，那邊卻來了一僧一道，那僧癩頭跣腳，那道跛腳蓬頭，瘋瘋癲癲。一見士隱，那僧便大哭起來：「施主，你把那有命無運的東西抱在懷裡幹什麼，捨給我吧，捨給我吧！」士隱知是瘋話，也不理他。那道人卻又指著他大笑，唸了幾句詩，士隱只聽見是什麼「嬌生慣養笑你痴」、「菱花空對雪漸漸」，又是什麼「佳節元宵」、「煙消火滅」的，也不解何意。心下猶疑，正想上去問他，卻聽那道人對僧人道：「你我不必同行，三劫後，我在北邙山等你，會齊了同往太虛幻境銷號。」

士隱一聽「太虛幻境」四個字，便只怔怔地想著，彷彿剛才夢裡見過的，但又恍惚得很。等他回過神來，那僧道已不見蹤影了。正想轉身回去，卻見賈雨村從隔壁葫蘆廟裡走了出來，士隱便與他攀談了一回。

這賈雨村，字時飛，是寄居廟內賣文為生的一個窮儒。次日正當中秋，賈雨村見皓月當空，因想到自己困居此地，不禁感慨上來，便對天長歎：「玉在櫝中求善價，釵於奩內待時飛。」正浩歎間，見士隱步月而來，邀他到書房小飲閒談。雨村原是不拘小節之人，便不推辭。兩人傳杯換盞，漸漸酒酣興濃，便說到進京求取功名一事，雨村不禁感慨行囊路費一概

不知所出。士隱不待說完，便道：「何不早言？因兄並未談及，我也不敢唐突。」當下便讓小童快去封了五十兩白銀，和兩套冬衣相贈。雨村不過略謝一語，仍是吃酒談笑。第二天，只給葫蘆廟的僧人留了話代為致意，便起早上京去了。

轉眼便是元宵佳節，士隱家人霍啟抱英蓮去看社火花燈。看了一會兒，霍啟因要小便，便把英蓮放在一家門檻上坐著，等回來時，卻已不見了英蓮的蹤影。直尋到天明還不見，又不敢回去見主人，便逃往他鄉去了。

士隱夫失了女兒，百般尋覓不見，夫妻倆日夜悲泣成疾。不想兩個月後，因葫蘆廟和尚炸供不小心起了火，接二連三，把一條街燒得如火焰山一般。甄家就在隔壁，早已燒成一片瓦礫場了，士隱只得帶著妻子和兩個丫鬟投奔岳父去。岳父見他們如此狼狽，心裡便有些不樂。知他不會圖算，便半哄半騙地將他變賣田莊的銀子賺了大半去，只給他些薄田破屋，又時常在人前人後怨他不會過活。士隱此時貧病交集，後悔莫及。

一日，士隱拄著拐杖到街上散散心，忽見前面來了一個跛腳道士。士隱驀然想起以前也是見過的，那道士曾瘋瘋癲癲地說過什麼「元宵佳節」、「煙消火滅」的，當時並不解何意，只是如今一想似乎大有深意。這一想，心裡忽有所悟。又見這道士依舊一副瘋癲落拓的樣子，口中又在哼著什麼，士隱仔細聽了，卻道是：

世人都曉神仙好，唯有功名忘不了！

古來將相今何在？荒塚一堆草沒了。

世人都曉神仙好，只有金銀忘不了！

終朝只恨聚無多，及到多時眼閉了。

世人都曉神仙好，只有嬌妻忘不了！

君生日日說恩情，君死又隨人去了。

世人都曉神仙好，只有兒孫忘不了！

痴心父母古來多，孝順子孫誰見了？

士隱便笑著迎上來道：「你滿口說的是什麼？只聽見些『好』『了』、『好』『了』的。」道人笑道：「你若果真聽到『好』『了』二字，還算你明白。可知世上萬般，好便是了，了便是好。若不了，便不好；若要好，須是了。我這歌兒便叫《好了歌》。」士隱一聽，心下豁然，便道：「且住，我將你的《好了歌》註解出來如何？」道人笑道：「你解，你解。」士隱便笑著說道：「陋室空堂，當年笏滿床；衰草枯楊，曾為歌舞場……」那道人先是一邊聽著一邊點頭微笑，後聽到「亂哄哄你方唱罷我登場，反認他鄉是故鄉。甚荒唐，到頭來都是為他人做嫁衣裳」，便拍掌大笑：「解得好，解得好！」士隱便說了聲「走

吧！」將道人肩上褡褳搶了過來背著，竟同了瘋道人飄飄而去。

雨村自那天上京，不想科場十分得意，授了官。一日出任到了舊地，無意中聽到士隱的

事，不免欷歔一番。不久又升了知府，雖然才幹優長，卻不免有貪酷之弊，不到一年，便

被革了職。雨村心中也十分慚恨，但面上並無一點怨色，仍然嬉笑自若，擔風袖月，遊覽天

下。

一日到了維揚地面，正想到村肆中沽飲三杯，以助野興。剛進門，座上一人起身大笑著

接了出來道：「奇遇，奇遇。」雨村忙看時，卻是舊日相識冷子興，兩人便一同坐下閒談漫

飲。

雨村問道：「近日都中可有新聞沒有？」子興說：「倒沒有什麼新聞，只是老先生你貴

同宗，出了件小小的異事。」雨村忙問是誰家。子興道：「榮國府賈府中，可是沒有玷汙

你吧。」雨村笑道：「原來是他家，若論起來我們還是同譜，只是他家那等榮耀，我們也不

便攀扯，一向便生疏難認了。我倒也聽說了這政老爹的長女因賢孝才德，選入宮中做了女

史。」子興道：「這也罷了，我說的異事，就出在她兄弟寶玉身上。那寶玉說來也奇，一落

胎胞，嘴裡就銜了一塊五彩晶瑩的玉來，玉上還有許多字跡。你道是新奇異事不是？」

雨村笑道：「果然奇異，我也多年前隱約聽說了，只怕這人來歷不小。難道現在又有了

什麼新聞不成？」子興便道：「當時萬人都這麼說，因此他祖母便愛如珍寶。那年周歲時，

政老爹要試他將來志向，便將世上所有之物擺了無數，讓他抓取。誰知他伸手只把那些脂粉釵環抓來把玩，政老爹心中便大不喜悅，說：『將來不過是酒色之徒而已！』只有那老太君還當他是命根一樣。說來更奇，如今長到七、八歲，雖然淘氣異常，但聰明乖覺之處，一百個不及他一個。說起話來也奇怪，他說：『女兒是水做的骨肉，男人是泥做的骨肉。我見了女兒，我便清爽；見了男子，便覺濁臭逼人。』你說好不好笑？將來是色鬼無疑了！」雨村忙止住他道：「錯了！可惜你們不知道這人來歷。大概政老前輩也錯以淫魔色鬼來看待了。」

子興便說：「誰說不是呢！」雨村飲了一口，接著說道：「你還不知，我這兩年遍遊各省，也曾遇見兩個異樣孩子。不用說別的地方，只金陵城內，欽差金陵省體仁院總裁甄家，你可知道？」子興道：「誰人不知！這甄府和賈府本是多年親戚，又是世交。兩家來往，極其親熱的。便是在下也和他家來往不止一日了。」

雨村笑道：「去年有人推薦我到甄府坐館。但這一個學生，雖然是啟蒙，卻比一個舉業的還勞神。說起話來更可笑，他說：『必得兩個女兒伴著我讀書，我才能認得字，心裡也明白；不然我就心裡糊塗。』又常說：『這女兒二字，極尊貴、極清淨的，比那阿彌陀佛、元始天尊寶號還更尊榮無比的呢！你們這濁口臭舌，萬萬不可唐突了這兩個字。若要說時，必須先用清水香茶漱了口才可。』」

子興不禁大笑道：「倒與賈寶玉是一對的了。」

雨村也笑道：「所以你方才一說這寶玉，我就猜著了八、九成也是這一派人物。雖然頑劣憨痴，種種異常，只一見了那些女兒們，那溫厚和平聰明文雅，竟像又變了一個人。他父親也曾狠狠打過幾次，到底也不改。每次打得疼不過時，便『姐姐』、『妹妹』亂叫起來。姐妹們就拿他取笑：『難道是求姐妹去說情討饒？你豈不慚愧？』他回答得最妙：『我想急疼之時，只叫姐姐妹妹，或者可解疼也未可知，叫了一聲，果然便覺得不疼了。因此得了祕法，連叫姐姐妹妹起來了。』」

子興笑道：「也是好笑。」雨村道：「也是因祖母溺愛，每因孫而責子辱師，因此我就辭了館出來。如今在這巡鹽御史林家坐館了。」子興便道：「那就更巧了，你現在東家林公的夫人，便是榮國府賈赦、賈政二公的胞妹。」雨村拍案笑道：「怪不得這女學生言語舉止另是一樣，想是她母親不凡，才有這樣的女兒，既是榮府的外孫女，又不足為奇，可惜她母親上月竟亡故了。」那冷子興聽了也不免一歎，「罷了罷了，只管算別人家的帳，你也喝一杯酒才好。」雨村笑道：「正是，只顧說話，竟多喝了一杯。」

忽聽後面有人叫道：「雨村兄，恭喜了！特來報個喜訊的。」雨村忙回頭看時，見是當日一同被革職的張如圭。便邀了同坐，說起來，原來是打聽到京都中有起復舊官員的音訊，因此張如圭四下找門路來的。一時他走後，冷子興連忙獻計，叫雨村通過東家林如海，致意

他內兄賈政從中周旋，無有不妥的。雨村回去後依言而行，林如海也並無推托，便一口答應了下來，並說道：「因都中岳母思念小女無人依傍教育，前幾日已派人來接，尊兄就一同前往，豈不兩下方便？」雨村一一聽命，心中十分得意。

第二回　外孫女投奔外祖母　葫蘆僧亂判葫蘆案

那日黛玉灑淚拜別了父親，登舟而行。賈雨村另有一艘船，依附於後。黛玉常聽母親說，她外祖母家與別人不同。她近日所見幾個三等僕婦，吃穿用度，已是不凡了，何況今至其家。黛玉心想此後不比在家，定要步步留心，時時在意，不可多說一句話，多走一步路，唯恐被他人恥笑。非止一時，泊船靠岸，抵達都中，早有榮國府打發了車轎在岸邊久候。

黛玉上了轎，進入城中，又行了半日，見街北蹲著兩個大石獅子，三間獸頭大門，門前列坐著十來個華冠麗服的人，正門匾上寫著「敕造寧國府」五個大字。黛玉心想，這必是外祖的長房了。不多遠，又是三間一樣的大門，這才是榮國府。正門卻不開，只進西邊角門。那轎夫抬進去，將要轉彎時，便歇下退出去。另外換了三、四個衣帽周全，十七、八歲的小廝上來，又抬起轎子。後面的婆子們都已下了轎，趕上前來，在旁邊圍隨著，到一垂花門前落下。眾小廝便退下，眾婆子上來打起轎簾，扶黛玉下轎。黛玉扶著婆子的手，進了垂花門，轉過大插屏，是小小的三間廳，後面方是正房大院。進入大院，正面五間上房，雕樑畫棟，兩邊是遊廊廂房。一見黛玉來了，臺階上坐著的丫鬟連忙笑迎了上來，說：「剛才老太太還唸著呢。」三、四人爭著打起簾櫳，一面聽見有人回話：「林姑娘到了。」

剛進房，便見兩個人攙著鬢髮如銀的老祖母迎上來。黛玉正要拜見時，早被她外祖母摟入懷中，心肝兒肉叫著大哭起來。黛玉也哭個不停。一時拜見了，賈母道：「我這些兒女，所疼的只有妳母親，今日卻先捨我而去。」說著又嗚咽起來。眾人慢慢勸解方止住了，賈母又一一介紹給黛玉：「這是妳大舅母；這是妳二舅母；這是妳先珠大哥的媳婦珠大嫂子。」

黛玉也一一拜見了。賈母又說：「請姑娘們來。今日遠客剛到，不必上學了。」

不一時，見三個奶媽和五、六個丫鬟，簇擁著三個姐妹來了。三人一樣打扮穿著，但神采各異。一個溫柔沉默，一個顧盼神飛，一個年紀尚小。黛玉忙上前見禮，互相招呼過，才知是大舅舅賈赦之女迎春、二舅舅賈政之女探春，和寧國府賈珍的胞妹惜春。

眾人見黛玉舉止言談不俗，雖怯弱不勝，卻有一股自然的風流韻致。又知她有不足之症，便問常服何藥，黛玉道：「我一向如此，從會吃飲食時便吃藥，請了多少名醫總不見效。三歲時，聽說來了一個癩頭和尚，要化我出家，我父母自是不肯。他便又說：『既捨不得她，只怕她的病一生也不會好了。若要好時，除非從此總不許聽見哭聲，除父母之外，一概外人不見，方可平安了此一生。』瘋瘋癲癲，說了些荒誕不經之談，也沒人理他。如今還是吃人參養榮丸。」賈母道：「正好，我這裡正配藥丸呢。叫他們多配一料就是了。」

一語未了，只聽後院中有人笑聲，說：「我來遲了，不曾迎接遠客！」黛玉納悶道：「這些人個個斂聲屏氣，是誰這樣放誕無禮？」正想著，只見一群媳婦丫鬟圍擁著一個人

從後房門進來，彩繡輝煌，恍若神妃仙子，賈母笑道：「妳不認得她，她是我們這裡有名的一個潑皮破落戶，南省俗謂『辣子』，妳只管叫她『鳳辣子』就是了。」眾姐妹連忙告訴她：「這是璉嫂子。」黛玉忙賠笑見禮。也曾聽母親說過，大舅賈赦之子賈璉，娶的就是二舅母王夫人的內侄女，學名王熙鳳，如今只在二舅家幫著料理家事。言語爽利、心機深細，竟是男人也萬不及一。如今一見，果然與人自有不同。

王熙鳳攜著黛玉的手，上下細細打量了一回，仍送回賈母身邊坐下，笑道：「天下真有這樣標緻的人物，我今兒才算見了！況且這通身的氣派，竟不像老祖宗的外孫女，倒是個嫡親的孫女，怨不得老祖宗天天口頭心頭一時不忘。只可憐我這妹妹這樣命苦，怎麼姑媽偏就去世了！」說著，便用手帕拭淚。賈母笑道：「我才好了，妳倒來招惹我。況妳妹妹遠路才來，身子又弱，也才勸住了。」不等說完，王熙鳳忙轉悲為喜道：「正是呢！我一見了妹妹，一心都在她身上了，又是喜歡，又是傷心，竟忘記了老祖宗。該打，該打！」又忙攜黛玉的手問：「妹妹幾歲了？可也上過學？現吃什麼藥？在這裡不要想家，想要什麼吃的、玩的，只管告訴我；丫頭、老婆子們不好，也只管告訴我。」一面又問婆子們：「林姑娘的行李東西可搬進來了？帶了幾個人來？妳們儘快打掃兩間下房，讓她們去歇歇。」

說話時，已擺了茶果上來。王熙鳳親為奉茶捧果，又見二舅母問她：「月錢放過了不曾？」王熙鳳道：「月錢已放完了。剛才帶著人到後樓上找緞子，找了大半日，也並沒見昨

日太太所說的那樣，想必是太太記錯了？」王夫人道：「有沒有，又有什麼要緊。」又說道：「該隨手拿出兩個來給妳這妹妹去裁衣服的。」王熙鳳道：「這倒是我先料到了，知道妹妹不過這兩日便到的，我已預備下了，等太太回去過了目好送來。」王夫人一笑，點頭不語。

當下茶果已撤，賈母命兩個老嬤嬤帶了黛玉去見兩個母舅。邢夫人忙起身，笑回道：

「我順道帶了外甥女過去吧。」

出了垂花門，早有小廝們拉過一輛翠幄青綢車，邢夫人攜了黛玉，坐在上面。黛玉忖度這房屋院宇，想是從榮府中花園隔斷過來，正房廂廡遊廊，小巧別致，不似方才那邊軒峻壯麗，且隨處是樹木山石點綴。

邢夫人攙著黛玉的手，進入正室，一面命人到書房去請賈赦。一時人來回話說：「老爺說了：『連日身子不好，見了姑娘彼此傷心，暫且不忍相見。勸姑娘不要傷心想家，跟著老太太和舅母，和家裡是一樣的，不要見外才是。』」黛玉忙站起來，一一聽了。再坐了一刻，說要去拜見二舅舅，便告辭了。邢夫人苦留不住，就令兩三個嬤嬤用方才的車送姑娘過去。又囑咐了眾人幾句，眼看著車去了才回來。

眾嬤嬤引著黛玉進了榮府儀門內大院落，見正面五間大正房，兩邊廂房耳房，四通八達，軒昂壯麗，比賈母處又不同。王夫人卻在正室東邊的耳房內，正坐在炕上，見黛玉來

30

了，便攜她挨著自己一邊坐了，說道：「妳舅舅今日齋戒去了，以後再見吧。只是有一句話囑咐妳：妳三個姐妹倒都極好，以後在一處，讀書玩笑也都要禮讓。但我最不放心的是：我有一個孽根禍胎，是家裡的『混世魔王』。今日因去廟裡還願，還沒回來，晚間妳看見便知道了。妳以後不要睬他，妳這些姐妹都不敢沾惹他的。」

黛玉因常聽母親說起，有個表兄，銜玉而生，頑劣異常，極厭惡讀書，最喜在女兒堆裡廝混；外祖母又極疼愛，無人敢管。故一聽便知是他了，忙賠笑道：「舅母說的，可是銜玉所生的這位哥哥？我也曾聽母親常說，這位哥哥比我大一歲，小名就叫寶玉，雖極憨頑，說在姐妹情中極好的。況且我來了，自然只和姐妹在一處，兄弟們是別院另室的，豈得去沾惹之理？」王夫人笑道：「妳不知道緣故。他與別人不同，自幼因老太太疼愛，原本就與姐妹們一處嬌養慣了的。若不理他，他倒還安靜些；若和他多說一句話，他心裡一樂，便生出多少事來，所以囑咐妳別睬他。他嘴裡一時甜言蜜語，一時有天無日，一時又瘋瘋傻傻，只不要信他。」黛玉一一答應著。

只見一個丫鬟來回：「老太太那裡傳晚飯了。」王夫人忙攜了黛玉去賈母處。

一時飯畢，賈母便說：「你們去吧，讓我們自在說話兒。」王夫人聽了，忙起身，又說了兩句閒話，方引王熙鳳、李紈二人去了。賈母便問黛玉念何書，黛玉道：「剛念了《四書》」。黛玉又問姐妹們讀何書，賈母道：「讀的什麼書，不過是認得兩個字，不是睜眼的

31

瞎子罷了！」

正說著，只聽外面一陣腳步響，丫鬟進來笑道：「寶玉來了！」黛玉心中正疑惑著：

「這個寶玉，不知是怎麼樣個憊懶人物？」忽見已進來了一位年輕的公子，黛玉一見，便大

吃一驚：「好生奇怪，倒像在哪裡見過一般，何等眼熟！」只見這寶玉向賈母請了安，

賈母便命：「去見你娘來。」寶玉即轉身去了。一時回來，已換了冠帶衣服，項上掛著用五

色絲線繫著的一塊美玉。越顯得面如秋月，色如春曉，轉盼多情，語言常笑。

賈母笑道：「外客未見，就脫了衣裳，還不去見你妹妹！」寶玉早已看見多了一個姐

妹，便料定是林姑媽之女，忙來作揖。見畢歸坐，細看她，兩彎似蹙非蹙籠煙眉，一雙似笑

非笑含情目，嫻靜如嬌花照水，行動似弱柳扶風，不覺笑道：「這個妹妹我曾見過的。」賈

母笑道：「可又是胡說，你又何曾見過她？」寶玉笑道：「雖然未曾見過，但是我看著面

善，心裡像是舊相識一般，今日只作遠別重逢，也未為不可。」賈母笑道：「更好，更好，

若如此，便更相和睦了。」寶玉走近黛玉身邊坐下，又細細打量一番，問道：「妹妹尊名是

哪兩個字？」黛玉說了，寶玉又問表字，黛玉道：「無字。」寶玉笑道：「我送妹妹一字，

不如就叫『顰顰』二字極妙。」探春便問出自何處。寶玉道：「《古今人物通考》上說：

『西方有石名黛，可代畫眉之墨。』看林妹妹眉尖若蹙，取這二字，豈不兩妙！」探春笑

道：「只恐又是你的杜撰了。」寶玉笑道：「除《四書》外，杜撰的太多，難道只我是杜撰

的不成？」又問黛玉：「妹妹可也有玉沒有？」黛玉便想著因他有玉，所以問我，便答道：「我沒有那個。想來那玉是一件稀罕東西，豈能人人有的？」寶玉頓時發作起痴狂病來，摘下那玉，就狠命摔去，罵道：「什麼稀罕東西，連人的高低上下都不識，還說『通靈』不『通靈』呢！我也不要這勞什子了！」嚇得眾人一擁爭去拾玉，賈母急得摟了寶玉道：「孽障！你生氣，要打人罵人容易，何苦摔那命根子！」寶玉滿面淚痕道：「家裡姐姐妹妹都沒有，單我有，我說沒趣，如今來了這麼一個神仙似的妹妹也沒有，可知這不是個好東西。」賈母忙哄他道：「你這妹妹原來也是有的，因你姑媽去世時，捨不得你妹妹，就將她的玉帶了去了。因此她只說沒有這個，也是不便自己誇張的意思。你還不好生戴上，小心你娘知道。」說著，便向丫鬟手中接過玉來，親手替他戴上。寶玉聽說，想一想，也就罷了。

當下，奶娘來請問黛玉住哪裡，賈母說：「就將寶玉挪出來，和我在套間暖閣兒裡，把你林姑娘暫安置碧紗櫥裡。等過了殘冬，春天再給他們收拾房屋，另作安置吧。」寶玉道：「好祖宗，我在碧紗櫥外的床上很妥當，何必又出來鬧得老祖宗不得安靜。」賈母想了一想說：「也罷了。」便吩咐每人一個奶娘和一個丫頭照管，其餘在外間上夜聽喚。一面早有王熙鳳命人送了一頂藕合色花帳，和幾件錦被緞褥之類的用品。

賈母見黛玉帶來的兩個人，一個隨身小丫頭雪雁，一團孩子氣，一個奶娘王嬤嬤，又極老，料想都不太管用，便將自己身邊的二等丫頭紫鵑派給了黛玉。

到了這晚上，寶玉的丫頭襲人見裡面黛玉和紫鵑猶未安歇，便悄悄進來，笑問：「姑娘怎麼還不休息？」黛玉忙讓：「姐姐請坐。」紫鵑笑道：「林姑娘正在這裡傷心，自己淌眼抹淚地說：『今兒才來，就惹出妳家哥兒的狂病，若摔壞了那玉，豈不是因我之過！』我好容易勸好了。」襲人道，「姑娘快不要如此，將來只怕比這個更奇怪的笑話兒還有呢！要是為他這種行止，妳多心傷感，只怕妳傷感不完了呢。快別多心！」黛玉道：「姐姐們說的，我記著就是了。只是那玉到底是怎麼個來歷？聽說上面還有字跡？」襲人道：「連一家子也不知來歷，待我拿來妳看。」黛玉忙止道：「罷了，此刻夜深，明日再看也不遲。」

次日起來，省過賈母，便往王夫人處來，卻見王夫人與王熙鳳在一處拆金陵來的書信看，又有王夫人的兄嫂遣了兩個媳婦來說話的。黛玉雖不知什麼事，探春等卻都曉得是議論居於金陵的薛姨媽之子——姨表兄薛蟠，打死人命，在應天府案下審理一事。如今他母舅王子騰遣家內的人來轉達，想要喚薛蟠進京的意思。

這應天府府尹卻不是別人，正是賈雨村，那日同黛玉進京，得賈政一力周旋，補授了應天府之職。不想一下馬就遇上一件人命官司。

那原告道：「被毆死者是小人的主人馮淵。因那日買了一個丫頭，我家少爺原說第三天方是好日子，再接入門。不想那拐子又悄悄賣給了薛家，小主人去找賣主要人。薛家公子薛蟠竟遣還眾豪奴將我小主人活活打死了。小人告了一年的狀，竟無人做主。」

紅樓夢 上

雨村聽了大怒道：「豈有這樣的事！打死人命就這樣白白地走了，難道有捉拿不來的！」便要發簽立刻將兇犯族中人拿來拷問，卻見案邊站著的一個門子向他使眼色。雨村心下疑惑，只得停手，即時退堂，到了密室，只留門子一人侍候。

這門子忙上來請安，即說道：「老爺一向加官進祿，幾年來就忘了我了？」雨村道：「十分面善，只是一時想不起來了。」門子說：「老爺真是貴人多忘事，不記得當年葫蘆廟了？」雨村才回想起來。原來是葫蘆廟內一個小和尚，因燒了廟，便蓄發去當了門子。雨村忙道：「貧賤之交不可忘，原來是故人，還不坐下說話。」門子這才斜靠著坐了。

雨村便問剛才為何不讓發簽，門子道：「老爺難道就沒抄一份本省『護官符』來不成？」雨村忙問：「何為『護官符』？」門子道：「這還了得，連這個都不知，這官如何做得久遠！如今凡做地方官，都有一個私單，上面寫的都是本省最有權有勢、極富極貴的鄉紳名流。若觸犯了這樣的人家，不但官爵，只怕連性命也保不成呢！剛才這官司並無難斷之處，只是礙於情面，所以如此。」一面說著從腰間小袋裡取出一張抄錄的名單來，遞於雨村。雨村接過一看，只見上面寫著：

賈不假，白玉為堂金作馬。

阿房宮，三百里，住不下金陵一個史。

35

東海缺少白玉床，龍王來請金陵王。

豐年好大雪，珍珠如土金如鐵。

正想問時，忽聽有人來報：「王老爺來拜。」雨村忙出去迎接了。大約一頓飯工夫，才回來細問。這門子道：「這說的原是賈、史、王、薛四家，都是連絡有親，一損俱損，一榮俱榮。所告打死人的薛家，便是這上面所說『豐年好大雪』的薛了。況且他家也不只靠這三家，世交親友在都在外者，本來就不少。老爺如今拿誰去？」雨村便笑問門子道：「如你所說，卻怎麼了結本案？你大約也深知這兇犯躲藏的方向了？」

門子笑道：「那薛家公子原也不是躲，既打死了馮公子，奪了丫頭，自認為沒什麼大不了的事，只管帶著家眷依舊入京走親去了。倒是那丫頭，老爺你道是誰？」

雨村道：「我如何知道。」門子冷笑道：「算來還是老爺的大恩人呢。她就是葫蘆廟旁住的甄老爺的小姐，名叫英蓮的。」雨村驚訝道：「怎會是她？」門子道：「也不怪老爺不知。老爺自然也是知道那英蓮丟失的事了。」雨村點頭，那門子便又道：「那年原是被拐子拐走了。那拐子把她養大，就是為了帶到他鄉轉賣的。說來也巧，這拐子正帶了來這裡準備賣她，租了我的房子住。因那英蓮自小眉心中便有一顆米粒大小的胭脂痣，所以認得。這也是前世的冤孽，聽說這馮公子人品風流，家裡也過得去，又是一眼見到就不惜破價買的，還

要挑個好日子才接進來，必不會以丫鬟相看。若是馮公子買了她，也便好了，偏又賣給了薛家，這薛公子的混名，人稱『呆霸王』，最是天下第一個弄性尚氣的人。豈不可歎！」門子道：「小人已想了一個極好的主意在此。如今卻不談論她。明日老爺升堂，只管虛張聲勢。那馮家也沒什麼要緊的人，不過為令甥家族中及地方共遞一張保呈，只報原凶已暴病身亡。那馮家也沒什麼要緊的人，不過為的是錢。薛家有的是錢，老爺斷個一千也可，五百也可，想來也就無話了。老爺想此計如何？」雨村笑道：「不妥不妥，等我再斟酌斟酌。」

次日，雨村果然按門子之計斷了此事。又急忙寫了兩封信，給賈政和京營節度使王子騰，不過是說『令甥之事已完，不必過慮』等語。又恐門子說出此事以及當日貧賤之事，後來到底藉故尋了個不是，把他遠遠地充軍發配了。

那邊王夫人知薛蟠之事，虧了賈雨村維持了結，心中自是歡喜，忽聽家人傳報：「姨太太帶了哥兒姐兒，闔家進京，正在門外下車。」喜得王夫人忙帶人接出大廳，又忙著帶了去拜見賈母等人。

王夫人與薛姨媽姐妹們暮年相見，自是泣笑敘闊一番。不久便見賈母遣人來說：「請姨太太就在這裡住下，也親密些。」薛家在京都原是有房子的，但見王夫人力請，便答應了下來，只是一應用度定要自出，並說這才是長住之計。王夫人知道她家不難，也就罷了。

第三回　識通靈金鶯微露意　探寶釵黛玉半含酸

薛姨媽闔家便住進了梨香院，此處原是當年榮國公養靜之所，約有十餘間房，另有一門通於街上。那薛蟠住了不上一月，便與賈宅族中子侄熟悉了一大半，今日會酒，明日觀花，或聚賭嫖娼，也覺自在暢懷。

倒是他妹妹薛寶釵原即沉靜，日與黛玉、迎春姐妹等一處，或看書下棋，或做針黹，無人不稱許。且又生得肌骨瑩潤，舉止嫻雅，行為豁達，隨分從時，不比黛玉孤高自許、目無下塵，另有一種端莊渾厚之意，因此人們多謂黛玉不及。只是寶玉雖然在孩提之間，視姐妹弟兄並無親疏遠近之別，對黛玉卻更覺熟慣親密些。即親密，則難免有些求全之毀，這日也不知為何，他二人言語就有些不合起來，黛玉又氣得在房中獨自垂淚，寶玉又自己後悔言語冒撞，前去俯就，那黛玉方漸漸地回轉過來。

因喧鬧了一陣，黛玉自覺有些累了要歇午覺。寶玉出來隨處閒逛了一陣，忽見前面是梨香院了，便順道拐了進去。

薛姨媽一見忙一把拉住他，抱入懷內，笑說：「這麼冷天，我的兒，難為你想到要來，快上炕來坐著吧。」又忙著叫人倒滾滾的茶來。寶玉問：「哥哥不在家？」薛姨媽歎道：

「他是沒籠頭的馬，哪裡肯在家一日。」寶玉道：「姐姐在做什麼呢？」薛姨媽道：「她在裡間不是，你去瞧她，裡間比這裡暖和，我收拾收拾就進去和你說話兒。」

寶玉忙下了炕來至裡間門前，掀簾一邁步進去，一眼就看見薛寶釵坐在炕上做針線。寶釵抬頭見是寶玉進來，忙含笑起身，讓在炕沿上坐了，命鶯兒斟茶來。一面又問老太太姨娘安，別的姐妹們都好。因見寶玉項上掛著長命鎖、寄名符，另外有一塊出生時銜下來的寶玉，便笑說道：「成日家❶說你的這玉，還不曾細細地看過，我今兒倒要瞧瞧，」說著便挪近前來。寶玉也湊了上去，從項上摘下，遞在寶釵手內。寶釵托於掌上，只見這玉瑩潤如酥，五色花紋纏護，正反兩面都刻有小字。寶釵看畢，又重新翻過正面來細看，口內唸道：「莫失莫忘，仙壽恒昌。」唸了兩遍，回頭向鶯兒笑道：「妳不去倒茶，也在這裡發呆做什麼？」鶯兒嘻嘻笑道：「我聽著倒像和姑娘項圈上的話是一對兒。」寶玉忙笑道：「原來姐姐那項圈上也有字，我也要看看。」寶釵道：「你別聽她的，沒什麼字。」寶玉笑著央求：「好姐姐，妳怎麼瞧我的了呢？」寶釵說道：「也是個人給了兩句吉利話兒，叫天天戴著，不然，沉甸甸的戴著有什麼趣兒。」

寶玉托了那金鎖看時，果然也鏨有八個篆字：「不離不棄，芳齡永繼。」寶玉笑道：「姐姐這八個字倒真與我的是一對兒。」鶯兒插言道：「這是一個癩頭和尚送的，他說必須鏨在金器上……」寶釵不待說完，便嗔她不去倒茶，一面又問寶玉從哪裡來。

寶玉此時只聞到一陣陣涼森森甜絲絲的幽香，就問：「姐姐熏的是什麼香，我竟從未聞見過這味兒。」寶釵笑道：「我最怕熏香，好好的衣服，熏得煙燎火氣的。」想了一想，又道：「是了，想是我早起喘嗽些，吃了藥丸的香氣。」寶玉便道：「什麼藥丸這麼好聞？」寶釵便笑道：「也是那個癩頭和尚給的方子，叫『冷香丸』。」寶玉笑道：「這名兒也新奇，是什麼方兒，姐姐也告訴我。」寶釵道：「若說用這方，真真瑣碎死人，要這春天的白牡丹花蕊，夏天的白荷花蕊，秋天的白芙蓉蕊，冬天的白梅花蕊，於次年春分這日曬乾。又要雨水這日的雨水，白露這日的露水，霜降這日的霜，小雪這日的雪調勻和藥，埋在花根底下，最難得的是『可巧』二字……」不及說完，寶玉便道：「怪不得異香異氣的，好姐姐，給我一些，待我告訴林妹妹去，她時常咳嗽，吃了興許就好了呢。」寶釵笑道：「又混鬧了，藥也是混吃的？」

忽聽外面人說：「林姑娘來了。」話猶未了，黛玉已搖搖地走了進來，一見寶玉，便笑道：「嗳喲，我來得不巧了！」寶玉等忙起身笑著讓坐，寶釵笑道：「這話怎麼說？」黛玉笑道：「早知他來，我就不來了。」寶釵道：「我更不解這意。」黛玉笑道：「要來一群都來，要不來一個也不來。今兒他來，明兒我再來，如此錯開了來著，豈不天天有人來了？也不至於太冷落，也不至於太熱鬧了。姐姐如何反不解這意思？」

寶玉因見她外面罩著大紅羽緞對衿褂子，便問：「下雪了嗎？」地下婆娘們道：「下了

這半日雪珠兒了。」寶玉道：「取了我的斗篷來不曾？」黛玉便道：「是不是，我來了他就該去了。」寶玉笑道：「我多早晚兒說要去了？不過拿來預備著。」

薛姨媽早已命人擺了幾樣細茶果來留他們吃茶。寶玉因誇前日在東府裡珍大嫂子的鵝掌鴨舌好吃，薛姨媽也忙把自己糟的取了些來。寶玉笑道：「這個須得就酒才好。」薛姨媽便令人去灌了最上等的酒來。寶玉的奶娘李嬤嬤上來道：「姨太太，酒倒罷了。」寶玉央道：

「嬤嬤，我只喝一盅。」李嬤嬤道：「不中用！當著老太太、太太，哪怕你喝一罈呢。想那日我眼錯不見一會兒，不知是哪個沒調教的，只圖討好你的，給了你一口酒喝，葬送的我挨了兩日罵。姨太太不知道，他性子又可惡，吃了酒更弄性。有一日老太太高興了，又盡著他喝，什麼日子又不許他喝，何苦我白賠在裡面。」薛姨媽笑道：「老貨，你只放心喝你的去。我也不許他喝多了。便是老太太問，有我呢。」一面令小丫鬟：「來，讓你奶奶們去，也喝杯攙攙雪氣。」那李嬤嬤聽如此說，才和眾人去了。

薛姨媽又讓人暖酒去，寶玉說：「不必溫暖了，我只愛喝冷的。」薛姨媽忙道：「這可使不得，喝了冷酒，寫字手打顫兒。」寶釵也笑道：「寶兄弟，虧你每日家雜學旁收的，難道就不知道酒性最熱，若熱的喝下去，發散就快；冷的喝下去便凝結在內，以五臟去暖它，豈不受害？從此還不快別喝那冷的了。」寶玉聽這話有情理，便放下冷酒，命人去暖來。

黛玉嗑著瓜子兒，只抿著嘴笑。可巧黛玉的小丫鬟雪雁給黛玉送來了小手爐，黛玉便含

笑問她：「誰叫妳送來的？難為她費心，哪裡就冷死了我！」雪雁道：「紫鵑姐姐怕姑娘冷，叫我送來的。」黛玉一面接了抱在懷中，一面笑道：「也虧妳倒聽她的話。我平日和妳說的，全當耳旁風；怎麼她說了妳就依，比聖旨還快些！」寶玉知是借此奚落他，只嘻嘻地笑兩陣罷了。寶釵知道黛玉是如此慣了的，也不去睬她。薛姨媽道：「妳素日身子弱，禁不得冷的，她們記掛著妳倒不好？」黛玉笑道：「姨媽不知道。幸虧是姨媽這裡，若在別人家，人家豈不惱？說就看得人家連個手爐也沒有，巴巴地從家裡送了來。不說丫鬟們太過小心，還只當我素日是這等輕狂慣了呢。」薛姨媽道：「妳這個多心的，有這樣想，我就沒這樣心。」

說話時，寶玉已是三杯過去，李嬤嬤又上來攔阻。寶玉正在心甜意洽之時，哪肯不喝，只得屈意央告：「好嬤嬤，我再喝兩杯不喝了。」李嬤嬤道：「你可仔細老爺今兒在家，提防問你的書！」寶玉聽了這話，便心中大不自在，慢慢地放下酒，垂了頭。黛玉說：「別掃大家的興！舅舅若叫你，只說姨媽留著呢。這個嬤嬤，她喝了酒，又拿我們來醒脾了！」一面悄悄推寶玉，讓他賭氣，一面咕噥道：「別理那老貨，咱們只管樂咱們的。」那李嬤嬤不知黛玉的意思，便說道：「林姐兒，妳不要助著他，妳這嬤嬤太小心了，往常老太太也給他酒黛玉冷笑道：「我為什麼助他？我也不犯著勸他。妳這嬤嬤太小心了，往常老太太也給他酒喝，如今在姨媽這裡多喝一口，料也不妨事。必定姨媽這裡是外人，不當在這裡喝的也不

一定。」李嬤嬤聽了，又是急，又是笑，說道：「真真這林姐兒，說出一句話來，比刀子還尖。」寶釵也忍不住笑著，把黛玉腮上一擰，說道：「真真這個顰丫頭的一張嘴，叫人恨又不是，喜歡又不是。」薛姨媽忙說：「別怕，別怕，我的兒！來這裡沒好的給你吃，別把這點東西嚇得存在心裡，倒叫我不安。只管放心喝，都有我呢。乾脆吃了晚飯去，便醉了，就跟著我睡吧。」便命：「再燙熱酒來！姨媽陪你喝兩杯，可就吃飯吧。」寶玉才又鼓起興來。

李嬤嬤出來吩咐小丫頭們：「妳們在這裡小心著，我回家換了衣服就來，悄悄地回姨太太，別由著他多喝。」說著便往家裡去了。

薛姨媽千哄萬哄地，只容他喝了幾杯，就忙收過了，又釀釀地沏上茶來讓大家喝了，這才放心。黛玉便問寶玉道：「你走不走？」寶玉乜斜❷倦眼道：「妳要走，我和妳一同走。」黛玉起身道：「咱們來了這一日，也該回去了，還不知那邊怎麼找咱們呢。」說著，二人便告辭了出來。

回到賈母房中，賈母聽說是從薛姨媽處已吃了來，更加歡喜。因見寶玉喝了酒，便命他回房去歇著。寶玉剛到房門，晴雯先接了出來，笑道：「好，好，要我研了那麼些墨，早起高興，只寫了三個字，丟下筆就走了，哄得我們等了一日。快來與我寫完這些墨才罷！」寶玉這才想起早起的事來，便笑道：「我寫的那三個字在哪裡呢？」晴雯笑道：「這個人可醉

了，你頭裡囑咐貼在這門斗❸上，這會兒又這麼問。我還怕別人貼壞了，親自爬高上梯地貼上，凍得這會兒還手僵冷著呢。」寶玉聽了，笑道：「我忘了。妳的手冷，我替妳暖著。」說著便伸手攜了晴雯的手，一同仰首看門斗上新寫的三個字。一邊又問：「林妹妹，妳看這三個字哪個好？」眾人笑道：「林妹妹早走了，還問呢。」寶玉一看，黛玉果然不在，自己也笑了。

❶　成日家：終日裡。

❷　乜斜：眼睛瞇成一條縫而斜視。

❸　門斗：門楣。

第四回　賈寶玉神遊太虛境　十二釵曲演紅樓夢

且說寧府梅花盛開，賈珍之妻尤氏攜其子賈蓉之妻秦氏過榮府中來，面請賈母、邢王兩夫人和王熙鳳等女眷過去會芳園賞花，寶玉也跟了去。眾人賞了一回梅花，又喝了一回酒。寶玉一時倦怠上來，賈母便命人好生哄著，歇一回再來。秦氏忙笑著回道：「我們這裡有給寶叔收拾好的屋子，老祖宗請放心，只管交給我就是了。」這秦氏原是賈母重孫媳中第一個得意之人，見她去安置寶玉，自是極為穩妥。

當下秦氏引了一簇人來到上房內間，寶玉一抬頭見牆上一副對聯，寫著：

世事洞明皆學問，人情練達即文章。

心中便有些不快，縱然鋪陳華麗，也斷斷不肯在這裡了，忙說：「快出去！快出去！」有一個嬤嬤說道：「哪裡有叔叔往侄兒媳婦房裡睡覺的道理？」秦氏笑道：「嗳喲喲，不怕他惱，他能多大呢，就忌諱這些！上月妳沒看見我那個兄弟來了，雖然與寶叔同年，兩個人若站在一處，只怕那

秦氏笑道：「這裡還不好，可往哪裡去呢？不然就往我屋裡去吧。」

個還高些呢。」寶玉道：「我怎麼沒見過？妳帶他來我瞧瞧。」眾人笑道：「隔著二、三十里，往哪裡帶去，見的日子有呢。」說著忽有一股細細的甜香襲來，原來已到了秦氏的臥室門口了。寶玉只覺得眼餳骨軟，連說「好香」！進去又見壁上有唐伯虎畫的《海棠春睡圖》，兩邊對聯是：

嫩寒鎖夢因春冷，芳氣籠人是酒香。

寶玉含笑連說：「這裡好！」秦氏笑道：「我這屋子大約神仙也可以住得了。」說著親自鋪床展衾。眾奶母服侍寶玉臥好，方款款散了，只留襲人、秋紋、晴雯、麝月四個丫鬟為伴。秦氏便吩咐小丫鬟們，好生在廊簷下看著貓兒狗兒打架。

寶玉剛合上眼，恍惚秦氏在前，悠悠蕩蕩，隨著到了一個所在。只見朱欄白石，綠樹清溪。寶玉心想：「這個去處有趣，我就在這裡過一生也情願，只是可惜林妹妹沒來，她要是看到，該不知如何喜歡呢。」正胡思之間，忽聽山後有女子的歌聲傳來……

春夢隨雲散，飛花逐水流。
寄言眾兒女，何必覓閒愁。

紅樓夢 上

早見那邊走出一個人來，荷衣欲動，仙袂若飄，蹁躚嫋娜，舞影回風。

寶玉喜得忙來作揖問道：「姐姐不知從哪裡來，如今要往哪裡去？不知這是何處，望乞攜帶攜帶。」那女子笑道：「我居於離恨天之上，灌愁海之中，乃是放春山遣香洞太虛幻境警幻仙姑。」寶玉聽說，心中一喜，便忘了秦氏在何處，徑隨了仙姑。去了不遠，一抬頭，見有一座石牌上寫著「太虛幻境」，兩邊一副對聯：

假作真時真亦假，無為有處有還無。

轉過牌坊，卻是一座宮門，上面橫書：「孽海情天」。對聯卻是：

厚地高天，堪歎古今情不盡；痴男怨女，可憐風月債難償。

寶玉心想道：「但不知何為『古今之情』，何為『風月之債』？」心裡這麼想著，眼裡一時也看不盡許多。唯見幾處寫的有：「痴情司」，「結怨司」，「朝啼司」，「暮哭司」，「春感司」，「秋悲司」等，也不知何意，便央求仙姑攜帶進去看看。仙姑道：「此

47

各司中都藏著的是普天之下所有女子過去未來的簿冊，你凡眼塵軀，未便先知的。」寶玉聽

了，又再三央求。仙姑無奈，說：「也罷，就在此司內略隨喜隨喜罷了。」寶玉抬頭一看，

見是「薄命司」三字，兩邊對聯寫的是：

春恨秋悲皆自惹，花容月貌為誰妍。

進去見有十數個大櫥，都用封條封著，封條上寫有各省地名。寶玉便揀自己家鄉的來

看，見寫有「金陵十二釵正冊」。寶玉便問道：「何為『金陵十二釵正冊』？」警幻道：

「即貴省中十二冠首女子之冊，故為『正冊』。」寶玉道：「金陵極大，怎麼只十二個女

子？如今單我家裡，上上下下，就有幾百女孩子呢。」警幻冷笑道：「貴省女子固多，不過

擇那緊要者錄之。下邊二櫥則又次之。」寶玉聽說，再看下首二櫥上，果然寫著「金陵十二

釵副冊」，又一個寫著「金陵十二釵又副冊」。寶玉便伸手先將「又副冊」櫥開了，拿出一

本揭開一看，首頁上卻畫著一幅畫，不過是水墨染的滿紙烏雲濁霧而已。後有幾行字，寫

著：

霽月難逢，彩雲易散。心比天高，身為下賤。風流靈巧招人怨。壽夭多因譭謗生，多情

公子空牽念。

翻過一頁，卻畫著一簇鮮花，一床破席，也有幾句言詞，什麼「堪羨優伶有福，誰知公子無緣」等，寶玉看了不解。便又去開了副冊櫥門，拿起一本冊來，揭開看時，只見畫著一株桂花，下面有一池沼，其中水涸泥乾，蓮枯藕敗，後面也附有文字。寶玉看了仍不解，便再去取「正冊」看。見頭一頁上便畫著兩株枯木，木上懸著一圍玉帶；又有一堆雪，雪下一股金簪。也有四句言詞：

可歎停機德，堪憐詠絮才。
玉帶林中掛，金簪雪裡埋。

待要問時，情知她必不肯洩漏；待要丟下，又不捨，就又往後看。只見畫著一張弓，弓上掛著香櫞。也有詞云：

二十年來辨是非，榴花開處照宮闈。
三春爭及初春景，虎兔相逢大夢歸。

接著一頁又畫著兩人放風箏，一片大海，一隻大船，船中有一女子掩面泣涕之狀。也有

四句寫著：

才自精明志自高，生於末世運偏消。

清明涕送江邊望，千里東風一夢遙。

後面的則有畫幾縷飛雲，一灣逝水。也有畫古廟青燈，美人看經獨坐；或是一座冰山雌

鳳棲枝，或是荒村野店美人紡織等，也都像上面的，畫旁附詞。

寶玉還想看時，那仙姑知他天分穎慧，恐把仙機洩漏，便掩了卷冊，笑向寶玉道：「且

隨我去遊玩奇景，何必在此打這悶葫蘆！」

寶玉不覺棄了卷冊，隨警幻來至後面。但見珠簾繡幕，畫棟雕簷，仙花馥鬱，異草芬

芳。只聽警幻笑道：「妳們快出來迎接貴客！」便見房中走出幾個仙子來，都是荷袂蹁躚，

羽衣飄舞，皎潔如秋月春花。一見了寶玉，都怨謗警幻道：「姐姐曾說今日今時必有絳珠妹

子前來遊玩，何故反引這濁物來汙染這清淨女兒之境？」

寶玉聽如此說，欲退不能退，果然自慚形穢。警幻忙攜住寶玉的手，向眾姐妹道：「妳

等不知原委：今日原往榮府去接絳珠，卻遇見寧榮二公之靈，囑我道：『我家子孫雖多，卻多不肖，竟沒有一個可以繼承家業的。其中只嫡孫寶玉一人，雖然稟性乖謬，用情怪譎，也還略可望成，奈何無人規引。萬望仙姑指點他一二，然後入於正路，也是我兄弟之幸了。』我已以他家上中下三等女子的終身冊籍，令他熟玩，卻尚未覺悟。故引到這裡，令他知道飲饌聲色的虛幻，或者將來一悟也不可知。」

說著，便攜寶玉入室。寶玉但聞一縷幽香，竟不知其所焚的是什麼香，不禁相問。警幻冷笑道：「此香塵世中既無，你如何能知！這是諸名山勝境內初生異卉之精，合各種寶林珠樹之油所制，名『群芳髓』。」寶玉聽得自是羨慕不已。小丫鬟捧上茶來，寶玉自覺清香異味，純美非常，便又問何名。

警幻道：「此茶出在放春山遣香洞，用仙花靈葉上所帶的宿露烹煮，名為『千紅一窟』。」寶玉聽了，點頭稱賞。再看房內，瑤琴、寶鼎、古畫、新詩，無所不有，壁上懸著一副對聯：

　　幽微靈秀地，無可奈何天。

一一看畢，無不羨慕，便又請問眾仙姑姓名。一名痴夢仙姑，一名鍾情大士，一名引愁

金女，一名度恨菩提，等等不一。一會兒，便有小丫鬟來調桌安椅，設擺酒饌，但見琉璃瓊漿，琥珀玉液。寶玉聞得此酒清香甘冽，又不禁相問。警幻道：「這酒是以百花之蕊、萬木之汁，加以麟髓之醅、鳳乳之麴釀成，因此稱為『萬艷同杯』。」飲酒間，警幻道：「就將新制《紅樓夢》十二支演上來。」便見上來了十二個舞女、輕敲檀板，慢按銀箏，歌道…

〔紅樓夢引子〕 開闢鴻蒙，誰為情種？都只為風月情濃。奈何天，傷懷日，寂寥時，試遣愚衷。因此上，演出這悲金悼玉的《紅樓夢》。

〔終身誤〕 都道是金玉良姻，俺只念木石前盟。空對著，山中高士晶瑩雪；終不忘，世外仙姝寂寞林。歎人間，美中不足今方信。縱然是齊眉舉案，到底意難平。

〔枉凝眉〕 一個是閬苑仙葩，一個是美玉無瑕。若說沒奇緣，今生偏又遇著他；若說有奇緣，如何心事終虛化？一個枉自嗟呀，一個空勞牽掛。一個是水中月，一個是鏡中花。想眼中能有多少淚珠兒，怎經得秋流到冬，春流到夏！

寶玉聽了此曲，散漫無稽，但聲韻淒惋，竟能銷魂醉魄。也就不問解與不解，又聽了下去…

〔恨無常〕

喜榮華正好，恨無常又到。眼睜睜，把萬事全拋。蕩悠悠，把芳魂消耗。望家鄉，路遠山高。故向爹娘夢裡相尋告：兒命已入黃泉，天倫呵，須要退步抽身早！

〔分骨肉〕

一帆風雨路三千，把骨肉家園齊來拋閃。恐哭損殘年，告爹娘，休把兒懸念。自古窮通皆有定，離合豈無緣？從今分兩地，各自保平安。奴去也，莫牽連。

〔樂中悲〕

襁褓中，父母歎雙亡。縱居那綺羅叢，誰知嬌養？幸生來，英豪闊大寬宏量，從未將兒女私情略縈心上。好一似，霽月光風耀玉堂。廝配得才貌仙郎，博得個地久天長，准折得幼年時坎坷形狀。終久是雲散高唐，水涸湘江。這是塵寰中消長數應當，何必枉悲傷！

〔世難容〕

氣質美如蘭，才華馥比仙。天生成孤癖人皆罕。你道是啖肉食腥膻，視綺羅俗厭；卻不知太高人越妒，過潔世同嫌。可歎這，青燈古殿人將老；辜負了，紅粉朱樓春色闌。到頭來，依舊是風塵骯髒違心願。好一似，無瑕白玉遭泥陷；又何須，王孫公子歎無緣。

〔喜冤家〕

中山狼，無情獸，全不念當日根由。一味的驕奢淫蕩貪歡媾。覷著那，侯門豔質同蒲柳；作踐的，公府千金似下流。歎芳魂豔魄，一載蕩悠悠。

〔虛花悟〕

將那三春看破，桃紅柳綠待如何？把這韶華打滅，覓那清淡天和。說什麼，天上天桃盛，雲中杏蕊多。到頭來，誰把秋挨過？則看那，白楊村裡人鳴咽，青楓林下

鬼吟哦。更兼著，連天衰草遮墳墓。這的是，昨貧今富人勞碌，春榮秋謝花折磨。似這般，生關死劫誰能躲？聞說道，西方寶樹喚婆娑，上結著長生果。

〔聰明累〕

機關算盡太聰明，反算了卿卿性命。生前心已碎，死後性空靈。家富人寧，終有個家亡人散各奔騰。枉費了，意懸懸半世心；好一似，蕩悠悠三更夢。忽喇喇似大廈傾，昏慘慘似燈將盡。呀！一場歡喜忽悲辛。歎人世，終難定！

〔留餘慶〕

留餘慶，留餘慶，忽遇恩人；幸娘親，幸娘親，積得陰功。勸人生，濟困扶窮，休似俺那愛銀錢忘骨肉的狠舅奸兄！正是乘除加減，上有蒼穹。

〔晚韶華〕

鏡裡恩情，更哪堪夢裡功名！那美韶華去之何迅！再休提繡帳鴛衾。只這戴珠冠，披鳳襖，也抵不了無常性命。雖說是，人生莫受老來貧，也須要陰騭積兒孫。氣昂昂頭戴簪纓，光燦燦胸懸金印，威赫赫爵祿高登，昏慘慘黃泉路近。問古來將相可還存？也只是虛名兒與後人欽敬。

〔好事終〕

畫梁春盡落香塵。擅風情，秉月貌，便是敗家的根本。箕裘頹墮皆從敬，家事消亡首罪寧。宿孽總因情。

〔收尾·飛鳥各投林〕

為官的，家業凋零；富貴的，金銀散盡；有恩的，死裡逃生；無情的，分明報應。欠命的，命已還；欠淚的，淚已盡。冤冤相報實非輕，分離聚合皆前定。欲知命短問前生，老來富貴也真僥倖。看破的，遁入空門；痴迷的，枉送了性命。好

一似食盡鳥投林，落了片白茫茫大地真乾淨！

歌畢，還要歌副曲。警幻見寶玉無甚趣味，歎道：「痴兒竟尚未悟！」寶玉自覺朦朧恍惚，告辭求臥。

警幻便帶他到了一香閨繡閣之中，其間鋪陳之盛，是平常所未見。又見已有一位女子在內，鮮豔嫵媚，似乎寶釵，風流嫋娜，又如黛玉。警幻道：「我輩愛你者，是因你天分中自然生成一段痴情。在閨閣中，固然可為良友，在世道中卻未免迂闊怪詭，百口嘲謗。我不忍心君獨為我閨閣增光，而被世道所棄，因此特以靈酒、仙茗、妙曲相警；再將吾妹一人，乳名兼美字可卿者，許配於你。不過是令你領略這仙閨幻境的風光也不過如此，何況塵境的情景？今後萬萬改悟前情，留意於孔孟之間，委身於經濟之道。」說完便推寶玉入帳，將門掩上自去。

寶玉恍恍惚惚，自覺柔情繾綣，軟語溫存，與可卿難解難分。次日，二人攜手出去遊玩，忽然荊榛遍地，狼虎同群，迎面一道黑溪阻路。正在猶豫之間，見警幻後面追來，告道：「快休前進，作速回頭要緊！」寶玉急忙止步問道：「這卻是哪裡？」警幻道：「這便是迷津了。深有萬丈，遙亙千里，如果墮落其中，則深負我諄諄警戒之語了。」話音未落，只聽迷津內水響如雷，竟有許多夜叉海鬼將寶玉拖了下去。嚇得寶玉汗下如雨，失聲喊叫⋯⋯

「可卿救我！」襲人等眾丫鬟忙上來摟住，叫：「寶玉別怕，我們在這裡！」

秦氏正在房外囑咐小丫頭們好生看著貓兒狗兒打架，忽聽寶玉在夢中喚她的小名，納悶道：「我的小名在這裡從沒人知道的，他如何知道，在夢裡叫出來？」又不好細問。

寶玉但覺迷迷惑惑若有所失。至夜晚無人時，襲人方細細問他，說到夢中纏綿之事，襲人也羞得掩面伏身而笑，寶玉此時只覺她十分柔媚嬌俏，恍若夢裡……

❶
眼餳：形容飲酒微醉，兩眼無神。

第五回 劉姥姥初進榮國府 王熙鳳巧結身後緣

一日，寶玉正與黛玉在房中解九連環玩，見王夫人的陪房周瑞家的進來笑道：「林姑娘，姨太太叫給姑娘送的花兒。」一邊便遞上來一個匣子。寶玉問道：「什麼花兒，拿來給我。」一面早伸手接了過來。開匣看時，原來是宮制堆紗新巧的假花兒。黛玉只在寶玉手中看了一看，便問道：「是單送我一人的，還是別的姑娘都有的呢？」周瑞家的道：「各位都有了，這兩枝是姑娘的了。」黛玉冷笑道：「我就知道，別人不挑剩的也不給我。」周瑞家的聽了，一聲兒不言語。寶玉便問道：「周姐姐，妳做什麼到那邊去了。」周瑞家的便說：「太太在那裡，因回話去，姨太太就叫我帶了來。」寶玉道：「寶姐姐在家做什麼呢？怎麼這幾日也不見過這邊來？」周瑞家的說：「身上不大好呢。」寶玉聽了，便和丫頭說：「誰去瞧瞧？說我與林姑娘打發了來請姨太太姐姐安，問姐姐是什麼病，現吃什麼藥。論理我該親自來的，就說也著了些涼，改日再親自去看吧。」麝月便答應著去了。

周瑞家的也告退了出來，哪知到家猶未坐穩，就聽有人在院牆邊叫道：「周大娘，有個老奶奶四處問人找妳呢，我帶了來了。」

周瑞家的忙迎了出來，卻見是一個村姥模樣的老婦帶了一個五、六歲光景的小孩，笑嘻

嘻地問候道：「好呀，老嫂子！」周瑞家的認了半日，方笑道：「劉姥姥，妳好呀！妳說，能幾年，我就忘了。請家裡來坐吧。」劉姥姥邊走邊笑道：「妳老是貴人多忘事，哪裡還記得我們呢。」一邊又問了些別後閒話，才問劉姥姥：「今日是路過，還是特來的？」劉姥姥便說：「原是特來瞧瞧嫂子妳，二則也請請姑太太的安。若可以領我見一見更好，若不能，便借重嫂子轉為致意罷了。」

周瑞家的聽了，便已猜著幾分來意，笑說道：「姥姥妳放心。大遠地誠心誠意來了，豈有不叫妳見個真佛去的呢。論理，人來客至回話，卻不與我相干，我們這裡都是一人各占一樣兒。都因原原是太太的親戚，又拿我當個人，投奔了我來，我就破個例，給妳通個信去。但只一件，姥姥可能有所不知，我們這裡又不比五年前了。如今太太竟不大管事，都是璉二奶奶管家了。妳道這璉二奶奶是誰？就是太太的內姪女，當日大舅老爺的女兒，小名鳳哥的。」劉姥姥聽了，忙道：「原來是她！怪道呢，我當日就說她不錯呢。這樣說來，我今兒還得見她了。」周瑞家的道：「這自然的。如今有客來了，都是鳳姑娘接待。今兒寧可不見太太，倒要見她一面，才不枉來這一遭。」劉姥姥道：「阿彌陀佛！全仗嫂子方便了。」周瑞家的道：「說哪裡話，不過用我說一句話罷了，費著我什麼！」說著，便叫小丫頭悄悄地去打聽打聽，老太太屋裡擺了飯了沒有，二人便又說些閒話。

劉姥姥說：「這鳳姑娘今年不過二十歲吧，就這麼有本事。當這樣的家，可是難得的。」周瑞家的聽了道：「我的姥姥，告訴不得妳呢。這位鳳姑娘年紀雖小，行事卻比世人都大呢。如今出挑得美人一般的模樣兒，少說些有一萬個心眼子。再要賭口齒，十個會說話的男人也說她不過，回頭妳見了就信了。就只一件，待下人未免太嚴了些。」說著，只見小丫頭回來說：「老太太屋裡已擺完了飯，二奶奶在太太屋裡呢。」周瑞家的聽了，連忙催著劉姥姥說：「快走，快走，這一下來她吃飯是個空子，咱們先趕著去。若遲一步，回事的人也多了，難說話。再歇了午覺，更沒時間了。」

劉姥姥整整衣裳，又教了板兒幾句話，便隨著周瑞家的到了賈璉住處。周瑞家的讓她在這裡略等一等，自己便先過去，找著鳳姐的心腹通房大丫頭平兒。先將劉姥姥起初來歷說明，又說：「今日大老遠地特來請安。當日太太是常會的，今日不可不見，所以我帶了她進來了。等奶奶下來，我細細回明，奶奶想也不責備我莽撞的。」平兒聽了，便作了主意：「叫他們進來，先在這裡坐著就是了。」周瑞家的方出去引進院來。上了正房臺階，小丫頭打起猩紅氈簾，劉姥姥才入堂屋，只聞一陣香撲了臉來，竟不辨是何氣味，身子如在雲端裡一般。滿屋中的東西都耀眼爭光的，使人目眩神搖。劉姥姥此時只點頭咂嘴唸佛而已。

平兒正站在炕沿邊，打量了劉姥姥兩眼，只得問個好讓坐，又讓小丫鬟捧上茶來。劉姥姥見她遍身綾羅，插金戴銀，花容玉貌的，便當是鳳姐了。才要稱姑奶奶，忽見周瑞家的稱

她是平姑娘，又見平兒趕著周瑞家的稱周大娘，才知不過是個有些體面的丫頭了。

吃茶間，劉姥姥只聽見咯噹咯噹的響聲，似乎打籮櫃篩麵一般，不免東瞧西望的。忽見堂屋中柱子上掛著一個匣子，底下又墜著一個秤砣般的東西，卻不住地亂晃。心中呆呆地想著：「這是什麼愛物兒？有啥用呢？」忽然只聽得噹地一聲，又如金鐘銅磬一般，不防倒嚇得一跳，接著又是一連八、九下。

正想要問，見小丫頭們跑來說：「奶奶下來了。」周瑞家的與平兒忙起身，命劉姥姥

「只管等著，是時候我們來請妳」。說著，都迎出去了。

只聽遠遠有人笑聲，約有一、二十個婦人，衣裙窸窣，往那邊屋內去了。又見兩、三個婦人，都捧著大漆捧盒，進這邊來等候。聽得那邊說了聲「擺飯」，漸漸地人才散出，只剩下伺候端菜的幾個人。半日鴉雀無聲之後，忽見二人抬了一張炕桌來，桌上碗盤森列，仍是滿滿的魚肉在內，不過略動了幾樣。板兒一見了，便吵著要肉吃，劉姥姥一巴掌打了他去。忽見周瑞家的笑嘻嘻走過來，招手兒叫她。劉姥姥於是帶了板兒下炕過去，周瑞家的又和她嘰咕了一會，方過這邊屋裡來。

只見鳳姐衣飾富麗，粉光脂豔，端端正正坐在那裡，手內拿著小銅火箸兒撥著手爐內的灰。平兒捧著小小的一個填漆茶盤，站在炕沿邊，盤內一個小蓋盅。鳳姐也不接茶，也不抬頭，只管撥手爐內的灰，慢慢地問道：「怎麼還不請進來？」一面說，一面抬身要茶時，只

見周瑞家的已帶了兩個人在地下站著呢。這才忙要起身；猶未起身時，滿面春風地問好，又嗔著周瑞家的怎麼不早說。劉姥姥在地下已是拜了數拜，問姑奶奶安。鳳姐忙說：「周姐，快攙起來，別拜吧，請坐。我年輕，不大認得，可也不知是什麼輩數，不敢稱呼。」周瑞家的忙回道：「這就是我剛才回的那姥姥了。」鳳姐點頭。劉姥姥已在炕沿上坐了。板兒便躲在背後，百般哄他出來作揖，他死也不肯。

鳳姐笑道：「親戚們不大走動，都疏遠了。知道的呢，說你們嫌棄我們，不肯常來；不知道的，還只當我們眼裡沒人似的。」劉姥姥忙唸佛道：「我們家道艱難，走不起。來了這裡，沒的給姑奶奶打嘴，就是管家爺們看著也不像。」鳳姐笑道：「這話沒的叫人噁心。不過托賴著祖父虛名，做了窮官兒，誰家有什麼，也只是個舊日的空架子。俗語說，『朝廷還有三門子窮親戚』呢，何況你我。」又遣周瑞家的去回王夫人。

剛說著，就有家下許多媳婦管事的來回話。鳳姐對平兒道：「我這裡陪客呢，晚上再來回。若有要緊的，妳就帶進來現辦。」平兒出去，一會兒進來說：「沒什麼要緊事，我就叫她們散了。」鳳姐便點點頭。只見周瑞家的已回來，向鳳姐道：「太太說了，今日不得閒，多謝費心想著。白來逛逛便罷；若有什麼說的，只管告訴二奶奶，都是一樣。」劉姥姥道：「也沒什麼說的，不過是來瞧瞧姑太太、姑奶奶，也是親戚們的情分。」周瑞家的道：「沒什麼說的便罷；若有話，只管回二奶奶，是和太太一樣的。」一面說，一面遞眼色

給劉姥姥。

劉姥姥會意，沒開口先飛紅了臉，猶猶豫豫說道：「論理今兒初次見姑奶奶，卻不該說，只是大遠的奔了妳老這裡來，也少不得說了。」剛說到這裡，只聽二門上小廝們回說：

「東府裡的小蓉大爺進來了。」

鳳姐忙止住劉姥姥，「不必說了。」一面便問：「你蓉大爺在哪裡呢？」只聽一路靴子腳響，進來了一個十七、八歲的少年，輕裘寶帶，美服華冠。劉姥姥此時坐不是，立不是，藏又沒處藏。鳳姐笑道：「妳只管坐著，這是我侄兒。」劉姥姥才扭扭捏捏依舊在炕沿上坐了。

賈蓉笑道：「我父親打發我來求嬸子，說上回老舅太太給嬸子的那架玻璃炕屏，明日請一個要緊的客，借了略擺一擺就送過來。」鳳姐道：「說遲了一日，昨兒已經給了人了。」賈蓉嘻嘻地笑著，在炕沿上半跪道：「嬸子若不借，又說我不會說話了，又要挨一頓好打呢，嬸子只當可憐侄兒吧。」鳳姐笑道：「也沒見你們，王家的東西都是好的不成？你們那裡放著那些好東西，只是看不見，偏我的就是好的。」賈蓉笑道：「哪裡有這個好呢！只求開恩吧。」鳳姐道：「若碰一點兒，你可仔細你的皮！」便叫平兒拿了樓房的鑰匙，傳幾個妥當人抬去。賈蓉喜得眉開眼笑，說：「我親自帶了人拿去，別由他們亂碰。」說著便起身出去了。

這裡鳳姐忽又想起一事來，便向窗外：「叫蓉哥回來。」外面幾個人接聲說：「蓉大爺快回來。」賈蓉忙復身轉來，垂手侍立。鳳姐只管慢慢地吃茶，也不說話，出了半日的神，方笑道：「罷了，晚飯後你來再說吧，這會子有人，我也沒精神了。」賈蓉應了一聲，方慢慢退去。

這裡劉姥姥心神方定，便又說道：「今日我帶了妳侄兒來，也不為別的，只因他老子娘在家裡，連吃的都沒有，只得帶了妳侄兒奔了妳老來。」說著又推板兒道：「你那爹在家怎麼教你來？只顧吃果子咧。」鳳姐早已明白了，見他不會說話，便笑著止道：「不必說了，我知道了。」便問周瑞家的：「這姥姥不知可用了早飯沒有？」劉姥姥忙說道：「一早就往這裡趕咧，哪裡還有吃飯的工夫。」鳳姐便命周瑞家的帶了去吃飯，問她太太說了些什麼。周瑞家的道：「太太說，他們原不是一家子，當年又與太老爺在一處做官，偶然連了宗的。這幾年來也不大走動。當時他們來一遭，卻也沒空了他們。今兒既來了瞧瞧我們，是她的好意，也不可簡慢了她。便是有什麼說的，叫奶奶裁度著就是了。」鳳姐聽了說道：「我說呢，既是一家子，我如何連影兒也不知道。」

說話時，劉姥姥已吃畢了飯，拉了板兒過來，舔嘴咂舌地道謝。鳳姐笑道：「且請坐下，聽我告訴妳老人家。方才的意思，我已知道了。若論親戚之間，原該不等上門來就該有

照應才是。但如今家內雜事太煩，太太漸上了年紀，一時想不到也是有的。況且我也是近來接著管些事，都不知道這些親戚們。二則外頭看著雖是轟轟烈烈的，殊不知大有大的難處，說給人也未必信呢。今兒妳既老遠的來了，又是頭一次見我張口，怎好叫妳空手回去呢。可巧昨兒太太給我的丫頭們做衣裳的二十兩銀子，我還沒動呢，妳若不嫌少，就暫且先拿了去吧。」

那劉姥姥先聽見告艱難，只當是沒有想頭了，心裡便突突的；後來聽見給她二十兩，喜得又渾身發癢起來，說道：「噯，我也是知道艱難的。但俗語說的：『瘦死的駱駝比馬大』，憑是怎樣，妳老拔根寒毛比我們的腰還粗呢！」周瑞家的見她說得粗鄙，只管使眼色阻止她。鳳姐看見，笑而不睬，只命平兒把昨兒那包銀子拿來，再拿一吊錢來，都送到劉姥姥的跟前。「這是二十兩銀子，暫且給這孩子做件冬衣吧。若不拿著，就真是怪我了。這錢雇車坐吧，改日無事，只管來逛逛，方是親戚們的意思。天也晚了，不虛留你們，到家裡該問好的問個好吧。」一面說，一面就站了起來。

劉姥姥只管千恩萬謝地出來，又在周瑞家坐了片刻，便要留下一塊銀子與周瑞家孩子們買果子吃。周瑞家的如何放在眼裡，執意不肯。劉姥姥感謝不盡，仍從後門走了。

至掌燈時分，鳳姐已卸了妝，來見王夫人回話：「今兒甄家送來了東西。咱們送他的，趁著他家有年下進鮮的船回去，一併都交給他們帶了去吧？」王夫人點頭。鳳姐又道：「臨

紅樓夢 上

安伯老太太生日的禮已打點了，派誰送去呢？」王夫人道：「妳瞧誰閒著，就叫她們去四個女人就是了，又來當什麼正經事問我。」鳳姐又笑道：「今日珍大嫂子來，請我明日過去逛逛，明日倒沒什麼事。」王夫人道：「有事沒事都害不著什麼，每次她來請，有我們在，妳自然不便；她既不請我們，單請妳，可知是誠心叫妳散淡散淡，別辜負了她的心才是。」鳳姐答應著退出。

第六回 戀風流情友入家塾 起嫌疑頑童鬧學堂

鳳姐第二天來辭賈母時，寶玉聽了也要跟著，便一同坐了車去。一時進入寧府，早有尤氏與秦氏婆媳兩個，引了許多姬妾丫鬟媳婦接出儀門。

剛坐下獻茶畢，鳳姐便笑道：「你們請我來做什麼？有什麼好東西孝敬我，就快獻上來，我還有事呢。」尤氏秦氏不及答話，地下幾個姬妾先就笑著說：「二奶奶今天不來就罷，既來了就依不得二奶奶了。」正說著，賈蓉進來請安。寶玉便問：「大哥哥今日不在家嗎？」尤氏道：「出城與老爺請安去了。可是你怪悶的，何不也去逛逛？」

秦氏笑道：「今兒可巧，你上回要見的我那兄弟也在，想在書房裡呢，寶叔何不去瞧瞧？」寶玉聽了，便下炕要走。尤氏和鳳姐都忙說：「好生著，忙什麼？」鳳姐道：「不如請這秦小爺來，我也瞧瞧。難道我見不得他不成？」尤氏笑道：「罷，罷！可以不必見，人家的孩子都斯斯文文地慣了，乍見了你這小孩子笑話死了呢。」鳳姐笑道：「普天下的人，我不笑話就罷了，竟叫這小孩子笑話我不成？」賈蓉笑道：「不是這話，他原沒見過大陣子，嬸子見了，沒的生氣。」鳳姐道：「憑他什麼樣兒，我也得見一見！別放你娘的屁了，再不帶來我看看，給你一頓好嘴巴。」賈蓉笑嘻嘻地說：「我不敢扭著，就帶他

來。」

賈蓉出去果然帶來一個小後生，眉清目秀，舉止風流，似在寶玉之上；只是靦腆羞怯，有女兒之態。鳳姐喜得先推寶玉：「比下去了！」一邊探身攜了這孩子的手，令坐在她身旁，慢慢地問他閒話，秦鐘一一答應。

寶玉一見了秦鐘，便爽然若失，痴了半日，一時心中又起了呆意：「天下竟有這樣的人！如今看來，我竟成了泥豬癩狗了。想這錦繡紗羅，也不過裹了我這根死木頭；美酒羊羔，也不過填了我這糞坑泥溝。『富貴』二字，不料遭我茶毒了！可恨我生在這侯門公府之中，若在寒門薄宦，早得與他交遊，也不枉了一生。」那秦鐘心中也想：「我偏生於清寒之家，不能與他結交，可知『貧富』二字限人，也是世間的大不快事。」忽見寶玉問他讀什麼書，秦鐘答以實言，十來句後，兩人便越覺親密起來。

一時擺上茶果，寶玉便說：「我兩個又不吃酒，把果子擺在裡間，我們那裡坐去，免得鬧你們。」秦氏便跟進去張羅了一回，又囑咐了她兄弟一回，才去陪鳳姐。寶玉兩人在裡間說了好些閒話，又計畫著讓秦鐘一同進賈府家塾上學作伴。

寶玉因急於要和秦鐘相見，回去就稟明了賈母，一邊又磨著鳳姐收拾書房快點打點此事。臨近上學，

那日一早醒來，見襲人已把書筆文具包好，正坐在床沿上發呆。寶玉笑道：「好姐姐，

妳怎麼又不自在了？難道怪我上學去丟得妳們冷清了不成？」襲人笑道：「這是哪裡話。讀書是極好的事，不然就潦倒一輩子了。但只有一件，念書的時節想著書，不念的時節想著家些，別和他們一起玩鬧，碰見老爺不是玩的。那功課寧願少些，一則貪多嚼不爛，一則身體也要保重。這就是我的意思，你可要體諒。」襲人說一句，寶玉應一句。襲人又道：「大毛衣服我也包好了，學裡冷，好歹想著添換。腳爐手爐的炭也交給小子們去了，你可叫他們添。這一群懶賊，你不說，他們樂得不動，白凍壞了你。」晴雯便在一旁嘻嘻笑道：「可不是嗎，若凍壞了，別人也就罷了，襲人姐姐可就先要憂死了。」襲人笑罵道：「小蹄子，就你有這麼些話！」寶玉道：「妳們也別悶在這屋裡，常和林妹妹一起去玩笑著才是。」又囑咐了幾句，才出來去見賈政。

那日賈政下朝早些，正在書房與相公清客們閒談。見寶玉來回上學去，便冷笑道：「你若再提『上學』兩個字，連我也羞死了。到底念了些什麼書，倒是學了些精緻的淘氣。依我看，你竟玩你的去是正理！」眾人笑道：「老世翁何必又如此。今日世兄一去，三兩年就可以顯身成名的了，斷不會像往年仍作小兒之態。天也快吃飯時候了，世兄就快請吧。」說著，便有兩個年老的起身攜了寶玉出去。

寶玉忽想起未辭黛玉，忙至黛玉房中。黛玉正在窗下對鏡理妝，笑道：「好，這一去，可是要『蟾宮折桂』去了。我不能送你了。」寶玉道：「好妹妹，等我下了學再吃飯，胭脂

膏子也等我來再製。」嘮叨了半日方去。黛玉又叫住問道：「怎麼不去辭辭你寶姐姐呢？」寶玉笑而不答，一徑和秦鐘上學去了。

此後寶玉倒興興頭頭，每日與秦鐘同進同出，又不願以叔侄相論，便只以兄弟或表字「鯨卿」地混叫。秦鐘覷眼溫柔，未語臉先紅，怯怯羞羞，有女兒之風；寶玉又是天生習慣能做小服低，情性體貼，話語纏綿，因此二人更加親厚。那群同窗起了疑，背地裡你言我語，閒話謠言，布滿書房。

這學中還有二人，人稱「香憐」、「玉愛」的，寶、秦見他們生得嫵媚風流，不免便多留意，那二人也一樣有結交之心。雖然四處各坐，卻是八目勾留，遙以心照。偏偏幾個淘氣的看出形景來，都在背後擠眉弄眼，咳嗽揚聲，這也不止一日。

那天可巧先生賈代儒有事早回家去了，命孫子賈瑞暫且管理。秦鐘趁此和香憐遞暗號，二人便假裝出來小便，走到後院說悄悄話。秦鐘先問他：「家裡的大人可管你交朋友不管？」一語未了，只聽背後咳嗽了一聲。二人嚇得忙回頭看時，原來是同窗金榮。香憐便有些性急，羞怒相激，問他道：「你咳嗽什麼？難道不許我兩個說話不成？」金榮笑道：「許你們說話，難道不許我咳嗽不成？我只問你們：有話不明說，這樣鬼鬼祟祟地幹什麼？我可是拿住了，還賴什麼！先得讓我抽個頭兒，咱們一聲兒不言語，不然大家就鬧起來。」秦、香二人急得飛紅了臉，問道，「你拿住什麼了？」金榮笑道：「我現在拿住了是真的。」說

著，又拍著手笑嚷道：「貼的好燒餅！你們都不買一個吃去？」秦鐘、香憐二人又氣又急，

忙進去向賈瑞前告金榮，說金榮無故欺負他兩個。

這賈瑞最是個圖便宜、沒行止的人，經常在學中以公報私，勒索子弟們請他。又因為前

些時候薛蟠在這裡時，因看上香憐、玉愛，

來告狀，心中便更不自在起來。雖然不好呵叱秦鐘，卻拿著香憐作法，反說他多事，著實搶

白了幾句。香憐反討了沒趣，連秦鐘也訕訕地各歸坐位去了。金榮更是得了意，搖頭咂嘴，

口內還說許多閒話髒話，玉愛偏偏又聽了不忿，兩個人隔座咕咕唧唧地鬥起嘴來。金榮只一

口咬定說得意亂說，誰知早又觸怒了一個名喚賈薔的學生。他本來就和賈珍、賈蓉最為相契，

今見有人欺負秦鐘，如何肯依？便想自己挺身出來小便。轉而心中忖度一番卻又覺不妥，

心想：「何不用計制服，又傷不了臉面。」想畢，也裝作出來小便，悄悄地把跟寶玉的書僮

茗煙喚到身邊，如此這般，調撥了他幾句。

這茗煙無故就要欺壓人的，如今聽得如此說，又有賈薔助著，便一頭進來找金榮，心

想，不給他個厲害，下次更加縱難制了，張口便是：「姓金的，你是什麼東西！」賈薔就

踩一踩靴子，故意整整衣服，看看日影兒說：「是時候了。」先向賈瑞說有事要早走一步。

茗煙先一把揪住金榮，問道：「我們貼不貼燒餅，關你什麼了！你是好小子，出來動一

動你茗大爺！」嚇得滿屋中子弟都怔怔地痴望。賈瑞忙吆喝：「茗煙不得撒野！」金榮氣黃

了臉，說：「反了！奴才小子都敢如此，我只和你主子說。」便奪手要去抓打寶玉、秦鐘，偏

忽然腦後颼地一聲，早見一方硯瓦飛來，也不知是誰打來的，沒打著，卻又打在旁邊賈蘭、

賈菌的座上。

偏偏賈菌是極淘氣不怕人的。在座上冷眼看見金榮的朋友暗助金榮，飛硯來打茗煙，偏

又將他桌上一個磁硯水壺打了個粉碎，濺了一書黑水。賈菌如何依得，便罵：「好囚攮❶的

們，這不都動了手了嗎！」罵著，也抓起硯磚來要打回去。賈蘭忙按住硯，極力勸道：「好

兄弟，不與咱們相干。」賈菌如何忍得住，便兩手抱起書匣子來，照那邊掄了去。終是身小

力薄，剛到寶玉、秦鐘桌案上就落了下來。只聽嘩啷啷一聲，砸在桌上，書本、紙片、筆硯

等物撒了一桌，把寶玉的一碗茶也砸得碗碎茶流。賈菌便跳出來，要揪打那一個飛硯的。

金榮隨手抓了一根毛竹大板，地狹人多，哪裡經得起舞動長板，茗煙早吃了一下，亂

嚷：「你們還不來動手！」寶玉另外三個小廝，鋤藥、掃紅、墨雨，豈有不淘氣的，一齊亂

嚷：「小婦養的！動了兵器了！」墨雨就掇起一根門閂，掃紅、鋤藥手中都是馬鞭子，蜂擁

而上。賈瑞急得攔一回這個，勸一回那個，誰聽他的話，肆行大鬧。眾頑童也有趁勢幫著打

太平拳助樂的，也有膽小藏在一邊的，也有直立在桌上拍著手兒亂笑，喝著聲兒叫打的。頓

時鼎沸起來。

外邊李貴等幾個大僕人聽見裡邊造起反來，忙都進來一齊喝住。問什麼緣故，眾聲不

一，這一個如此說，那一個又如彼說。李貴先喝罵了茗煙四個一頓，攆了出去。秦鐘的頭早撞在金榮的板上，打起一層油皮，寶玉正拿褃襟子替他揉呢，見喝住眾人，便命：「李貴，收書！拉馬來，我去回稟太爺去！寶玉道：我們被人欺負了，不敢說別的，守禮來告訴瑞大爺，反倒派我們的不是，聽著人家罵我們，還挑唆他們打我們茗煙，連秦鐘的頭也打破了。還在這裡念什麼書！茗煙他也是因為有人欺負我才如此的。不如散了吧。」李貴勸道：「哥兒不要性急。太爺既有事回家去了，這會兒為這點事去聒噪他老人家，倒顯得咱們沒理。依我的主意，哪裡的事哪裡了結好，何必去驚動他老人家。這都是瑞大爺的不是，太爺不在這裡，你老人家就是這學裡的頭腦了，眾人看著你行事。眾人有了不是，該打的打，該罰的罰，怎麼等鬧到這步田地還不管？」賈瑞道：「我吆喝著都不聽。」李貴笑道：「不怕你老人家惱我，素日你老人家到底有些不正經，這些兄弟才不聽。就鬧到太爺跟前去，連你老人家也是脫不過的。還不快做主意撕攞❷開了吧。」寶玉道：「撕攞什麼？我必是回去的！」秦鐘哭道：「有金榮，我是不在這裡念書的。」寶玉道：「這是為什麼？難道有人家來的，咱們倒來不得？我必要回明白，攆了金榮去。」又問李貴：「金榮是哪一房的親戚？」李貴想了一想道：「也不用問了。若問起哪一房的親戚，更傷了兄弟們的和氣。」茗煙在窗外道：「他是東胡同子裡璜大奶奶的侄兒。那是什麼硬正仗腰子的，也來唬我們。璜大奶奶是他姑娘。你那姑媽只會打旋磨子❸，給我們璉二奶奶跪著借當頭。我眼裡就看

不起她那樣的主子奶奶！」李貴忙斷喝不止，說：「偏你知道，有這些妞嚼❹！」寶玉冷笑道：「我只當是誰的親戚，原來是璜嫂子的侄兒，我就去問問她來！」說著便要走，叫茗煙進來包書。茗煙包著書，又得意道：「爺也不用自己去見，等我到她家，就說老太太有話問她呢，雇上一輛車拉進去，當著老太太問她，豈不省事。」李貴忙喝道：「你要死！仔細回去我好不好先捶了你，然後再回老太太，就說寶玉全是你挑唆的。我好容易勸哄好了一半了，你又來生個新法子。你鬧了學堂，不說變法兒壓息了才是，倒要往大裡鬧！」茗煙才不敢做聲。

此時賈瑞也怕鬧大了，只得委曲著來央告秦鐘，又央告寶玉。他二人先是不肯，後來寶玉說：「不回稟去也罷了，只叫金榮賠不是就算了。」金榮不肯，禁不得賈瑞也來逼他，只得勉強與秦鐘作了揖。寶玉還不依，定要磕頭。金榮無奈，忍氣前來給秦鐘磕頭，寶玉才不吵鬧了。

❶ 囚攮：罵人的話，意指囚犯的子女。

❷ 撕擄：辦理、處置、解決糾葛。

❸ 打旋磨子：向人獻殷勤。

❹ 妞嚼：議論。

第七回　秦可卿夢歸幻情天　王熙鳳協理寧國府

誰知快至年底，黛玉因父親林如海身染重疾，由賈璉護送回了揚州，寶玉頗覺索然。鳳姐因賈璉去後，心中也是無趣。那晚因和平兒閒談，不知不覺說到賈璉，會是什麼大症候也未定。只聽尤氏說她這病得也奇，中秋還好好的，二十後一日比一日懶怠了，會是什麼大症候也未定。鳳姐和平兒感歎惦念了一番，說著說著朦朦朧朧地似要睡去。

只見秦氏從外走來，含笑說道：「嬸子好睡！我今日回去，妳也不送我一程。只是我和嬸子好了一場，故來別妳一別。還有一件心願未了，非告訴嬸子，別人未必中用。」

鳳姐恍惚問道：「有何心願？妳只管托我就是了。」秦氏道：「嬸嬸，妳是個脂粉隊裡的英雄，連那些束帶頂冠的男子也不能過妳，妳如何連兩句俗語也不曉得？常言『月滿則虧，水滿則溢』；又道是『登高必跌重』。如今我們家赫赫揚揚，已將百載，一日若樂極悲生，應了那句『樹倒猢猻散』的俗語，豈不虛稱了一世的詩書舊族了！」鳳姐聽了十分敬畏，忙問道：「可有何法永保無虞？」秦氏冷笑道：「嬸子好痴，否泰榮辱豈人力可為。但如今若能在榮時籌畫下將來衰時的世業，或可保日後永全也不一定。」鳳姐又問，秦氏道：「目今祖塋雖四時祭祀，只是無一定的錢糧；第二，家塾雖立，無一定的供給。依我想來，

趁今日富貴，將祖塋附近多置些田莊房舍地畝，將家塾也設於此。大家定了則例，日後按各房掌管這一年的地畝、錢糧、祭祀、供給之事，連家塾的供給也有了。便是有了罪，這祭祀產業連官也是不入的。就是敗落下來，子孫回家讀書務農，也有個退步，祭祀又可永繼。若以為榮華不絕，不思後日，終非長策。眼見不日又有一件非常喜事，真是烈火烹油、鮮花著錦之盛。要知道，也不過是瞬息繁華，一時歡樂，萬不可忘了那『盛筵必散』的俗語。若不早為以後慮，只恐後悔無益了。」鳳姐忙問：「有何喜事？」秦氏不言，半晌，長歎一聲：

「三春去後諸芳盡，各自須尋各自門。」鳳姐還想問到底有何喜事，突然二門上傳來傳事雲板連叩四下，將鳳姐驚醒。就見有人來回：「東府蓉大奶奶歿了。」鳳姐嚇了一身冷汗，出了一回神，只得忙忙地穿衣，往王夫人處來。

那時闔家都知道了，無不驚異，都有些疑心。

寶玉在睡夢之中忽聽秦氏死了，心中如戳了一刀，等不及天明，執意馬上要去。只見寧國府前，兩邊燈籠照如白晝，亂烘烘人來人往，裡面哭聲搖山振嶽。又見賈珍哭得淚人一般，正和人說道：「闔家大小，遠近親友，誰不知我這媳婦比兒子還強十倍？如今伸腿去了，可見長房內絕滅無人了。」說著又哭起來。忽又聽得秦氏丫鬟瑞珠，也觸柱而亡；另一丫鬟寶珠，見秦氏無出，願為義女靈前盡哀。人人又驚歎了一回。

第二天，薛蟠來弔問，見賈珍正在尋板，幾副杉木板都不合意。便說道：「我們木店裡有一副板，叫做什麼檣木，做了棺材，萬年不壞。這還是當年先父帶來，忠義親王要的，

因他壞了事，就不曾拿去。你要就抬去使吧。」賈珍大喜，命人抬來。用手敲敲，叮噹如金玉，又聞有檀麝的香氣。賈珍問價值多少？薛蟠說：「拿一千兩來只怕也沒處買去，什麼價不價，賞他們幾兩工錢就是了。」賈珍笑問價值多少？賈政勸道：「這東西恐非尋常之人所能享用，用上等杉木的也就是了。」賈珍如何能聽。又慮賈蓉無職，靈幡經榜上寫時不好看，便拿一千二百兩捐了個五品龍禁尉，執事都按五品職例。

賈珍過於悲痛，又兼有些病症在身，雖掙扎著外頭料理了，裡頭到底照顧不過來。又想到諸事來往，尤氏又犯了胃痛舊疾，料不能照應，正在憂慮。寶玉問知，便在一旁笑道：「我薦一人給你，一定妥當的。」便附耳悄悄說出了一個人來。

賈珍一聽，說果然妥當，便同了寶玉進入內房，央求邢、王二夫人，請鳳姐過府幫著料理幾天。見王夫人不曾答應，便又再三求懇，並道：「嬸子不看侄兒、侄兒媳婦的份上，只看死了的份上吧！」說著滾下淚來。鳳姐素來喜歡攬事，早已躍躍欲試，這時見王夫人已被說得有些猶豫起來，便說道：「大哥哥說得這麼懇切，太太就依了吧。」王夫人悄悄問道：「妳能行嗎？」鳳姐道：「有什麼不能的。外面的大事大哥哥料理清了，不過是裡頭照管照管，便是我有不知道的，問問太太就是了。」

寧國府中都總管來升聞得裡面委請了鳳姐，便傳齊同事人等說道：「如今請了西府裡璉二奶奶管理內事，我們須得比往日小心些。早來晚散，寧可辛苦這一個月，不要把老臉丟

了。那是個有名的烈貨，臉酸心硬，一時惱了，不認人的。」眾人都道：「有理。」又有一

個笑道：「論理，我們裡面也須得她來整治整治，都太不像了。」

當下鳳姐便來至三間一所抱廈內坐了，因想：頭一件是人口混雜，遺失東西；第二件，

事無專管，臨期推諉；第三件，需用過費，濫支冒領；第四件，任無大小，苦樂不均；第五

件，家人豪縱，有臉者不服管束，無臉者不能上進。這五件實是寧國府中風俗。

鳳姐即命定造簿冊，又傳了來升家的來問了幾句，要來花名冊看了，限於明日一早傳齊

家人媳婦進來聽差。至次日一早鳳姐過來，眾婆子媳婦都已到齊，不敢擅入，只在窗外聽

候。只聽鳳姐與來升媳婦道：「既託了我，我就說不得要討你們嫌了。我可比不得你們奶奶

好性兒，由著你們去。再不要說你們『這府裡原是這樣』的話，如今可要依著我行，錯我半

點兒，管不得誰是有臉的，誰是沒臉的，一例馬上清白處治。」說著，便吩咐彩明唸花名

冊，一個一個地喚進來看視。

一時看完，又吩咐道：「這二十個分做兩班，一班十個，每日在裡頭單管人客來往倒

茶。這二十個也分做兩班，每日單管本家親戚茶飯。這四十個人也分做兩班，單在靈前上香

添油，掛幔守靈，供飯供茶，隨起舉哀。這四個人單在司茶房收管杯碟茶器，若少一件，便

叫她四個人單管酒飯器皿，少一件，也是她四個照賠。這八個單管監收祭禮。

這八個單管各處燈油、蠟燭、紙劄，按我的定數再往各處去分派。這三十個每日輪流各處上

夜，照管門戶，監察火燭，打掃地方。這下剩的按著房屋分開，某人守某處，某處所有桌椅古董起，至於痰盒撣帚，一草一苗，或丟或壞，就和守這處的人算帳照賠。來升家的每日攢總查看，或有偷懶的、賭錢吃酒的、打架拌嘴的，立刻來回我。你有徇情，經我查出，三四輩子的老臉就顧不成了。如今都有定規，以後哪一行亂了，只和哪一行說話。素日跟我的人，隨身自有鐘錶，不論大小事，我是都有一定的時辰。說不得咱們大家辛苦這幾日吧，事完了，你們家大爺自然賞你們。」

於是吩咐按數發給物品，一面提筆登記，開得十分清楚。眾人領了去，也都不似先時只揀便宜的做，各房中也不能趁亂丟失東西。便是人來客往，也都安靜了，不比先前，如無頭緒、慌亂、推託、偷閒、竊取等諸多弊病，一概都蠲了。

鳳姐見自己威重令行，心中十分得意。又見尤氏犯病，賈珍過於悲哀，不大進飲食，自己每日從那府裡熬了各樣細粥，精緻小菜，命人送來勸食。

這日是五七正五日上，鳳姐知道今日客人必是不少。一早自己先進靈前，命人供茶燒紙，放聲大哭了一回。復入抱廈內來，按名查點，各項人數都已到齊，只有迎送親客上的一人未到。即命傳到，那人已張皇愧懼。鳳姐冷笑道：「我說是誰誤了，原來是妳！妳原比她們有體面，所以才不聽我的話。」那人道：「小的天天都來得早，只有今兒，醒了覺得早些，因又睡迷了，來遲了一步，求奶奶饒過這次。」正說著，只見榮國府中的王興媳婦來

了，在前探頭。

鳳姐且不發放這人，先問：「王興媳婦做什麼？」王興媳婦忙進去回了，又將帖兒遞上去。鳳姐命彩明唸道：「大轎兩頂，小轎四頂，車四輛，共用大小絡子若干根，用珠兒線若干斤。」鳳姐聽了，數目相合，便命彩明登記，取榮國府對牌擲下。王興家的自去領了。

鳳姐正想說話時，見榮國府的四個執事人進來，都是要支取東西領牌來的。鳳姐命彩明要了帖唸過，聽了一共四件，指兩件說道：「這兩件開銷錯了，再算清了來取。」說著擲下帖子來。

鳳姐因見張材家的在旁，便問：「你有什麼事？」張材家的忙取帖兒回說：「就是方才車轎圍作成，領取裁縫工銀若干兩。」鳳姐便收了帖子，命彩明登記。待王興家的交過牌，得了買辦的回押相符，然後方與張材家的去領。

鳳姐便說道：「明兒她也睡迷了，後兒我也睡迷了，將來都沒有了人了，本來要饒妳，只是我頭一次寬了，下次人就難管，不如現開發的好。」頓時放下臉來，喝命：「帶出去打二十板子！」一面又擲下寧國府對牌：「出去說與來升，革她一月銀米！」眾人聽說，都不敢怠慢。那人已拖出去挨了二十大板，進來叩謝。鳳姐道：「明日再有誤的，打四十，後日的六十，有要挨打的，只管誤！」說著，吩咐：「散了吧。」眾人這才更知鳳姐厲害，不敢偷閒。

寶玉因見今日人多，恐委屈了秦鐘，便同他往鳳姐處來坐。一時，就有寧國府中的一個媳婦來領牌，為支取香燈事。鳳姐笑道：「我算著你們今兒該來支取，總不來，想是忘了。這會兒到底來取，要忘了，自然是你們包出來，都便宜了我。」那媳婦笑道：「何嘗不是忘了，方才想起來，再遲一步，也領不成了。」說罷，領牌而去。

寶玉道：「怎麼咱們家沒人來領牌子？」鳳姐道：「人家來領的時候，你還做夢呢。」正說著，見人回：「揚州去的昭兒來了。」鳳姐急命喚進來。昭兒道：「二爺打發回來說，林姑老爺是九月初三日巳時歿的。二爺帶了林姑娘同送林姑老爺的靈到蘇州，大約趕年底就回來。二爺打發小的來報個信請安，討老太太示下，還瞧瞧奶奶家裡好，叫把大毛衣服帶幾件去。」鳳姐道：「你見過別人了沒有？」昭兒道：「都見過了。」鳳姐向寶玉笑道：「你林妹妹可在咱們家住長了。」寶玉道：「了不得，想來這幾日她不知哭得怎樣呢。」說著，蹙眉長歎。鳳姐因在人前，不便細問昭兒，心裡記掛，少不得耐到晚上回來，叫來昭兒細細打聽，又吩咐道：「在外好生侍候二爺，時時勸他少喝酒，別勾引他認得混帳女人——小心回來打斷你的腿！」等語，又和平兒打點所需物品，完了已是四更將盡，不覺天明，忙梳洗了又過寧府來。

一連幾日，獨是鳳姐一人周全承應，忙得茶飯無心，坐臥不寧。剛到了寧府，榮府的人又跟到寧府；既回到榮府，寧府的人又找到榮府。鳳姐見如此，心中倒十分歡喜，日夜不

暇，籌畫得十分整肅，合族上下無不稱歎。

至那日天明發殯，寧府大殯浩浩蕩蕩、壓地銀山一般從北而至。路上又有東平、南安、西寧、北靜郡王等王公大臣高搭彩棚擺設路祭。其中北靜王又問起，哪一位是銜玉而生的哥兒？賈政便命寶玉前來。寶玉久聞北靜王水溶才貌雙全、風流瀟灑，如今一見果然如此，不勝敬慕。那水溶也贊道：「名不虛傳，果然如寶似玉。」便又問：「銜的那寶貝在哪裡？」寶玉連忙從衣內取了遞過去。水溶細細看了，一面極口稱奇，一面理好絲絛，親自給寶玉戴上，又攜手問寶玉幾歲，讀何書。寶玉一一答應。見寶玉談吐有致，水溶更加喜歡，便對賈政說：「小王雖不才，蒙海內眾名士垂青，是以寒地高人頗聚，令郎常去談會談會，則學問或可以日進。」又將腕上一串唸珠卸下，道：「倉促不曾備得敬賀之物，這是前日聖上親賜的香唸珠一串，權為賀敬之禮。」寶玉連忙接過，回身奉與賈政，又和賈政一齊謝過了北靜王。

少時到了城外鐵檻寺，王公誥命方漸漸散去，只有幾個近親等做過三日安靈道場才去。族中諸人都在鐵檻寺下榻，獨鳳姐嫌不方便，帶了寶玉、秦鐘到不遠處的水月庵歇息。

到了庵前，淨虛帶領智善、智慧兩個徒弟迎了進來，自己陪著鳳姐說話。秦鐘、寶玉自去殿上玩耍，一時見智能過來，寶玉笑道：「能兒來了。」秦鐘說：「理她做什麼？」寶玉笑道：「你別弄鬼，那一日她來老太太屋裡，一個人沒有，你摟著她做什麼？這會兒還哄

我。」秦鐘笑道：「這可沒有的話。」寶玉笑道：「有沒有也不管你，你就叫住她倒碗茶給我喝，就丟開手。」秦鐘笑道：「這就奇了，你叫她倒去，難道她不倒？何必要我說呢。」寶玉道：「我叫她倒，是無情趣的，不如你叫她倒的有情趣。」秦鐘只好說：「能兒，倒碗茶來給我。」智能便去倒了茶來，秦鐘笑道：「給我。」寶玉叫：「給我！」智能抿嘴笑道：「一碗茶也爭，我難道手裡有蜜？」寶玉先搶得了，喝了，才要問話，只見智善來叫智能去擺茶碟子去了。

吃了茶果點心，鳳姐略歇了片刻，便要回房歇息去。淨虛送至淨室，見鳳姐跟前留下不過幾個心腹常侍小婢，便趁機說道：「我正有一事，要到府裡求太太，先請奶奶一個示下。」鳳姐便問何事。

老尼道：「阿彌陀佛！只因我當日在長安善才庵的時候，有個施主姓張，是個大財主。他有個女兒小名金哥，那年住我廟裡來進香，不想遇見了長安府府太爺的小舅子李衙內。那李衙內一心看上，要娶金哥。不想金哥已受了原任長安守備的公子的聘定，張家若退親，又怕守備不依。誰知李公子定要娶他女兒，張家兩處為難。不想守備家聽了此信，便來作踐辱罵，說一個女兒許幾家，偏不許退定禮，就打官司告狀起來。那張家急了，只得著人上京來尋門路，賭氣偏要退定禮。我想如今長安節度雲老爺與府上最契，可以求太太與老爺說聲，就請雲老爺和那守備說一聲，不怕那守備不依。若是肯行，張家連傾家孝順也都情願。」

鳳姐笑道：「這事倒不大，只是太太再不管這樣的事。」老尼道：「太太不管，奶奶也

可以主張了。」鳳姐笑道：「我也不等銀子使，也不做這樣的事。」淨虛聽了，半晌歡道：「雖如此說，張家已知我來求府裡，如今不管這事，張家不知道沒工夫，不稀罕他的謝禮，倒像府裡連這點子手段也沒有的一般。」

鳳姐聽了這話，便發了興頭，說道：「你是素日知道我的，從來不信什麼陰司地獄報應的，憑是什麼事，我說行就行。你叫他拿三千銀子來，我就替他出這口氣。」老尼喜不自禁，忙說：「有，有！這個不難。」鳳姐又道：「我比不得他們扯蓬拉牽的圖銀子。這三千銀子，不過是給打發說去的小廝做盤纏，使他賺幾個辛苦錢，我一個錢也不要他的。便是三萬兩，我此刻也拿得出來。」老尼連忙答應：「奶奶哪會是為了這點子錢！既如此，奶奶明日就開恩也罷了。」鳳姐道：「你瞧瞧我忙的，哪一處少了我？既應了你，自然快快地了結。」老尼道：「這點子事，在別人的跟前就忙得不知怎麼樣，若是奶奶的跟前，再添上些也不夠奶奶一發揮的。只是俗語說的『能者多勞』，太太因大小事見奶奶妥帖，索性都推給奶奶了，奶奶也要保重金體才是。」一路話奉承得鳳姐更加受用，也不顧勞乏，更攀談起來。

次日，鳳姐便把此事悄悄說與旺兒。旺兒請人修書一封，假託賈璉所囑，連夜往長安縣見節度使雲光，兩日工夫一切已妥。誰知那張家小姐金哥聞得退了前夫，悄悄地自縊了，那守備之子聽說金哥自縊，夜裡也便投河而死。鳳姐坐享了三千兩。

第八回　趙嬤嬤話舊論盛事　大觀園題聯試文字

賈璉回來途中，聽說元春晉封為鳳藻宮尚書，加封賢德妃一事，便日夜兼程，又先遣人來報信，明日到家。

寶玉因秦鐘前些時候在郊外受了些風寒，本秉賦怯弱，竟咳嗽傷風，繼而懶進飲食。不想水月庵智能兒私逃出城來看視，被秦鐘父親秦業知道，將智能兒趕出，又將秦鐘打了一頓，自己也老病復發不久死了。秦鐘又愧又痛，舊病未好，新病又添。寶玉心中悵然若失，然也無可奈何。所以元春晉封，裡外上下如何慶賀如何踴躍，榮寧兩處如何熱鬧如何得意，寶玉獨視有若無。但問得黛玉先就迎了出去，見黛玉出落得更是超逸了。黛玉又帶了許多書籍來，又將紙筆等物分贈寶釵、迎春、寶玉等人。寶玉也將北靜王前日所贈的香串珍重取出來，轉贈黛玉。黛玉說：「什麼臭男人拿過的，我不要！」寶玉只得收回。

寶玉「平安」二字，餘者也就不在意了。好容易盼至人報：「璉二爺和林姑娘進府了。」

賈璉回家見過眾人，回到房中。鳳姐便迎了上來笑道：「國舅老爺大喜！國舅老爺一路風塵辛苦。小的聽見說今日大駕歸府，略備水酒撣塵，不知賜光謬領否？」賈璉笑道：「豈敢豈敢，多承多承。」

鳳姐便命擺上酒饌來，夫妻對坐。賈璉便問別後家中諸事，又謝鳳姐操持勞碌。鳳姐道：「我哪裡照管得這些事！見識又淺，口角又笨，心腸又直率，人家給個棒槌，我就認做『針』，臉又軟，攔不住人給兩句好話，心裡就慈悲了。又沒經歷過大事，膽子又小，太太略有些不自在，就嚇得我連覺也睡不著了。你是知道的，咱們家所有的這些管家奶奶們，哪一位是好纏的？錯一點兒就笑話打趣，偏一點兒就指桑說槐地抱怨，況且我又年紀輕不壓眾。更可笑，那府裡忽然蓉兒媳婦死了，珍大哥哥又再三再四地在太太跟前跪著討情，只要請我幫他幾日。我是再四推辭，太太斷不依，只得從命。依舊被我鬧得個馬仰人翻，更不成個體統，至今珍大哥哥還抱怨後悔呢。你這一來了，明兒見了他，好歹描補描補，就說我年紀小，原沒見過世面，誰叫大爺錯托了她的。」

正說著，只聽外間有人說話，鳳姐便問：「是誰？」平兒進來回道：「姨太太打發了香菱妹子來問我一句話，我已經說了，打發她回去了。」賈璉笑道：「正是呢，方才我見姨媽去，不防和一個年輕的小媳婦撞了個對面，生得好齊整模樣。我疑惑咱家並無此人，便問姨媽，誰知就是上次買的那小丫頭，怎麼改了名叫香菱了，竟與薛大傻子做了屋裡人，更加出挑得標緻了。薛大傻子真玷辱了她。」鳳姐道：「嗳！往蘇杭走了一趟回來，也該見些世面了，還是這麼眼餞肚飽的。你要愛她，不值什麼，我去拿平兒換了她來如何？那薛老大也是『吃著碗裡看著鍋裡』的。」一語未了，早見賈璉乳母趙嬤嬤走來，賈璉鳳姐忙請坐下喝

酒。賈璉揀了兩盤肴饌給她，鳳姐又向平兒道：「早起我說那一碗火腿燉肘子很爛，正好給嬤嬤吃，妳怎麼不拿了去趕著叫他們熱來？」又道：「嬤嬤，妳嚐一嚐妳兒子帶來的惠泉酒。」趙嬤嬤道：「我喝呢，奶奶也喝一盅，怕什麼？我這會兒跑了來，倒也不為飲酒，是有一件正經事，奶奶好歹記在心裡，疼顧我些吧。我們這爺，只是嘴裡說得好，到了跟前就忘了我們。我也老了，有的是那兩個兒子，我還再四地求了妳幾遍，妳答應得倒好，到如今還是扯空。這如今又從天上跑出這一件大喜事來，哪裡用不著妳呢？所以倒是來和奶奶來說是正經，靠著我們爺，只怕我還餓死了呢。」

鳳姐笑道：「嬤嬤妳放心，兩個奶哥哥都交給我。妳從小奶奶的兒子，還有什麼不知他那脾氣的？拿著皮肉倒往那不相干的外人身上貼。可是現放著奶哥哥，哪一個不比人強？妳疼顧照看他們，誰敢說個『不』字兒？沒的白便宜了外人。──我這話也說錯了，我們看著是『外人』，妳卻看著『內人』一般呢。」說得滿屋裡人都笑了。趙嬤嬤也笑個不住，又唸佛道：「可是屋子裡跑出青天來了。若說『內人』、『外人』這些混帳緣故，我們爺是沒有，不過是屋軟心慈，擱不住人求兩句罷了。」鳳姐笑道：「可不是呢，有『內人』的他才慈軟呢！」趙嬤嬤笑道：「奶奶說得太盡情了，我也樂了，再喝一杯好酒。從此我們奶奶做了主，我就沒得愁了。」

賈璉不好意思，只是訕笑吃酒，說「胡說」二字，「快盛飯來，還要往珍大爺那邊去商

議事呢。」鳳姐道：「可是別誤了正事。剛才老爺叫你做什麼？」賈璉道：「就為省親。」

鳳姐忙問道：「省親的事竟准了不成？」賈璉笑道：「雖不十分准，也有八分准了。」鳳

姐笑道：「可見當今的隆恩。歷來聽書看戲，古時從未有的。」趙嬤嬤又介面道：「可是

呢，我也老糊塗了。這樣說，咱們家也要預備接咱們大小姐了？」賈璉道：「這何用說呢！

不然，這會兒忙的是什麼？」鳳姐笑道：「若果如此，我可也見過大世面了。」趙嬤嬤道：

「噯喲喲，那可是千載難逢的！那時候我才記事兒，咱們賈府正在姑蘇揚州一帶監造海舫，

修理海塘，只預備接駕一次，把銀子都花得淌海水似的！說起來……」鳳姐忙接道：「我們

王府也預備過一次。那時我爺爺單管各國進貢朝賀的事，凡有外國人來，都是我們家養活。

粵、閩、滇、浙所有的洋船貨物都是我們家的。」

趙嬤嬤道：「那是誰不知道的？如今還有個口號兒呢，說『東海少了白玉床，龍王來請

金陵王』，這說的就是奶奶府上了。還有如今江南的甄家，噯喲喲，好勢派！獨他家接駕四

次，若不是我們親眼看見，告訴誰誰也不信的。別講銀子成了土泥，憑是世上所有的，沒有

不是堆山塞海的，『罪過可惜』四個字竟顧不得了。」鳳姐道：「常聽見我們太爺們也這樣

說，豈有不信的。只納罕他家怎麼就這麼富貴呢？」趙嬤嬤道：「告訴奶奶一句話，也不過

是拿著皇帝家的銀子往皇帝家身上使罷了！誰家有那些錢買這個虛熱鬧去？」

正說得熱鬧，王夫人又打發人來瞧鳳姐吃了飯不曾。鳳姐便知有事等她，忙忙地吃了半

碗飯，漱了口要走，又見賈蓉、賈薔進來，說：「我父親打發我來說，叔叔才回家，未免勞乏，有話明日一早請過去面議。」賈薔又近前回說：「下姑蘇聘請教習，採買女孩子的事，大爺派了侄兒，所以命我來見叔叔。」賈璉笑道：「你行嗎？這個事雖不算大，裡頭大有藏掖的。」賈薔說：「只好學習著辦罷了。」賈蓉在身旁燈影下悄拉鳳姐的衣襟，鳳姐會意，便笑道：「你也太操心了，難道大爺比咱們還不會用人？孩子們已長得這麼大了，『沒吃過豬肉，也看過豬跑』，依我說就很好。」賈璉道：「自然是這樣。並不是我駁回，少不得替他算計算計。」鳳姐忙向賈薔道：「既這樣，我有兩個在行妥當的人，你就帶他們去辦。」賈薔忙賠笑道：「正要和嬸嬸討兩個人呢，這可巧了。」鳳姐讓趙嬤嬤說了兩個兒子的名字，便說：「可別忘了，我可幹我的去了。」說著便出去了。

王夫人一見鳳姐，也是商量著迎接元春省親一事。一時闔府忙碌，籌畫起造省親別院，採買移送、堆山豎閣、種竹栽花也非一日。唯寶玉無事，自秦鐘病了後，寶玉無興上學，賈政也無暇過問。不想秦鐘這病一日重如一日，拖了些時候竟夭逝了，寶玉日日感傷不已。賈母因見他悶悶不樂，便常命人帶他去園中玩耍。

一日，賈珍等來回賈政：「園內工程俱已告竣，大老爺已瞧過了，只等老爺瞧了，或有不妥之處，再行改造，好題匾額對聯的。」賈政便帶了眾清客往園中來。

賈珍在前引路，剛進了園中，卻見寶玉正在花前呆呆地看著，便向他笑道：「你還不出

去，老爺就來了。」寶玉忙一溜煙就出園來。偏又遇上了，只得一邊站了，賈政便命寶玉跟了來。

只見正門五間，一色水磨群牆，白石臺階，左右一望，皆雪白粉牆，下面虎皮石，隨勢砌去，果然不落富麗俗套。進入門內，迎面一帶翠嶂擋在前面。眾清客都道：「好山，好山！」賈政道：「要不是這一山，一進園中所有景致盡入眼中，則有何趣。」眾人道：「極是，不是胸中有大丘壑者，怎能想到這個。」往前望去，見白石嶙嶙，苔蘚成斑，藤蘿掩映，微露羊腸小徑。賈珍道：「我們就從這小徑進去，回來由那一邊出去，才可遍覽。」說著，自己在前引導，賈政扶著寶玉，逶迤進入山口。抬頭忽見山上有鏡面白石一塊，正是迎面留題的地方，賈政回頭笑道：「諸公請看，此處題以何名方妙？」眾人也有說該題「疊翠」，也有說「錦嶂」的，又有說「賽香爐」、「小終南」的等等。賈政回頭命寶玉擬來，寶玉道：「編新不如述舊，此處並非主山正景，不如題『曲徑通幽處』這句舊詩在上，倒還大方氣派。」眾人都贊道：「是極！二世兄天分高，才情遠，不似我們讀腐了書的。」賈政笑道：「不要謬獎，他年小，不過以一知充十用，取笑罷了。」

說著，進入石洞來。只見佳木蘢蔥，奇花閃灼，一帶清流，從花木深處曲折瀉於石隙之下。再走幾步，豁然平坦，山坳樹木之間，飛樓隱約，俯視則清溪、石橋，橋上有亭。賈政與諸人上了亭子，倚欄坐了，便問：「諸公以為，這裡可題什麼？」諸人都道：「當日歐陽

公《醉翁亭記》裡說『有亭翼然』，就名『翼然』如何？」賈政笑道：「『翼然』雖好，但此亭壓水而成，還須偏於水來題才合適，依我想來，歐陽公有『瀉出於兩峰之間』句，就用他這一個『瀉』字如何？」有一客道：「竟是『瀉玉』二字妙。」賈政拈髯尋思，抬頭見寶玉，便笑命他也擬一個來。寶玉聽說，連忙回道：「老爺方才所議已是。但是追究了去，似乎當日歐陽公題釀泉用一『瀉』字則妥，今日這泉如果也用『瀉』字，則覺不妥。況且也覺粗陋不雅，應蘊藉含蓄些才好。」賈政笑道：「諸公聽他這話，方才眾人編新，你又說如述古，如今我們述古，你又說粗陋不妥。你且說你的來我聽。」寶玉道：「有用『瀉玉』二字，不如『沁芳』，豈不新雅？」賈政拈髯點頭不語。眾人都忙迎合，贊寶玉才情不凡。賈政道：「匾上二字容易，再作一副七言對聯來。」寶玉聽說，立於亭上，四顧一望，便唸道：

繞堤柳借三篙翠，隔岸花分一脈香。

賈政聽了，點頭微笑，眾人又是稱讚不已。於是出亭過池，一山一石，一花一木，莫不著意觀覽。忽抬頭看見前面一帶粉牆，裡面有千百竿翠竹遮映。眾人都道：「好個所在！」

賈珍笑道：「還是寶兄弟擬一個來。」寶玉便說：「若用四字的匾，古人有現成的，不如

就用『有鳳來儀』。」賈政笑道：「這一處還罷了，若能月夜坐此窗下讀書，不枉虛生一世。」說畢，看著寶玉，嚇得寶玉忙垂了頭，眾客忙用話岔開。

走著，前面忽有青山斜阻，轉過山懷之中，見有田莊籬舍，賈政笑道：「倒是此處有些道理。雖是人力穿鑿，此時一見，未免勾引起我歸農之意。我們且進去歇息歇息。」眾人道：「方才世兄說過，『編新不如述舊』，此處不如直書『杏花村』妙極。」賈政聽了，笑向賈珍道：「這倒提醒了我，只少一個酒幌。明日竟做一個，不必華麗，就依外面村莊的式樣做來，用竹竿挑在樹梢。」賈珍答應了。賈政又向眾人道：「『杏花村』固佳，只是犯了正名。」眾客都道：「是呀，如今虛的，便是什麼字樣好？」

寶玉卻等不得了，說道：「舊詩有云：『紅杏梢頭掛酒旗』，如今莫若用『杏簾在望』四字。」眾人都道：「好個『在望』！又暗合『杏花村』意。」寶玉冷笑道：「村名若用『杏花』二字，則俗陋不堪了。古人詩道：『柴門臨水稻花香』，何不就用『稻香村』的妙？」眾人哄聲拍手道：「妙！」賈政一聲斷喝：「無知的業障，你能知道幾個古人，能記得幾首熟詩，也敢在老先生面前賣弄！你方才那些胡說的，不過是試你的清濁，取笑而已，你就認真了！」嚇得寶玉趕緊垂下了頭。賈政等緩緩步入，見裡面紙窗木榻，富貴氣象一洗皆盡，心中自是歡喜，卻瞅寶玉道：「此處如何？」眾人都忙悄悄地推寶玉，叫他說好。寶玉不聽人言，應聲道：「不及『有鳳來儀』多了。」賈政聽了道：「無知的蠢物！你只知朱

樓畫棟，惡賴富麗為佳，哪裡知道這清幽氣象。終是不讀書之過！」寶玉忙答道：「老爺教訓的當然是，但古人常云『天然』二字，不知何意？」眾人見寶玉牛心，都怪他呆痴不改。今見問『天然』二字，忙道：「別的都明白，為何連『天然』不知？『天然』者，天之自然而有，非人力之所成也。」寶玉道：「卻又來！此處置一田莊，分明見得人力穿鑿扭捏而成。遠無鄰村，近不負郭，背山山無脈，臨水水無源，高無隱寺之塔，下無通市之橋，峭然孤出，怎如前面的有自然之理，得自然之氣。古人云『天然圖畫』四字，就怕的是非其地而強為地，非其山而強為山，即使百般精巧而終不相宜……」未及說完，賈政氣得喝命：「叉出去！」剛出去，又喝命：「回來！」命再題一聯，「若不通，一併打嘴！」寶玉只得唸道：

新綠派添浣葛處，好雲香護采芹人。

賈政搖頭說：「更不好。」一面引人出來。便是一路遊覽，逢留題吟聯之處，眾清客因知賈政有心試寶玉文字，也只是敷衍。逶迤行來，忽見前面崇閣巍峨，金輝彩煥。賈政道：「這是正殿了。只是太富麗了些。」寶玉卻忽然心有所動，尋思起來，倒像哪裡曾見過一般，卻一時想不起是哪年日月的事了。賈政又命他作題，他只顧細思前景，全無心思在此

了。眾人只當他受了這半日折磨，精神耗散，才盡詞窮了，怕一著急生出事來反不便，忙

勸賈政：「明日再題吧。」賈政也怕賈母不放心，冷笑道：「你這畜生，也竟有不能的時候

了。也罷，限你明日作來，這是要緊一處，更要好生作來！」

當時大家出來，寶玉一心只記掛著裡邊，又不見賈政吩咐，少不得跟到書房。賈政忽想

起他來，方喝道：「你還不去！難道還逛不足！也不想著老太太必是記掛著。」寶

玉方退出。

至院外，就有跟賈政的幾個小廝上來攔腰抱住，都說：「今兒虧得老爺喜歡，人人都

說，你剛才那些詩比世人的都強。今兒得了這樣的彩頭，該賞我們了。」寶玉笑道：「每人

一吊錢。」眾人道：「誰沒見那一吊錢！把這荷包賞了我們吧。」說著，眾人上來，將寶玉所佩

之物盡行解去。又道：「好生送上去吧。」賈母知不曾難為著他，心中自是歡喜。

少時襲人倒了茶來，見身邊佩物一件無存，便笑道：「帶的東西又是那起沒臉的東西們

解了去了。」黛玉聽說，走來瞧瞧，果然一件無存，便向寶玉道：「我給的那個荷包也給他

們了？你明兒再想我的東西，可不能夠了！」賭氣回房，將前日寶玉煩她做的香袋兒拿過來

就鉸。寶玉見她生氣，忙趕過來，早剪破了。

寶玉便忙把衣領解了，從裡面紅襖襟上將黛玉所給的那荷包解了下來，遞給黛玉瞧道：

「妳瞧瞧，這是什麼！我哪一回把妳的東西給人了？」黛玉見他如此珍重，戴在裡面，可

知是怕人拿去之意，因此又自悔莽撞，不由又愧又氣，低頭一言不發。寶玉道：「妳也不用剪，我知道妳是懶待給我東西。我連這荷包奉還，何如？」說著，擲向她懷中便走。黛玉更加聲咽氣堵，又汪汪地滾下淚來，拿起荷包來又剪。寶玉忙回身搶住，笑道：「好妹妹，饒了它吧！」黛玉將剪子一摔，拭淚說道：「你不用同我好一陣歹一陣的，要惱，就撂開手。禁不住寶玉上來「妹妹」長「妹妹」短的賠不是。

卻聽前面賈母一片聲找寶玉。眾奶娘丫鬟們忙回說：「在林姑娘房裡呢。」賈母聽說道：「好，好，好好讓他姐妹們一處玩玩吧。剛才他老子拘了他這半天，讓他開心一會兒吧。只別叫他們拌嘴，不許扭了他。」眾人答應著。黛玉被寶玉纏不過，只得起來道：「你的意思不叫我安生，我就離了你。」說著往外就走。寶玉笑道：「妳到哪裡，我跟到哪裡。」一面仍拿起荷包來戴上。黛玉伸手搶道：「你說不要了，這會兒又戴上，我也替你怪臊的。」說著，「嗤」地一聲又笑了。寶玉道：「好妹妹，明兒另替我做個香袋兒吧。」黛玉道：「那也只瞧我高興罷了。」一面說著，二人出房，到王夫人上房中去了，見寶釵也在那裡。

又見林之孝家的來回：「採買的十個小尼姑、小道姑都有了。另外有一個帶髮修行的，本是蘇州人氏，祖上也是讀書仕宦之家。因這位姑娘自小多病，買了許多替身兒都不中用，

到底親自入了空門，才好了，所以帶髮修行，今年才十八歲，法名妙玉。如今父母俱已亡故，身邊只有兩個老嬤嬤、一個小丫頭服侍。文墨也極通，模樣兒又極好。去年隨了師父上來⋯⋯」王夫人不等回完，便說：「既這樣，我們何不接了她來。」林之孝家的回道：「請她，她說：『侯門公府，必以貴勢壓人，我再不去的。』」王夫人笑道，「她既是官宦小姐，自然驕傲些，就下個帖子請她何妨。」

當時又有人來來往往地回事，寶釵便說：「咱們就別在這裡礙手礙腳的，找探丫頭去。」說著，便同寶玉、黛玉往探春房中去了。

第九回　賈元春歸省慶元宵　花襲人傳玉示姐妹

轉眼元宵將近，就有太監出來先看方向起居，各處關防；指示賈宅人員何處退息，何處受禮，何處進膳，何處啟事等等。外面又有工部官員和五城兵馬司打掃街道，攆逐閒人。至十四日，俱已停妥。這一夜，賈府上下通不曾睡。

至十五日五鼓，賈母等早在門外等候，後來問那先來的太監，知是太早，才又回去暫歇。到了將晚時候，忽聽外邊馬跑之聲，一時，有十來個太監都喘吁吁跑來拍手兒。先來的太監會意，都知道是「來了，來了」，各按方向站住。賈赦領全族子侄在西街門外，賈母領全族女眷在大門外迎接。

半日靜悄悄地。忽見一對對紅衣太監騎馬緩緩地走來，半日又是一對。來了十來對，方聞得隱隱細樂之聲。一對對龍旌鳳䍐，雉羽夔頭，銷金香爐，曲柄七鳳黃金傘，冠袍帶履；又有值事太監捧著香珠、繡帕、漱盂、拂塵等。一隊隊過完，後面八個太監抬著一頂金頂金黃繡鳳鑾輿，這方是賈妃所坐的車輛，緩緩行來，進入園中。

只見園中香煙繚繞，花彩繽紛，燈光細樂，說不盡的太平景象，富貴風流。

禮儀太監跪請升座受禮，兩陛樂起。一時太監引賈赦、賈政等，以及賈母等女眷行了跪

拜儀式。茶已三獻，賈妃從座上下來，退入側殿更衣，才備省親車駕出園。到了賈母正室，
欲行家禮，賈母等俱跪止不迭。賈妃滿眼垂淚，方彼此上前廝見，一手攙賈母，一手攙王夫
人，三個人滿心裡都有許多話，只是說不出，只管嗚咽對泣。邢夫人、李紈、王熙鳳、迎、
探、惜三姐妹等，在旁圍繞，也是垂淚無言。

半日，賈妃方忍悲強笑，安慰賈母、王夫人道：「當日既送我到那不得見人的去處，
好容易今日回家娘兒們一會，不說說笑笑，反倒哭起來。一會兒我去了，又不知多早晚才
來！」說到這句，不禁又哽咽起來。邢夫人等忙上來解勸。

又有賈政至簾外問安。賈妃隔簾含淚對父親道：「田舍之家，還能有天倫之樂；今雖富
貴已極，骨肉未能常聚，然終無意趣！」賈政也含淚啟道：「貴妃切勿以政夫婦殘年為念，
更祈自加珍愛。」賈妃也囑「暇時保養，切勿紀念」等語。

賈妃又問：「寶玉為何不進見？」賈母乃啟：「無諭，外男不敢擅入。」元妃命快引進
來。小太監出去引寶玉進來，先行國禮畢，賈妃命他進前，攜住他的手，又撫著他頭頸笑
道：「比先前竟長了好些！……」一語未終，淚如雨下。

尤氏、鳳姐等上來啟道：「筵宴齊備，請貴妃游幸。」賈妃等起身，命寶玉導引，同諸
人步至園門前。早見燈光火樹之中，諸般羅列非常。賈妃見園內外如此豪華，默默歎息奢華
過費。每到一處，口中極加讚歎，又勸以：「以後不可太過奢華，這都已過分之極。」不久

到了正殿，諭免禮歸座，大開筵宴。賈母等在下相陪，尤氏、李紈、鳳姐等親為捧羹把盞。正殿還留著未題，請貴妃賜名為幸。」賈妃又啟：「園中所有亭臺軒館，都是寶玉所題。

賈妃便命傳筆墨伺候，自己先題一絕：

天上人間諸景備，芳園應賜大觀名。

銜山抱水建來精，多少工夫築始成。

寫畢，向諸姊妹笑道，「我素乏捷才，今夜聊以塞責，不負斯景而已。妹輩亦各題一匾一詩，不可因我微才所縛。更喜寶玉竟知題詠，是我意外之想。如今使我當面試過，方不負我自幼教授的苦心。」寶玉只得答應了，下來自去構思。

迎、探、惜三人之中，要算探春又出於姊妹之上，然自忖也難與薛、林爭衡，只得勉強隨眾塞責而已，李紈也勉強湊成一律。賈妃挨次看了，稱賞一番，又笑道：「終是薛林二妹之作與眾不同，若論風流別致，自是林妹妹的，若含蓄渾厚，終讓寶妹妹。非愚姊妹可同列者。」

原來黛玉安心今夜大展奇才，將眾人壓倒，不想賈妃只命一匾一詠，只好胡亂作一首五言律應景罷了。

寶玉剛作了「瀟湘館」與「蘅蕪苑」二首，正作「怡紅院」一首，起草內有「綠玉春猶卷」一句。寶釵轉眼瞥見，趁眾人不注意，急忙回身悄悄推他道：「她因不喜『紅香綠玉』四字，改了『怡紅快綠』，你這會兒偏用『綠玉』二字。況且蕉葉之說也頗多，再想一個字改了吧。」寶玉便拭汗道：「我這會兒總想不起什麼典故出處來。」寶釵笑道：「你只把『綠玉』的『玉』字改做『蠟』字就是了。」寶玉道：「『綠蠟』可有出處？」寶釵悄悄地點頭笑道：「虧你今夜不過如此，將來金殿對策，你大約連『趙錢孫李』都忘了呢！唐錢詡詠芭蕉詩頭一句：『冷燭無煙綠蠟乾』，你都忘了不成？」寶玉聽了笑道：「該死，該死！現成眼前之物偏偏想不起來了，真可謂『一字師』了。從此後我只叫妳師父，再不叫姐姐了。」寶釵也悄悄笑道：「還不快作上去，只管姐姐妹妹的。誰是你姐姐，那上頭穿黃袍的才是你姐姐！你又認我這姐姐來了。」又怕躭延他工夫，抽身走開了。

黛玉因見寶玉大費神思，也走至寶玉案旁，悄問：「可都有了？」寶玉道：「才有了三首，只少『杏簾在望』一首。」黛玉道：「既如此，你只抄錄前三首吧。趕你寫完那三首，我也替你作出這首了。」低頭一想，早已吟成一律，便寫在紙條上，搓成個團子，扔在他跟前。寶玉打開一看，只覺這首比自己所作的三首高過十倍，喜出望外，連忙抄錄好呈上。

賈妃看了，喜之不盡，說：「果然進益了！」又指「杏簾」為前三首之冠。

那邊賈薔帶領十二個女戲，正等得不耐煩，只見太監飛跑來說：「作完了詩，快拿戲目來！」賈薔忙呈上錦冊。

少時看戲罷，復又一遊剛才未到之處，不覺到了請駕回鑾的時辰。太監呈上禮單跪啟：「賜物俱齊，請驗等例。」賈妃看過，即命一一發放。雖不忍離別，奈何皇家規矩，錯違不得，只得忍心上輿去了。

賈妃省親後，園中陳設動用之物收拾了兩三天才完。寶玉是無事之人，便在房中與丫鬟玩。正玩得沒興頭，寧府賈珍來請過去看戲、放花燈。寶玉因見繁華熱鬧到不堪的田地，便悄悄地出了二門。不覺來到秦氏舊時居住之處，心中觸動，想起那時夢境，便怔忡在那裡，又想到當日與秦鐘相遇相知，如今但見物是人非，不由掉下淚來。茗煙見如此，便說：「這會兒沒人知道，我悄悄地引二爺往城外逛逛去，一會兒再往這裡來，他們就不知道了。」寶玉道：「不好，萬一知道，又鬧大了，不如往熟近些的地方，還可就回來。」茗煙道：「熟近地方，誰家可去？」寶玉道：「不如咱們竟找你花大姐姐去，瞧她在家做什麼呢。」

原來襲人回過賈母，早起兄長花自芳就接了襲人回家去吃年飯，她母親又接了幾個外甥女、侄女來家。正吃果茶，聽見外面有人叫「花大哥」，花自芳忙出去看時，驚疑不止，連忙抱下寶玉來，在院內嚷道：「寶二爺來了！」襲人聽了，也不知為何，忙跑出來迎著寶玉，一把拉著問：「你怎麼來了？」寶玉笑道：「我怪悶的，來瞧瞧妳做什麼呢。」襲人才

100

放下心來，笑道：「你也太胡鬧了，可做什麼來呢！」一面又問茗煙笑道：「別人都不知道，就只我們兩個。」襪人聽了，復又驚慌，說道：「這還了得！若碰見了人，或是遇見了老爺，街上人擠車碰，萬一有個閃失，也是玩得的！你們的膽子比斗還大。都是茗煙挑唆的，回去我定告訴嬤嬤們打你。」茗煙嘬了嘴道：「二爺叫我引了來，這會兒推到我身上。我說別來吧──不然我們還回去吧。」花自芳忙勸道：「罷了，已來了，也不用多說了。只是茅簷草舍，又窄又髒，爺怎麼坐呢？」

襪人之母也早迎了出來，襪人拉了寶玉進去。房中三、五個女孩兒，見他進來，都低了頭，羞慚慚的。花自芳母子兩個百般怕寶玉冷，又讓他上炕，又忙倒好茶。襪人笑道：「你們不用白忙，我自然知道。果子也不用擺，也不敢亂給東西吃。」說著將自己的坐褥拿了一個鋪在炕上，寶玉坐了；又用自己的腳爐墊了腳；向荷包內取出兩個梅花香餅兒來，又將自己的手爐掀開焚上，仍蓋好，放在寶玉懷內；然後將自己的茶杯斟了茶，送給寶玉。她母兄已是忙著另外齊齊整整擺上一桌子果品來。襪人見總無可吃之物，便笑道：「既來了，沒有空去之理，好歹嘗一點兒，也是來我家一趟。」說著，便捻了幾個松子瓤，吹去細皮，用手帕托著送給寶玉。

寶玉看見襪人兩眼微紅，粉光融滑，便悄問襪人：「好好地哭什麼？」襪人笑道：「何嘗哭，才迷了眼揉的。」又道：「坐一坐就回去吧，這個地方不是你來的。」寶玉笑道：

「妳就回來才好呢，我還替妳留著好東西呢。」襲人悄悄笑道：「悄悄的，叫他們聽著什麼意思。」一面又伸手從寶玉項上將通靈玉摘了下來，向姐妹們笑道：「妳們見識見識。時常說起來都當稀罕，恨不能一見，今兒可盡力瞧了。再瞧什麼稀罕，也不過是這麼個東西。」遞給她們傳看了一遍，仍替寶玉掛好。又命她哥哥去雇一乘小轎或小車，送寶玉回去。花自芳道：「有我送去，騎馬也不妨了。」襲人道：「不為不妨，為的是碰見人。」

花自芳忙去雇了一頂小轎來，襲人又抓果子給茗煙，又給錢讓他買花炮放，叫他「不可告訴人，連你也有不是」。一直送寶玉至門前，看著上轎，放下轎簾。花、茗二人牽馬跟隨。來至寧府，茗煙命住轎，向花自芳道：「我同二爺還得到東府裡混一混，才好過去的，不然人家就疑惑了。」花自芳聽說有理，忙將寶玉抱出轎來，送上馬去。寶玉笑道：「倒難為你了。」於是仍進後門來，在東府裡鬧了一會兒方回來。

寶玉進了房中，獨見麝月一個在外間房裡抹骨牌，便笑道：「妳怎不同她們玩去？」麝月道：「都玩去了，這屋裡交給誰？那些老嬤嬤們，服侍了一天，也該叫她們歇歇；小丫頭們也是服侍了一天，這會兒還不叫她們玩玩去？」寶玉一聽，公然又一個襲人，便笑道：「我在這裡坐著，妳放心去吧。」麝月道：「你既在這裡，更不用去了，咱們兩個說話玩笑豈不好？」寶玉笑道：「咱兩個做什麼呢？怪沒意思的。也

「玩去了。」寶玉道：「沒有錢。」寶玉道：「床底下堆著那麼些，還不夠妳輸的？」麝月道：「晴雯她們呢？」寶玉道：「你既在這裡，

罷了，早上妳說頭癢，這會兒沒什麼事，我替妳篦篦頭吧。」便拿了篦子替她一一梳篦。

只見晴雯忙忙進來取錢，一見他兩個，便冷笑道：「哦，交杯盞還沒吃，倒上頭了！」

寶玉笑道：「妳來，我也替妳篦一篦。」晴雯道：「我沒那麼大福氣！」說著擲簾子出去了。

寶玉在麝月身後，麝月對鏡，兩人在鏡內相視而笑，寶玉說：「滿屋裡就只是她磨牙。」麝月忙向鏡中擺手，寶玉會意。忽聽呼一聲簾子響，晴雯又跑進來問道：「我怎麼磨牙了？咱們倒說說。」麝月笑道：「妳去妳的吧，又來問人。」晴雯笑道：「妳又護著。你們那瞞神弄鬼的我都知道，等我撈回本兒來再說話。」說著一徑出去了。

第十回　情切切良宵花解語　意綿綿靜日玉生香

到了晚間，命人接了襲人回來。正脫衣就寢時，寶玉見眾人不在房中，笑問襲人：「今兒那個穿紅的是妳什麼人？」襲人道：「那是我兩姨妹子。」寶玉讚歎了兩聲。襲人道：「歎什麼？我知道你心裡的緣故，想是說她哪裡配紅的。」寶玉笑道：「不是，不是。那樣的不配穿紅的，誰還敢穿。我因為見她實在好得很，怎麼也得她在咱們家就好了。」襲人冷笑道：「我一個人是奴才命罷了，難道連我的親戚都是奴才命不成？定還要揀實在好的丫頭才往你家來。」寶玉忙笑道：「妳又多心了。我說往咱們家來，必定是奴才不成？說親戚就使不得？」襲人道：「那也般配不上。」

寶玉便不肯再說，襲人笑道：「怎麼不言語了？想是我剛才冒撞沖犯了你，明兒賭氣花幾兩銀子買她們進來就是了。」寶玉笑道：「我不過是誇她好，正配生在這深堂大院裡，沒的我們這種濁物倒生在這裡。」襲人道：「她雖沒這造化，也是嬌生慣養的呢。如今各樣嫁妝都齊備了，明年就出嫁。」寶玉聽了「出嫁」二字，不禁又嗐了兩聲。正不自在，又聽襲人歎道：「我來這幾年，姐妹們都不得在一處。如今我要回去了。她們又都去了。」寶玉不覺吃一驚，問道：「怎麼，妳如今要回去了？」襲人道：「我今兒聽見我媽和哥

哥商議，明年就贖我出去呢。」

襲人道：「這話奇了！我又不比你這裡的家生子兒。一家子都在別處，獨我一個人在這裡，怎麼是個了局？」寶玉道：「我不叫妳去也難。」襲人道：「從來沒這道理。便是朝宮裡，也有個定例，沒有個長遠留下人的理，別說你了！」

寶玉一想，果然有理。又道：「老太太不放妳也難。」襲人道：「為什麼不放？我果然是個最難得的，或者感動了老太太，不放我出去，也是有的。其實我也不過是個平常的人，比我強的多而且多。我去了，仍舊有好的來了，不是沒了我就不成事。」

寶玉聽了，竟是有去無留的了，心內更加急了，說道：「依妳說，妳是去定了？」襲人道：「去定了。」寶玉自思道：「誰知這樣一個人，這樣薄情無義。」便歎道：「早知道都是要去的，我就不該弄了來，臨了剩我一個孤鬼兒。」說著，便賭氣上床睡去了。

原來襲人聽見她母兄要贖她回去，就說至死也不回去的，哭鬧了一陣。次後忽然寶玉去了，二人又那般形景，他母子二人心下更明白了，便再無贖念了。每要勸時，料不能聽，今日可巧有這一說，所以便先探其情，以壓其氣，然後好下箴規。今見他默默睡去了，知道是情有不忍，氣已餒墮。於是自己又來推寶玉，只見寶玉淚痕滿面，襲人笑道：「這有什麼傷心的，

你果然留我，我自然不出去了，我自己也難說了。」寶玉一聽這話，便說道：「妳倒說說，我還要怎麼留妳，我自己也難說了。」襲人笑道：「咱們素日好處，再不用說。我另說出兩三件事來，你果然依了我，就是你真心留我了，刀擱在脖子上，我也是不出去的了。」

寶玉忙笑道：「妳說，哪幾件？我都依妳。好姐姐，好親姐姐，別說兩三件，就是兩三百件，我也依。只求你們同看著我，守著我，等我有一日化成飛灰，化成輕煙，風一吹便散了的時候，──」急得襲人忙捂他的嘴，說：「好好的，正為勸你這些，便更說得狠了。這是頭一件要改的。」寶玉道：「改了，再要說，妳就擰嘴。還有什麼？」

襲人道：「第二件，你真喜讀書也罷，假喜讀書也罷，只是在老爺或別人跟前，你別只管批駁誚謗，只做出個喜讀書的樣子來，也叫老爺少生些氣，在人前也好說嘴。而且背前背後亂說那些混話，凡讀書上進的人，你就起個名字叫做『祿蠹』。這些話，怎麼怨得老爺不氣，不時時打你。叫別人怎麼想你？」寶玉笑道：「如今再不敢說了。還有什麼？」

襲人道：「再不可毀僧謗道，調脂弄粉。還有更要緊的一件，再不許吃人嘴上擦的胭脂了，與那愛紅的毛病兒。」寶玉道：「都改，都改。再有什麼，快說。」襲人笑道：「只是百事檢點些」不恣肆任情任性的就是了。你若果都依了，便拿八人轎也抬不出我去了。」襲人冷笑道：「這我可不稀罕的。有那個福氣，沒有那個道理。縱坐了，也沒什麼趣。」玉笑道：「妳在這裡長遠了，不怕沒八人轎妳坐。」寶

紅樓夢 上

誰想次日清晨，襲人便有些頭重發熱起來，寶玉讓她躺床上好好養著，又傳醫來看了，自己便去黛玉房中來看視。滿屋內靜悄悄地，揭起軟簾，進入裡間，只見黛玉睡在那裡，忙走上來推醒她道：「好妹妹，才吃了，又睡覺。」黛玉見是寶玉，便說道：「你且出去逛逛。我前兒鬧了一夜，今兒還沒有歇過來，渾身酸疼。」寶玉道：「酸疼事小，睡出來的病大。我替妳解悶兒，混過睏去就好了。」黛玉只閉著眼，說道：「我不睏，只歇兒，你且別處去鬧會兒再來。」寶玉推她道：「我往哪去呢，見了別人就怪膩的。」

黛玉嗤地一聲笑道：「你既要在這裡，那邊去老老實實地坐著，咱們說話兒。」寶玉道：「我也歪著。」黛玉道：「你就歪著。」寶玉道：「沒有枕頭，咱們在一個枕頭上。」黛玉道：「外頭不是枕頭？拿一個來枕著。」寶玉出至外間，看了一看，回來笑道：「那個我不要，也不知是哪個髒婆子的。」黛玉聽了，睜開眼，起身笑道：「真真你就是我命中的『天魔星』！請枕這一個。」說著，將自己枕的推與寶玉，又起身將自己的再拿了一個來枕了。

黛玉因見寶玉左邊腮上有鈕釦大小的一塊血漬，便欠身湊近前來細看道：「這又是誰的指甲刮破了？」寶玉側身，一面躲，一面笑道：「不是刮的，只怕是剛才替她們淘漉胭脂膏子，蹭上了一點兒。」說著，便找手帕要擦。黛玉用自己的替他擦了，口內說道：「你又幹這些事，幹也罷了，必定還要帶出幌子來。便是舅舅看不見，別人看見，又當奇事新鮮話兒了。」

107

去學舌討好兒，吹到舅舅耳朵裡，又該大家不乾淨惹氣。」

寶玉總未聽見這些話，只聞得一股幽香，從黛玉袖中發出，聞之令人心醉，便一把將黛玉的袖子拉住，要瞧籠著何物。黛玉笑道：「冬寒十月，誰帶什麼香呢。」寶玉笑道：「既然如此，這香是哪裡來的？」黛玉道：「連我也不知道。想必是櫃子裡頭的香氣，衣服上薰染的也未可知。」寶玉搖頭道：「未必。這香的氣味奇怪，不是那些香餅子、香球子、香袋子的香。」黛玉冷笑道：「難道我也有什麼『羅漢』、『真人』給我些香不成？便是得了奇香，也沒有親哥哥、親兄弟弄了花兒、朵兒、霜兒、雪兒替我炮製。我有的是那些俗香罷了。」

寶玉笑道：「凡我說一句，妳就拉上這麼些，不給妳個厲害，也不知道，從今兒可不饒妳了。」說著翻身起來，將兩隻手呵了兩口，伸手向黛玉兩肋下亂撓。黛玉素性怕癢，便笑得喘不過氣來，口裡說：「寶玉！你再鬧，我就惱了。」寶玉方住了手，笑問道：「妳還說這些不說了？」黛玉笑道：「再不敢了。」一面理鬢笑道：「我有奇香，你有『暖香』沒有？」

寶玉一時會意不過來，便問：「什麼『暖香』？」黛玉點頭歎道：「蠢才，蠢才！你有『玉，人家就有金來配你；人家有『冷香』，你就沒有『暖香』去配？」寶玉才聽出來，笑道：「方才求饒，如今更說狠了。」說著，又去伸手。黛玉忙笑道：「好哥哥，我可不敢

了。」寶玉笑道：「饒便饒妳，只把袖子籠給我聞一聞。」說著，便拉了袖子籠在面上，聞個不住。黛玉奪了手道：「這可該去了。」寶玉笑道：「去是不能，咱們斯斯文文地躺著說話兒。」說著，復又倒下。黛玉用手帕蓋上臉，寶玉有一搭沒一搭地說些鬼話，黛玉只不理。

寶玉只怕她睡出病來，便哄她道：「噯喲！你們揚州衙門裡有一件大故事，妳可知道？」黛玉見他說得鄭重，只當是真事，便問：「什麼事？」寶玉便忍著笑順口謅道：

「揚州有一座黛山，山上有個林子洞。」黛玉道：「你且說。」寶玉又謅道：

黛玉笑道：「就是扯謊，自來也沒聽見這山。」寶玉道：「天下山水多著呢，妳哪裡全知道不成？等我說完，妳再批評。」黛玉道：

「林子洞裡有群耗子精。那一年臘月初七日，老耗子升座議事，說道：『明日乃是臘八，世上人都熬臘八粥。如今我們洞中果品短少，須得趁此打劫些來方妙。』乃拔令箭一枝，遣一能幹的小耗前去打聽。一時小耗回報：『各處察訪打聽已畢，唯有山下廟裡果米最多。』老耗問：『米有幾樣？果有幾品？』小耗道：『米豆成倉，不可勝記。果品有五種：紅棗、栗子、落花生、菱角、香芋。』老耗聽了大喜，乃拔令箭去偷豆。一耗接令去偷米。然後一一地都領令去了。只剩了香芋一種，便又拔令箭問：『誰去偷香芋？』只見一個極小極弱的小耗應道：『我願去偷香芋。』老耗和眾耗恐它不諳練，又恐弱無力，都不准它去。小耗道：『我雖年小身弱，卻是

法術無邊，口齒伶俐，智謀深遠。此去管比牠們偷得還巧呢？」小耗道：「我不學牠們直偷。我只搖身一變，也變成個香芋，滾在香芋堆裡，使人看不出，聽不見，卻暗暗用分身法搬運，漸漸地就搬運盡了。豈不比直偷硬取的巧些？」眾耗聽了，都道：「妙卻妙，只是不知怎麼個變法，你先變個我們瞧瞧。」小耗聽了，笑道：「這個不難。」說畢，搖身說「變」，竟變了一個最標緻美貌的一位小姐。眾耗忙笑道：「變錯了，變錯了。原說變果子的，如何變出小姐來？」小耗現形笑道：「我說你們沒見世面，只認得這果子是香芋，卻不知鹽課林老爺的小姐才是真正的香玉呢。」

黛玉翻身爬起來，按著寶玉笑道：「我把你爛了嘴的！我就知道你是編我呢。」說著，便擰得寶玉連連央告，說：「好妹妹，饒我吧，再不敢了！我因聞著妳香，忽然想起這個典故來。」一語未了，只見寶釵走來，笑問：「誰說典故呢？我也聽聽。」黛玉忙笑道：「妳瞧瞧，有誰！他饒罵了人，還說是典故。」寶釵笑道：「原來是寶兄弟，怨不得他，他肚子裡的典故原多。只是可惜一件，到該用典故的時候，他偏忘了。有今日記得的，前兒的芭蕉詩就該記得。眼面前的倒想不起來，別人冷得那樣，你急得只出汗。這會兒偏又有記性了。」黛玉聽了笑道：「阿彌陀佛！到底是我的好姐姐。你一般也遇見對手了。可知一還一報，不爽不錯的。」剛說到這裡，只聽寶玉房中一片聲嚷起來。

三人出來，黛玉先笑道：「那是你嬤嬤和襲人叫嚷呢。那襲人也罷了，你嬤嬤真要排揎了。❶

她，可見老背晦❷了。」寶玉忙要趕過去，寶釵一把拉住：「你別和你嬤嬤吵，她老糊塗了，倒要讓她一步才是。」

可巧鳳姐路過，忙拉了李嬤嬤，笑道：「好嬤嬤，別生氣。大節下，老太太才喜歡了一日，妳是個老人家，別人高聲，妳還要管她們呢。難道妳反不知規矩，在這裡嚷起來，叫老太太生氣不成？妳只說誰不好，我替妳打她。我家裡燒得滾熱的野雞，快來跟我吃酒去。」一面說，一面拉著走，又叫：「豐兒，替妳李奶奶拿著拐棍，擦眼淚的手帕。」一時便拉著李嬤嬤走了，李嬤嬤一邊走一邊還嘴裡叨叨的。

寶釵、黛玉笑道：「虧這一陣風來，把個老婆子撮了去了。」寶玉點頭歎道：「這又不知誰得罪了她，上在她帳上。揀軟的來欺！」一旁晴雯聽了冷笑道：「誰又沒瘋了，得罪她做什麼。便得罪了她，就有本事承擔，不犯帶累別人！」襲人一面哭，一面拉寶玉：「為我得罪了一個老奶奶，你這會兒又為我得罪這些人，這還不夠我受的，還只是拉別人。」寶玉見她病著，又添了這些煩惱，便也不再說了。

❶ 排揎：頂撞、責備。

❷ 老背晦：罵人年老糊塗。

第十一回　王熙鳳正言彈妒意　林黛玉俏語謔嬌音

正月內，學房中放年學，閨閣中忌針，都是閒時。賈環也過薛姨媽處玩，正遇見寶釵、香菱、鶯兒三個趕圍棋作耍，賈環見了也要玩。頭一回贏了，心中十分歡喜。後來連輸了幾盤，便有些著急。這盤正輪到自己擲骰子，便狠命一擲，滴溜溜亂轉。鶯兒拍著手只叫「么」，賈環便瞪著眼，「六─七─八」混叫，那骰子偏偏轉出么來。賈環急了，伸手便抓起骰子來，然後就拿錢，說是個六點。鶯兒便說：「分明是個么！」寶釵見賈環急了，便瞅鶯兒說道：「越大越沒規矩，難道爺們還賴你？還不放下錢來呢！」鶯兒滿心委屈，只得放下錢，口內嘟囔說：「一個做爺的，還賴我們這幾個錢，連我也不放在眼裡，前兒我和寶二爺玩，他輸了那些，也沒著急。下剩的錢，還是幾個小丫頭們一搶，他一笑就罷了。」寶釵不等說完，連忙斷喝。賈環道：「我拿什麼比寶玉呢。妳們怕他，都和他好，都欺負我不是太太養的。」說著，便哭了。寶釵忙勸他：「好兄弟，快別說這話，人家笑話你。」一邊又罵鶯兒。

正值寶玉走來，見了便問：「是怎麼了？」賈環不敢做聲。寶釵知道他家規矩，凡做兄弟的，都怕哥哥，連忙替賈環掩飾著。誰知這寶玉是不要人怕他的，他想著：「我是正出，

他是庶出，就這樣著還有人背後談論，還禁得轄治他了？」更有個呆意思存在心裡，覺得凡山川日月之精華，只鐘於女兒，鬚眉男子不過是些渣滓濁沫而已，可有可無。故說道：「大正月裡哭什麼？這裡不好，你別處玩去。難道你守著這個東西哭一會兒就好了不成？你原是來取樂的，既不能取樂，就往別處再尋樂去。倒招自己煩惱，不如快去為是。」賈環聽了，只得回來。

趙姨娘見他這般，便問：「又是哪裡墊了踹窩來了？」賈環便說：「同寶姐姐玩的，鶯兒欺負我，賴我的錢。寶玉哥哥攆我來了。」趙姨娘啐道：「誰叫你上高臺盤去了？下流沒臉的東西！哪裡玩不得？誰叫你跑了去討這沒意思！」

正說著，可巧鳳姐在窗外過，便隔窗說道：「大正月裡，怎麼了？環兒弟小孩子家，一點半點兒錯了，你只教導他，說這些話做什麼！憑他怎麼，還有太太、老爺管他呢，就大口啐他！他現是主子，不好了，橫豎有教導他的人，與你什麼相干！環兄弟，出來，跟我玩去。」

賈環素日怕鳳姐比怕王夫人更甚，見說忙出來，趙姨娘也不敢做聲。鳳姐向賈環道：「你也是個沒氣性的！時常說給你：要吃，要喝，要玩，要笑，愛同哪一個姐姐、妹妹、哥哥、嫂嫂玩，就同哪個玩。你不聽我的話，反叫這些人教得歪心邪意，狐媚子魔道的。自己不尊重，要往下流走，安著壞心，還只怨人家偏心。輸了幾個錢？就這麼個樣兒！」賈環只得諾諾地回說：「輸了一、二百。」鳳姐道：「虧你還是爺，輸了一、二百錢就這樣！」回頭叫豐兒：

「去取一吊錢來，姑娘們都在後頭玩呢，把他送了玩去。你明兒再這麼下流狐媚子，我先打了你，打發人告訴學裡，皮不揭了你的！為你這麼不尊重，恨得你哥哥牙根癢癢，不是我攔著，窩心腳早把你的腸子踢出來了。」喝道：「去吧！」賈環只得自己玩去了。

那裡寶玉正和寶釵玩笑，忽見人說：「史大姑娘來了。」寶玉聽了，抬身就走。寶釵笑道：「等著，咱們兩個一起走，瞧瞧她去。」

只見史湘雲大笑大說的，見他兩個來，忙問好相見。黛玉便問寶玉：「在哪裡的？」寶玉便說：「在寶姐姐家的。」黛玉冷笑：「我說呢，虧在那裡絆住，不然早就來了。」寶玉道：「只許同妳玩，替妳解悶兒。不過偶爾去她那裡，就說這話。」黛玉道：「好沒意思的話！去不去關我什麼事，我又沒叫你替我解悶兒。可許你從此不理我呢！」說著，便賭氣回房去了。

寶玉忙跟了來，問道：「好好地又生氣了？就是我說錯了，妳到底也還坐在那裡，和別人說笑一會兒，又來自己發悶。」黛玉道：「你管我呢！」寶玉笑道：「我自然不敢管妳，只沒有個看著自己作踐了身子的。」黛玉道：「我作踐壞了身子，我死，與你何干！」寶玉道：「何苦來，大正月裡，死了活了的。」黛玉道：「偏說死！我這會兒就死！你怕死，你長命百歲的，如何？」

寶玉笑道：「要像只管這樣鬧，我還怕死呢，倒不如死了乾淨。」黛玉忙道：「正是

了，要是這樣鬧，不如死了乾淨。」寶玉道：「我說我自己死了乾淨，別聽錯了話賴人。」

正說著，寶釵過來道：「史大妹妹等你呢。」說著，便推寶玉走了。黛玉更加氣悶，只

向窗前流淚。沒兩盞茶的工夫，寶玉仍然過來了。黛玉抽抽噎噎地哭個不停：「你又來做什

麼？橫豎如今有人和你玩，比我又會唸，又會作，又會寫，又會說笑，又怕你生氣拉了你

去，你又做什麼來？」

寶玉聽了，忙上來悄悄地說道：「妳這麼個明白人，難道連個親疏先後也不知道？我雖

糊塗，卻明白這兩句話。頭一件，咱們是姑舅姐妹，寶姐姐是兩姨姐妹，論親戚，她比妳

疏。第二件，妳先來，咱們兩個一桌吃，一床睡，自小一塊長大，她是後來的，豈有個為她

疏遠妳的？」黛玉啐道：「我難道是為叫你疏遠她？那我成了個什麼人了呢？我為的是我的

心。」寶玉道：「我也為的是我的心。難道妳就知妳的心，不知我的心不成？」黛玉聽了，

低頭一語不發，半日說道：「你只怨人家怪你，你再不知道你自己嘔人難受。就拿今日天氣

比，分明冷了些，你倒反把披風脫了呢？」寶玉笑道：「何嘗不穿著，見妳一惱，我一發躁

就脫了。」黛玉歎道：「回來傷了風，又該餓著吵吃的了。」

正說著，只見湘雲走來，笑道：「二哥哥，林姐姐，你們天天一處玩，我好容易來了，

也不理我一會兒。」黛玉笑道：「偏是咬舌子還愛說話，連個『二』哥哥也叫不出來，只是

『愛』哥哥『愛』哥哥的。回來趕圍棋兒，又該妳鬧『么愛三四五』了。」寶玉笑道：「妳

學慣了她，明兒連妳還咬起來呢。」史湘雲道：「她再不放過人一點兒，專挑人的不好。妳自己便比世人好，也不犯著見一個打趣一個。我指出一個人來，妳敢挑她，我就服妳。」黛玉忙問是誰。湘雲道：「妳敢挑寶姐姐的短處，就算妳是好的。我算不如妳，她怎麼不及妳呢。」黛玉冷笑道：「我當是誰，原來是她！我哪裡敢挑她呢。」寶玉忙用話岔開。湘雲笑道：「這一輩子我自然比不上妳。我只保佑著明兒得一個咬舌的林姐夫，時時刻刻妳可聽『愛』、『厄』去。阿彌陀佛，那才現在我眼裡！」

說得眾人一笑，湘雲忙回身跑了。黛玉怕她趕上，在後忙說：「仔細絆跌了！哪裡趕得上？」黛玉趕到門前，被寶玉叉手在門框上攔住，笑勸道：「饒她這一遭吧。」黛玉搬著手說道：「我若饒過雲兒，再不活著！」湘雲見寶玉攔住，料黛玉不能出來，便立住腳笑道：「好姐姐，饒我這一遭。」恰巧寶釵來在湘雲身後，也笑道：「我勸妳兩個看寶兄弟分上，都丟開手吧。」黛玉道：「我不依。你們是一氣的，都戲弄我不成！」寶玉勸道：「誰敢戲弄妳！妳不打趣她，她焉敢說妳。」四人正難分解，有人來請吃飯，方一起往前邊來。

當晚，寶玉送她二人到房，那天已二更多時，襲人來催了幾次，才回自己房中來睡。次日天明，便披衣拖鞋往黛玉房中來，只見她兩個還睡著。那黛玉嚴嚴密密裹著一幅杏子紅綾被，安穩合目而睡，那史湘雲卻一把青絲拖於枕畔，被只齊胸，一彎雪白的膀子撂於被外，又帶著兩個金鐲子。寶玉見了，歎道：「睡覺還是不老實！回頭風吹了，又嚷肩窩疼了。」

一面說，一面輕輕地替她蓋上。黛玉早已醒了，覺得有人，就猜著定是寶玉，便翻身一看，說道：「這早晚就跑過來做什麼？」寶玉笑道：「這天還早呢！妳起來瞧瞧。」黛玉道：「你先出去，讓我們起來。」寶玉聽了，轉身出至外邊。

黛玉起來叫醒湘雲，穿好了衣服。湘雲洗了面，翠縷便拿殘水要潑。寶玉道：「站著，我趁勢洗了就完了，省得又過去費事。」說著便走過來，彎腰洗了兩把。紫鵑遞過香皂去，寶玉道：「這盆裡的就不少，不用搓了。」再洗了兩把，便要手巾。翠縷道：「還是這個毛病兒，多早晚才改。」

寶玉也不理，忙忙地擦牙漱口，見湘雲已梳完了頭，便走過來笑道：「好妹妹，替我梳上頭吧。」湘雲道：「如今我忘了，怎麼梳呢？」寶玉笑道：「橫豎我不出門，不過打幾根散辮子就完了。」說著，又千妹妹萬妹妹地央告。湘雲只得扶過他的頭來，一面編著，一面說道：「這珠子只三顆了。」說著，這一顆不是的。我記得是一樣的，怎麼少了一顆？」寶玉道：「丟了一顆。」湘雲道：「必定是外頭去掉下來，被人揀了去，倒便宜了他。」黛玉一旁盥手，冷笑道：「也不知是真丟了，也不知是給了人鑲什麼戴去了！」寶玉不答，因鏡臺兩邊都是妝奩等物，順手拿起來賞玩，不覺又順手拈了胭脂，要往口邊送，又怕湘雲說。正猶豫間，湘雲一手掠著辮子，一手伸過來「啪」地一下，將胭脂打落，說道：「這不長進的毛病兒，多早

晚才改。」

襲人進來，知是梳洗過了，只得回來自己梳洗。忽見寶釵走來，問道：「寶兄弟哪裡去了？」襲人含笑道：「寶兄弟哪裡還有在家裡的工夫！」又聽襲人歎道：「姐妹們和氣，也有個分寸禮節，也沒個黑天白日鬧的！憑人怎麼勸，都是耳旁風。」寶釵心中暗忖道：「倒別看錯了這個丫頭，聽她說話，倒有些識見。」便在炕上坐了，慢慢地閒言套問。

一時寶玉來了，寶釵方出去。寶玉便問襲人道：「怎麼寶姐姐和你說得這麼熱鬧，見我進來就跑了？」問一聲不答，再問時，襲人才道：「你問我麼？我哪裡知道你們的緣故。」寶玉聽了這話，見她臉上氣色不像往日，便笑道：「怎麼動了真氣？」襲人冷笑道：「我哪裡敢動氣！只是從今以後別進這屋子了。橫豎有人服侍你，再別來支使我，我仍舊還服侍老太太去。」一面便在炕上閉眼倒下。

寶玉無了主意，因見麝月進來，便問道：「妳姐姐怎麼了？」麝月道：「我知道嗎？問你自己便明白了。」寶玉呆了一回，自覺無趣，便起身歎道：「不理我罷了，我也睡去。」說著，便起身下炕，到自己床上歪下。

襲人聽他半日無動靜，微微地打鼾。料他睡著，便起身拿一領斗篷來，替他剛壓上，只聽「呼」地一聲，寶玉便掀過去，仍是閉目裝睡。襲人明知其意，點頭冷笑道：「你也不用生氣，從此後我只當啞子，再不說你一聲兒，如何？」寶玉禁不住起身問道：「我又怎麼

了？妳又勸我。妳勸我也罷了，又沒見妳勸我，一進來就不理我，賭氣睡了。我還摸不著是為什麼，這會兒妳又說我惱了。我何嘗聽見妳勸我什麼話了。」襲人道：「你心裡還不明白，還等我說呢！」

正鬧著，賈母遣人來叫他吃飯。寶玉胡亂吃了半碗，仍回自己房中，只見襲人睡在外頭炕上，麝月在旁邊抹骨牌。寶玉素知麝月與襲人親厚，一併連麝月也不理，揭起軟簾自往裡間來。麝月跟進來，寶玉便推她出去，說：「不敢驚動妳們。」麝月只得笑著出來，喚了兩個小丫頭進來。寶玉拿本書，歪著看了半天，因要茶。抬頭只見兩個小丫頭在地下站著，一個大些兒的生得十分水秀。寶玉便問：「妳叫什麼名字？」那丫頭便說：「叫蕙香。」寶玉便問：「是誰起的？」蕙香道：「我原叫芸香的，是花大姐姐改了蕙香。」寶玉道：「正經該叫『晦氣』罷了，什麼蕙香呢！」又問：「妳姐妹幾個？」蕙香道：「四個。」寶玉道：「妳第幾？」蕙香道：「第四。」寶玉道：「明兒就叫『四兒』，不必什麼『蕙香』、『蘭氣』的。哪一個配比這些花，沒的玷辱了好名好姓。」一面說，一面命她倒了茶來喝。襲人和麝月在外間聽了抿嘴而笑。

至晚飯後，寶玉因吃了兩杯酒，眼餳耳熱之際，若在往日則有襲人等大家喜笑有興，況今日早起晴雯又回家了，卻冷清清地一人對燈，好沒興趣。待要趕了她們去，又怕她們得了意，以後更加來勸；若拿出做上的規矩來，似乎又太無情。說不得一橫心只當她們死了，

橫豎自己也要過的。這麼一想，反能怡然自悅。便命四兒剪燈烹茶，自己看了一回《南華經》，心裡忽有解悟，趁興提筆續文，也覺意趣洋洋。

次日至天明方醒，翻身看時，見襲人和衣睡著。寶玉將昨日的事已忘了，便推她說道：

「起來好生睡，看凍著了。」

原來襲人料他不過半日片刻仍復好了，不想寶玉一日夜竟不回轉，自己反不得主意，直一夜沒睡好。今忽見寶玉如此，料他心意回轉，便索性不睬他。寶玉見她不應，便拉她的手笑道：「你到底怎麼了？」連問幾聲，襲人睜眼說道：「我也不怎麼樣。你睡醒了，你自過那邊房裡去梳洗，再遲了就趕不上了。」寶玉道：「我過哪裡去？」襲人冷笑道：「你問我，我知道？你愛往哪裡去，就往哪裡去。從今咱們兩個丟開手，省得雞聲鵝鬥，叫別人笑。橫豎那邊膩了過來，這邊又有個什麼『四兒』、『五兒』服侍。我們這起東西，可是白『玷辱了好名好姓』的。」寶玉笑道：「你今兒還記著呢！」襲人道：「一百年還記著呢！比不得你，拿著我的話當耳旁風，夜裡說了，早起就忘了。」寶玉見她嬌嗔滿面，情不可禁，便向枕邊拿起一根玉簪來，一跌兩段，說道：「我再不聽妳說，就同這個一樣。」襲人忙地拾起簪子，說道：「大清早起，這是何苦來！聽不聽什麼要緊，也值得這個樣子。」寶玉道：「妳哪裡知道我心裡急！」襲人笑道：「你也知道著急嗎！可知我心裡怎麼樣？快起來洗臉去吧。」說著，二人方起來梳洗。

第十二回　寶玉聽曲偶悟禪機　女兒奉諭喜入樂園

史湘雲住了兩日，便得回去。賈母道：「等過了妳寶姐姐的生日，看了戲再回去。」自己拿出二十兩，喚了鳳姐來，交她置酒戲。鳳姐湊趣笑道：「一個老祖宗給孩子們做生日，巴巴地找出這黴爛的二十兩銀子來做東道，這意思還叫我賠上。果然拿不出來也罷了，金的、銀的，圓的、扁的，壓塌了箱子底，只是為難我們。舉眼看看，誰不是兒女？難道將來只有寶兒弟頂了妳老人家上五臺山不成？那些體己只留於他，我們如今雖不配使，也別苦了我們。這個是夠酒的？夠戲的？」說得滿屋裡都笑起來。賈母也笑道：「你們聽聽這嘴！我也算會說的，這個鳳丫頭，誰知竟有這些話！」鳳姐笑道：「我婆婆也是一樣疼寶玉，我也沒處去訴冤，倒說我強嘴。」說著，又引著賈母笑了一回。

次日便是寶釵十五歲的生日。早起，寶玉因不見黛玉，便到她房中來尋，只見黛玉歪在炕上。寶玉笑道：「起來吃飯去，就開戲了。妳愛看哪一齣？我好點。」黛玉冷笑道：「你既這樣說，你特叫一班戲來，揀我愛的唱給我看。這會兒犯不上借人家光來問我。」寶玉笑道：「這有什麼難的，明兒也叫他們借咱們的光兒。」一面便拉起她來，攜手出去。

賈母便問寶釵愛聽何戲，愛吃何物。寶釵推讓一遍，深知賈母年老人，喜熱鬧戲文，愛吃甜爛之食，便總依賈母往日喜歡的說了出來，方點了一齣《西遊記》。賈母自是歡喜，然後便命鳳姐點。鳳姐也知賈母喜熱鬧，更喜謔笑科諢，便點了一齣《劉二當衣》。賈母果真更又喜歡，然後便命黛玉點，黛玉便讓薛姨媽、王夫人等。賈母道：「今日原是我特帶著你們取笑，咱們只管咱們的，別理她們。我巴巴地唱戲擺酒，為她們不成？她們在這裡白聽白吃，已經便宜了，還讓她們點呢！」說著，大家都笑了。

至上酒席時，賈母又命寶釵點。寶釵點了一出《山門》，寶玉道：「妳只喜歡點這些戲。」寶釵道：「你白聽了這幾年的戲，哪裡知道這齣戲排場詞藻都好呢。」寶玉道：「我從來怕這些熱鬧。」寶釵笑道：「要說這一齣熱鬧，你更算不知戲呢。你過來，我告訴你，這一齣戲是一套北《點絳唇》，鏗鏘頓挫，韻律不用說是好的了，只那詞藻中有一支《寄生草》極妙，你何曾知道。」寶玉見說得這般好，便湊近來央告：「好姐姐，唸給我聽聽。」寶釵便唸道：

漫搵英雄淚，相離處士家。謝慈悲剃度在蓮臺下。沒緣法轉眼分離乍。赤條條來去無牽掛。哪裡討煙蓑雨笠卷單行？一任俺芒鞋破缽隨緣化！

寶玉聽了，喜得拍膝搖頭，稱賞不已，又贊寶釵無書不知。黛玉道：「安靜看戲吧，還沒看《山門》，你倒《裝瘋》了。」說得湘雲也笑了。

賈母深愛那做小旦的和一個做小丑的，便令人另拿些肉果與她兩個，又另賞錢兩串。鳳姐笑道：「這個孩子扮上活像一個人，你們再看不出來。」寶釵心裡也知道，只是一笑。寶玉也猜著了，也不敢說。卻聽史湘雲介面道：「倒像林姐姐的模樣兒。」便忙把湘雲瞅了一眼。眾人聽了這話，留神細看，都笑起來了，說「果然不錯」。

晚間，湘雲便命翠縷把衣包收拾起來。翠縷道：「忙什麼，等去的日子不遲。」湘雲道：「明兒一早就走。在這裡做什麼？看人家的臉色！」寶玉聽了這話，忙趕近前拉她說道：「好妹妹，妳錯怪了我。林妹妹是個多心的人。別人分明知道，不肯說出來。誰知妳不防頭就說了出來，她豈不惱妳。我是怕妳得罪了她，所以才使眼色。要是別人，哪怕她得罪了人，與我何干呢？」湘雲摔手道：「你那花言巧語別對著我說。我原不如你林妹妹，別人拿她笑都使得，只我說了就有不是。我本來就不配說她。她是小姐主子，我是奴才丫頭，叫萬人拿腳踹！」寶玉急得說道：「我倒是為妳，反為出不是來了。我要有壞心，立刻就化成灰，叫萬人拿腳踹！」湘雲道：「大正月裡，少信嘴胡說這些沒要緊的話，你說給那些小性兒、行動愛惱的人聽去！別叫我啐你。」說著，一徑到賈母裡間，憤憤地躺著去了。

寶玉沒趣，只得又來尋黛玉。剛進門，便被黛玉推了出來，將門關上。寶玉又不解何

意，在窗外只是低聲叫「好妹妹、好妹妹」，黛玉總不理他。寶玉悶悶地垂頭不語。黛玉只當他回房去了，便起來開門，只見寶玉還站在那裡。黛玉不好再關門，寶玉跟進來問道：

「凡事都有個緣故，說出來，人也不委屈。好好地就惱了，到底為什麼呢？」寶玉道：

「問我？我也不知道為什麼。我原是給你們取笑的，拿我比戲子取笑。」黛玉冷笑道：

「我並沒有比妳，我並沒笑，為什麼惱我呢？」寶玉道：「你還要比？你還要笑？你不比不笑，比人比了笑了的還厲害呢！」寶玉聽了，無可分辯。

黛玉又道：「這也算了。你為什麼又和雲兒使眼色？莫非她和我玩，她就自輕自賤了？她原是公侯小姐，我原是平民丫頭，她和我玩，若我回了口，那不是她自惹輕賤了。是這主意不是？你卻也好心，只是那一個偏又不領你情，一樣也惱了。你又拿我作情，倒說我小性兒，行動肯惱，又怕她得罪了我。我惱她，與你何干？她得罪了我，又與你何干？」

寶玉細想自己原是為了她二人，不想反落了兩處的不是。目下不過這兩個人，還不能周全，將來還能如何？想到這裡，一陣心灰，也不分辯，自己轉身回房去了。黛玉見他賭氣去了，不禁更加添了氣：「這一去，一輩子也別來，也別說話！」

寶玉不理，回房躺在床上，只是呆呆地。襲人不敢就說，只以他事來排解，便說道：

「今兒看了戲，又勾出幾天戲來。寶姑娘一定要還席的。」寶玉冷笑道：「她還不還，與我什麼相干。」襲人笑道：「這是怎麼說？好好地大正月裡，大家都喜喜歡歡的，你又怎麼這

様了？」寶玉冷笑道：「她們歡喜不歡喜，也與我無干。」襲人笑道：「大家隨和，你也隨和點，彼此隨和豈不好？」寶玉道：「什麼是『大家彼此』！她們有『大家彼此』，我是『赤條條來去無牽掛』。」說到這句，不覺淚下。細想這句話意味，不禁大哭起來，翻身起來提筆立占一偈：

無可云證，是立足境。

是無有證，斯可云證。

你證我證，心證意證。

又恐人看到不解，又填了一支《寄生草》曲子在偈後。自己又唸一遍，自覺了無掛礙，中心自得，便上床睡了。

誰想黛玉見寶玉這次果斷而去，便以尋襲人為由，來視動靜。襲人笑回：「已經睡了。」又笑道：「姑娘請站住，有一個字帖兒，瞧瞧是什麼話。」說著，便將方才那曲子與偈語悄悄遞與黛玉。黛玉看了，知是寶玉一時感忿而作，不覺可笑可歎，便向襲人道：「作著玩的，沒什麼要緊。」說畢，便帶了去給湘雲、寶釵同看。看那曲子寫的是：

紅樓夢 上

125

無我原非你，從他不解伊。肆行無礙憑來去。茫茫著甚悲愁喜，紛紛說甚親疏密。從前碌碌卻因何？到如今回頭試想真無趣！

又看那偈語。寶釵笑道：「都是我的不是，是我昨兒一支曲子惹出來的。明兒認真說起這些瘋話來，存了這個意思，我成了罪魁了。」說著，便撕了個粉碎，遞與丫頭們說：「快燒了吧。」黛玉笑道：「不該撕，等我問他。妳們跟我來，包管叫他收了這個念頭。」

三人果然都往寶玉屋裡來。一進來，黛玉便笑道：「寶玉，我問你：至貴者是『寶』，至堅者是『玉』。你有何貴？你有何堅？」寶玉竟不能答。三人拍手笑道：「這樣鈍愚，還參禪呢。」黛玉又道：「你說『無可云證，是立足境』，固然好了，只是據我看，還未盡善。我再續兩句在後，『無立足境，是方乾淨』，如何？」寶釵道：「實在這才是悟徹。當日南宗五祖欲求法嗣，令徒弟諸僧各出一偈。上座神秀說道：『身是菩提樹，心如明鏡臺。時時勤拂拭，莫使有塵埃。』六祖惠能那時因尋師到此，正充伙頭僧，在廚房碓米，聽了便自唸一偈曰：『菩提本非樹，明鏡亦非臺。本來無一物，何處染塵埃？』五祖聽了，便將衣缽傳了他。今兒這偈語，也和此相同。方才這句，尚未完全了結，這便丟開手不成？」黛玉笑道：「那時不能答，就算輸了，這會兒答上了也不足為奇。只是以後再不許談禪了。連我們所知所能的，你還不知不能，還去參禪呢。」寶玉

自己以為覺悟，不想忽被黛玉一問，寶釵一比，而這些本不是她們平時所能的。自己想了一想：「原來她們比我知覺在先，尚未解悟，我如今何必自尋煩惱。」便笑道：「誰又參禪，不過一時玩笑罷了。」

一時便聽到賈母請去，方知是元春傳下諭來，道大觀園若使封鎖，徒令景致空負，花柳無顏。況家中現有幾個能詩會賦的姐妹，不如就叫移居進去。又因寶玉自幼在姐妹叢中長大，若不命他進去，恐冷落了他，也命隨進去讀書。

寶玉一聽，喜得無可如何。正和賈母盤算，要這個，弄那個。忽見丫鬟來說：「老爺叫寶玉。」便似打了個焦雷，頓時掃去興頭，轉了臉色，拉著賈母扭得扭股兒糖似的不敢去。賈母只得安慰他：「你只管去，有我呢，你父親不敢委屈了你。想是吩咐你幾句，不過不叫你在裡頭淘氣。他說什麼，你只好生答應著就是了。」一面喚了兩個老嬤嬤來，吩咐「好生帶了寶玉去，別叫他老子嚇著他」。

寶玉只得前去，一步挪不了三寸，蹭到這邊來。可巧賈政在王夫人房中商議事情，金釧兒等眾丫鬟都在廊簷底下站著呢，一見寶玉，都抿著嘴笑。金釧兒一把拉住寶玉，悄悄笑道：「我這嘴上是才擦的香浸胭脂，你這會兒可吃不吃了？」彩霞笑道：「人家正心裡不自在，妳還奚落他。趁這會兒老爺喜歡，快進去吧。」寶玉只得挨進門去。只見賈政和王夫人對面坐在炕上說話，迎春、探春、惜春、賈環四個人都坐在那裡。

賈政一舉目，見寶玉站在跟前，神采飄逸，秀色奪人；看看賈環，人物猥瑣，舉止粗俗；忽又想起賈珠來，若不是賈珠早逝，王夫人也不會只有眼前這一個親生的兒子；況自己鬚鬢也將蒼白，便把平常嫌惡寶玉之心不覺減了八九。半晌說道：「娘娘吩咐，說你日日外頭嬉游，學業疏懶，如今叫在園裡讀書寫字，你可用心讀書，再要不安分守己，你可仔細了！」寶玉連連答應了幾個「是」。王夫人便拉他在身旁坐下。

王夫人摸挲著寶玉的脖項說道：「前兒的藥丸都吃完了？」寶玉答道：「還有一丸。」王夫人道：「明兒再取十丸來，天天臨睡時，叫襲人服侍你吃了再睡！」賈政問道：「襲人是何人？」王夫人道：「是個丫頭。」賈政道：「丫頭不管叫個什麼罷了，是誰這樣刁鑽，起這樣的名字？」王夫人忙替寶玉掩飾：「是老太太起的。」賈政道：「老太太如何知道這話，一定是寶玉。」寶玉只得起身回道：「因有一句詩：『花氣襲人知晝暖』，這個丫頭姓花，便隨口起了這個名字。」王夫人忙又道：「寶玉，你回去改了吧。老爺也不用為這小事動氣。」賈政道：「究竟也無礙，又何用改。只是可見寶玉不務正，專在這些濃詞豔賦上做功夫。」說畢，斷喝一聲：「畜生，還不出去！」王夫人也忙道：「去吧，只怕老太太等你吃飯呢。」寶玉答應了，慢慢退出。出了房門向金釧兒笑著伸伸舌頭，帶著兩個嬤嬤一溜煙去了。

回到賈母跟前，黛玉還在那兒。寶玉便問：「妳住哪一處好？」黛玉笑道：「我心裡想

著瀟湘館好，愛那幾竿竹子隱著一道曲欄，比別處更覺幽靜。」寶玉拍手笑道：「正和我的主意一樣，我也要叫妳住這裡呢。我就住怡紅院，咱們又近，又都清幽。」

於是薛寶釵住了蘅蕪苑，黛玉住了瀟湘館，迎春住了紫菱洲，探春住了秋爽齋，惜春住了藕香榭，李紈住了稻香村，寶玉住了怡紅院。一時間，園中熱鬧起來。寶玉心滿意足，每日只和姐妹丫頭們一處，品詩論畫，低吟淺唱，鬥草簪花，無所不至。忽有一日不自在起來，這也不好，那也不好，出來進去總是悶悶的。

園中女孩兒，大多正是天真爛漫之時，坐臥嬉笑無心，哪裡知寶玉此時的心事。茗煙見他這樣，便想令他開心，左思右想，便到書坊內，把那古今小說、傳奇買了許多來，引寶玉看。寶玉何曾見過這些書，一看見了便如得了珍寶。茗煙又囑咐他不可拿進園去，「若叫人知道了，我就吃不了兜著走呢」。寶玉便每日背人處偷偷翻看，倒也樂在其中。

第十三回　妙西廂曲詞通戲語　痴女兒遺帕染相思

一日早飯後，寶玉攜了一套《西廂記》，走到沁芳閘橋邊桃花底下一塊石上坐著，從頭細玩。正看到「落紅成陣」，忽一陣風過，把樹頭上桃花吹下一大半來，落得滿身滿書都是。寶玉要抖它下來，又怕腳步踐踏了，便兜了那花瓣，抖在池內。花瓣浮在水面，飄飄蕩蕩，竟流出沁芳閘去了，回來見地下又落了許多。

寶玉正踟躕間，只聽背後有人說道：「你在這裡做什麼？」一回頭，卻是黛玉來了，一見寶玉把落花撂在水裡，便笑道：「撂在水裡不好。你看這裡的水乾淨，只一流出去，有人家的地方，仍舊把花糟蹋了。那畸角上我有一個花塚，如今掃了，裝在這絹袋裡，拿土埋上，日久不過隨土化了，豈不乾淨？」

寶玉聽了喜不自禁，說道：「待我放下書，幫妳來收拾。」黛玉便問：「什麼書？」寶玉見問，慌得藏之不迭，說道：「不過是《中庸》、《大學》。」黛玉笑道：「你又在我跟前弄鬼。趁早給我瞧，好多著呢。」寶玉道：「好妹妹，若論妳，我是不怕的。妳看了，好歹別告訴別人去。這真是好書！妳要看了，連飯也不想吃呢。」一面便遞了過去。黛玉把花具都放下，接書來瞧，從頭看去，越看越愛，自覺詞藻警人，餘香滿口。雖看完了，卻只管出

神，心內默默記誦。

寶玉笑道：「妹妹，妳說好不好？」黛玉笑道：「果然有趣。」寶玉笑道：「我就是個『多愁多病身』，妳就是那『傾國傾城貌』。」黛玉聽了，不覺帶腮連耳通紅，指寶玉道：「你這該死的胡說！好好地把這淫詞豔曲弄了來，說這些混話來欺負我。我告訴舅舅、舅母去。」說到「欺負」兩個字上，早又把眼睛圈兒紅了，轉身就走。寶玉著了急，向前攔住說道：「好妹妹，千萬饒我這一遭，原是我說錯了。若有心欺負妳，明兒我掉在池子裡，叫個癩頭黿吞了去，變個大王八，等妳明兒做了『一品夫人』病老歸西的時候，我往墳上替妳馱一輩子的碑去。」說得黛玉噗地一聲笑了，一面揉著眼睛笑道：「一般也嚇成這樣，還只管胡說。『呸，原來是個銀樣鑞槍頭。』」寶玉笑道：「你這個呢？我也告訴去。」黛玉笑道：「你會過目成誦，難道我就不能一目十行嗎？」

寶玉一面收書，一面笑道：「正經快把花埋了吧，別提這些個了。」二人便收拾落花，正才掩埋妥當。只見襲人走來，說道：「哪裡沒找到，卻在這裡來。那邊大老爺身上不好，姑娘們都過去請安，老太太叫打發你去呢。快換衣裳去吧。」

黛玉見寶玉去了，也正想回房，剛走到梨香院牆角上，只聽牆內笛韻悠揚，歌聲婉轉。偶然兩句吹到耳內：「原來姹紫嫣紅開遍，似這般都付與斷井頹垣。」黛玉聽了，十分感慨纏綿，便止住步側耳細聽，又聽唱道是：「良辰美景奈何天，賞心樂事誰家院。」不覺點頭

自歎：「原來戲上也有好文章。可惜世人只知看戲，未必能領略這其中的趣味。」想畢，又後悔不該胡想，耽誤了聽曲子。又側耳時，只聽唱道：「則為妳如花美眷，似水流年……」黛玉不覺心動神搖，又聽得「妳在幽閨自憐」等句，更加如醉如痴，站立不住，便一蹲身坐在一塊山子石上，細嚼這「如花美眷，似水流年」八字的滋味。忽又想起詩中有「水流花謝兩無情」，詞中有「流水落花春去也，天上人間」之句，兼方才《西廂記》中「花落水流紅，閒愁萬種」之句，都一時想起來，湊聚在一處。不覺心痛神痴，眼中落淚。忽覺背上擊了一下：「妳做什麼一個人在這裡？」回頭看時，原來是香菱。黛玉道：「妳這個傻丫頭，嚇我一大跳。妳這會兒打哪裡來？」香菱嘻嘻笑道：「尋我們姑娘呢。剛才妳們紫鵑也找妳呢，說璉二奶奶送了茶葉給妳的。走吧，回家去坐著。」一面便拉著黛玉的手回瀟湘館來了。

寶玉去問了賈赦的病回來，換了衣服，正要洗澡。秋紋等打水去了，襲人又去了薛寶釵處。寶玉因要吃茶，一連叫了兩三聲，方見兩三個老嬤嬤走進來。寶玉一見連忙搖手兒說：「罷，罷，不用妳們了。」老婆子們只得退出。

寶玉見沒丫頭們，只得自己下來，拿了碗向茶壺去倒茶。只聽背後說道：「二爺仔細燙了手，讓我們來倒。」一面說，一面走上來，早接了碗過去。寶玉倒嚇了一跳，問：「妳在哪裡的？忽然來了，嚇我一跳。」一面說，一面仔細打量那丫頭，見她細巧身材，十分俏麗

乾淨，便笑問道：「妳也是我這屋裡的人嗎？」那丫頭道：「是的。」寶玉道：「既是這屋裡的，我怎麼不認得？」那丫頭聽說，便冷笑了一聲道：「二爺認不得的也多，豈只我一個。我又從來不遞茶遞水，拿東拿西，眼見的事一點兒不做，哪裡認得呢。」寶玉道：「妳為什麼不做那眼見的事？」那丫頭道：「這話我也難說。只是有一句話回二爺，前兒有個什麼芸兒來找二爺。二爺正不在，便叫焙茗回他，叫他明兒早起再來。」剛說到這句話，秋紋、碧痕嘻嘻哈哈地說笑著進來，兩個人共提著一桶水，一手撩著衣裳，趔趔趄趄、潑潑撒撒的。那丫頭便忙迎去接。秋紋、碧痕正對著抱怨，「妳濕了我的裙子」，那個又說，「妳踹了我的鞋。」忽見走出一個人來接水，卻是小紅，二人皆詫異，將水放下，忙進房來東瞧西望，並沒個別人，只有寶玉，心中大不自在。只得預備下洗澡之物，待寶玉脫了衣裳，二人帶上門出來，便走去找小紅，問她方才在屋裡說什麼。小紅道：「我何曾在屋裡的？只因我的手帕不見了，往後頭找手帕去。不想二爺要茶吃，叫姐姐們一個沒有，是我進去了，才倒了茶，姐姐們便來了。」

秋紋聽了，啐了一口，罵道：「沒臉的下流東西！正經叫妳去催水去，妳說有事，倒叫我們去，妳可等著做這個巧宗兒。一裡一裡的，這不上來了。難道我們倒跟不上妳？妳也拿鏡子照照，配遞茶遞水不配！」碧痕道：「明兒我說給她們，凡要茶要水、送東送西的事，咱們都別動，只叫她去便是了。」秋紋道：「這麼說，不如我們散了，單讓她在這屋裡才倒了茶，姐姐們便來了。」

呢。」二人妳一句，我一句，正鬧著，只見有個老嬤嬤進來傳鳳姐的話說：「明日有人帶花匠來種樹，叫妳們可別混跑。衣服裙子別混曬混晾的。」秋紋便問：「明兒不知是誰帶進匠人來監工？」那婆子道：「說什麼後廊上的芸哥兒。」小紅聽了，知是昨兒外書房所見那人了，也不說什麼，便回房去了。

小紅因好容易才在寶玉面前露了個臉，又被秋紋等搶白了一通，也自灰心。悶悶地回至房中，睡在床上翻來覆去的，暗暗想著。忽聽窗外低低地叫道：「小紅，妳的手帕我拾在這裡呢。」小紅聽了忙走出來看，不是別人，正是賈芸，不覺粉面含羞，問道：「二爺在哪裡拾著的？」賈芸笑道：「妳過來，我告訴妳。」一面說，一面就上來拉她。小紅急回身一跑，卻被門檻絆倒。醒來方知是一夢，紅了臉，只呆呆地想著。

次日，寶玉因北靜王請去，到晚間才回。見了賈母，便又到了王夫人房中，可巧鳳姐、賈環也在。賈環正在給王夫人抄寫《金剛經》。

寶玉不過規規矩矩地說了幾句，便一頭滾在王夫人懷裡。王夫人說：「我的兒，你又喝多了酒，臉上滾熱。你還只是揉搓，一會兒鬧上酒來，還不如安安靜靜地躺一會兒。」便叫人拿個枕頭來，又叫彩霞來替他拍著。

賈環一邊抄寫一邊裝腔作勢的，一會兒叫玉釧兒剪燈花，一會兒說金釧兒擋了燈影，一時又叫彩霞倒杯茶來。彩霞倒了一杯水遞給他，一面悄悄地說道：「你安分些吧，何苦討

134

這個厭那個個嫌的。」賈環道：「我也知道了，妳別哄我。如今妳和寶玉好，不搭理我，我也

看出來了。」彩霞咬著嘴脣，向賈環頭上戳了一指頭：「沒良心的！狗咬呂洞賓，不識好人

心。」正說著，卻聽王夫人叫過來替寶玉拍著。

寶玉便和彩霞說笑，只見彩霞淡淡的，不大搭理，兩眼只向賈環處看。寶玉笑道：「好

姐姐，妳也理我一理呢。」一面拉她的手，彩霞奪回手道：「再鬧，我就嚷了。」

兩人正鬧著，賈環心裡早有不忿，便故意裝做失手，把那一盞油汪汪的蠟燈向寶玉臉上

一推。只聽寶玉「噯喲」了一聲，滿屋人都嚇了一跳。連忙看時，見滿臉滿頭都是油。王夫

人又氣又急，一面命人來替寶玉擦洗，一面又罵賈環。鳳姐三步兩步地上炕去替寶玉收拾

著，一面笑道：「老三還是這麼慌腳雞似的，我說你上不得高臺盤，趙姨娘時常也該教導教

導他。」一句話提醒了王夫人，便叫過趙姨娘來罵道：「養出這樣黑心不知道理下流種子

來，也不管管！幾番幾次我都不理論，你們得了意了，更加上來了。」趙姨娘見寶玉臉上燙

了一溜燎泡出來，一面心中暗暗趁願，一面不免忍氣吞聲，走去替寶玉收拾。王夫人看了，

又是心疼，又怕賈母問及不知怎麼回答，急得又把趙姨娘數落一頓。寶玉道：「明兒老太太

問，就說是我自己燙的罷了。」鳳姐笑道：「便說是自己燙的，也要罵人為什麼不小心看

著！橫豎有一場氣生的，到明兒憑你怎麼說去吧。」王夫人命人好生送寶玉回房去，襲人見

了，都慌得不得了。

黛玉自回房來，只覺悶悶的，沒個可說話的人，打發人問了兩三遍寶玉回來了不曾。這遍方才回來，又偏燙了，便趕著來瞧。見寶玉正拿鏡子照呢，左臉敷了滿滿的一臉藥，只當燙得十分厲害，忙近前瞧瞧。寶玉知她好潔，忙把臉遮著，搖手不叫看。黛玉強扳著看了，問疼得怎麼樣，寶玉道：「也不很疼，養一二日就好了。」黛玉坐了一回，方回去了。

一連幾天，寶玉因燙了臉，總不出門，倒時常與黛玉在一起說說話兒。後看了兩篇書，終是無趣，只覺煩悶得很。便倚著房門出了一回神，信步出來，看階下新出的稚筍，不覺出了院門，唯見花光柳影，鳥語溪聲。

不覺間便往怡紅院中來，只見幾個丫頭舀水，都在迴廊上圍著看畫眉洗澡呢。聽見房內有笑聲，便入房中看時，原來是李紈、鳳姐、寶釵都在這裡呢，一見她進來都笑道：「這不又來了一個。」黛玉笑道：「今兒齊全，誰下帖子請來的？」鳳姐道：「前兒我打發丫頭送了兩瓶茶葉去，妳往哪去了？」黛玉笑道：「哦，可是忘了，多謝多謝。」鳳姐又道：「妳嚐了可還好不好？」黛玉道：「味倒輕，只是顏色不大好些。」鳳姐道：「那是暹羅進貢來的。我嚐著也沒什麼趣兒，還不如我每日吃的呢。」黛玉道：「我吃著好，不知你們的脾胃是怎樣？」寶釵道：「妳要愛吃，我那裡還有呢。」黛玉道：「果然愛吃，把我這個也拿了去吃吧。」鳳姐道：「妳果然愛吃，我就打發丫頭取去了。」黛玉道：「不用取去，我明兒還有一件

事求妳，一併打發人送來。」

黛玉聽了笑道：「你們聽聽，這是吃了她們家一點兒茶葉，就來使喚人了。」鳳姐笑道：「求妳，妳倒說這麼些閒話。妳既吃了我們家的茶，怎麼還不給我們家做媳婦？」眾人都笑起來。黛玉紅了臉，一聲兒不言語，便回過頭去了。李紈笑向寶釵道：「真真我們二嬸子的詼諧是好的。」黛玉道：「什麼詼諧，不過是貧嘴賤舌討人厭罷了。」說著便啐了一口。鳳姐笑道：「妳給我們家做了媳婦，少什麼？」指寶玉道：「你瞧瞧，人物兒、門第配不上，根基配不上，家私配不上？哪一點還玷辱了妳呢？」

黛玉起身就走，寶釵便叫：「顰兒急了，還不回來坐著。走了倒沒意思。」說著便站起來拉住。只見趙姨娘和周姨娘兩個人進來瞧寶玉。李紈、寶釵、寶玉等都讓她兩個坐。獨鳳姐只和黛玉說笑，正眼也不看她們。

寶釵方要說話時，王夫人房內的丫頭來說：「舅太太來了，請奶奶姑娘們出去呢。」李紈忙叫著鳳姐等走了。趙、周兩個也忙辭了出去。寶玉道：「我也不能出去，你們好歹別叫舅母進來。」又道：「林妹妹，妳先略站一站，我說一句話。」鳳姐聽了，回頭向黛玉笑道：「有人叫妳說話呢。」說著便把黛玉往裡一推，和李紈等笑著去了。

這裡寶玉拉住黛玉的手，只是嘻嘻地笑，也不說話。黛玉不覺紅了臉，掙著要走，道：「這算了什麼呢？」寶玉半晌才道：「好妹妹，好歹過會兒再來陪我說說話。」黛玉也不答話，只管走了。

137

第十四回 蜂腰橋設言傳密語 瀟湘館春困發幽情

寶玉養過了三十三天之後，不但身體強壯，連臉上瘡痕也平復。寶玉病的時節，賈芸帶著家下小廝坐更看守，晝夜在這裡，與眾丫鬟也漸漸混熟了。小紅見賈芸手裡拿的手帕，倒像是自己從前掉的，待要問他，又不好問的，又怕人猜疑，正是猶豫不決、神魂不定之際，忽聽窗外問道：「姐姐在屋裡沒有？」佳蕙跑了進來，笑道：「我好造化！剛才花大姐姐叫往林姑娘那裡送茶葉去。可巧老太太那裡給林姑娘送錢來，正分給她們的丫頭們呢。見我去了，林姑娘就抓了兩把給我，也不知多少。妳替我收著。」把手帕打開，把錢倒了出來，小紅替她一五一十地數了收起。

佳蕙道：「妳這一程心裡到底覺得怎麼樣？我想起來了，林姑娘生得弱，時常她吃藥，妳就和她要些來吃，也是一樣。」小紅道：「胡說！藥也是混吃的。」佳蕙道：「妳這也不是個長法兒，又懶吃懶喝的，終究怎麼樣？」小紅道：「怕什麼，還不如早些兒死了倒乾淨！」佳蕙道：「好好的，怎麼說這些話？」小紅道：「妳哪裡知道我心裡的事！」

佳蕙點頭想了一會兒，道：「可也怨不得，這個地方難站。就像昨兒老太太因寶玉病了這些日子，說跟著服侍的這些人都辛苦了，叫按著等兒賞她們。我們算年紀小，上不去，我

也不抱怨，像妳怎麼也不算在裡頭？我心裡就不服。襲人哪怕她得十分兒，也不惱她，原該的。說良心話，誰還敢比她呢？別說她素日殷勤小心，便是不殷勤小心，也拚不得。可氣晴雯、綺霰她們這幾個，都算在上等裡去。妳說可氣不可氣？」小紅道：「也不犯著氣她們。俗語說的好，『千里搭長棚，沒有個不散的筵席』，誰守誰一輩子呢？不過三年五載，各人幹各人的去了。那時誰還管誰呢？」這兩句話不覺感動了佳蕙的心腸，由不得眼睛紅了，又不好意思好端端地哭，只得勉強笑道：「妳這話說得卻是。昨兒寶玉還說，明兒怎麼樣收拾房子，怎麼樣做衣裳，倒像有幾百年的似的。」

小紅聽了冷笑兩聲，正要說話，只見一個小丫頭進來，手裡拿著些花樣子和兩張紙，說道：「這是兩個樣子，叫妳描出來呢。」說著向小紅擲下，回身就跑了。小紅向外問道：「倒是誰的？也等不得說完就跑，誰蒸下饅頭等著妳，怕冷了不成！」那小丫頭在窗外只說得一聲：「是綺大姐姐的。」抬起腳來咕咚咕咚又跑了。小紅便賭氣把那樣子擲在一邊，向抽屜內找筆，找了半天都是禿了的，便說道：「前兒一枝新筆，放在哪裡了？怎麼一時想不起來。」想了一會兒方笑道：「是了，前兒晚上鶯兒拿了去了。」便向佳蕙道：「妳替我取了來。」佳蕙道：「花大姐姐還等著我替她抬箱子呢，妳自己取去罷。」小紅道：「她等著妳，妳還坐著閒打牙兒？我不叫妳取去，她也不等著妳了。壞透了的小蹄子！」說著，自己便出房來，出了怡紅院，一徑往寶釵院內來。剛至沁芳亭畔，只見寶玉的奶娘李嬤嬤從那邊

走來。小紅立住笑問道：「李奶奶，妳老人家哪去了？怎打這裡來？」李嬤嬤站住將手一拍道：「妳說說，好好地又看上了那個種樹的什麼雲哥兒、雨哥兒的，這會兒逼著我叫了他來。明兒叫上房裡聽見，可又是不好。」李嬤嬤道：「可怎麼樣呢？」小紅笑道：「那一個要是知道好歹，就回不進來才是。」李嬤嬤道：「他又不痴，為什麼不進來？」小紅笑道：「既是進來，妳老人家該同他一齊來，回來叫他一個人亂碰，可是不好呢。」李嬤嬤道：「我有那樣工夫和他走？不過告訴了他，回來打發個小丫頭子或是老婆子，帶進他來就完了。」說著，拄著拐杖一逕去了。小紅聽說，便站著出神，且不去取筆。一時抬頭見墜兒過來，問道：「哪去？」墜兒笑道：「叫我帶進芸二爺呢。」說著一逕去了。

小紅也慢慢地走去，剛到蜂腰橋門前，只見那邊墜兒引著賈芸來了。賈芸一面走，一面拿眼把小紅一溜，小紅只裝著和墜兒說話，也把眼去一溜賈芸。四目恰相對時，小紅不覺紅了臉，一扭身往蘅蕪苑去了。

寶玉見了賈芸，無非是些沒要緊的散話。誰家的戲子好，誰家的花園好，又告訴他誰家的丫頭標緻，誰家的酒席豐盛，又是誰家有奇貨，又是誰家有異物。那賈芸口裡只得順著他說，見寶玉有些懶懶的了，便起身告辭。寶玉也不甚留，只說：「你明兒閒了，只管來。」仍是墜兒送他出去。

出了怡紅院，賈芸便慢慢停著些走，賈叔房內慢慢停著些走，口裡一長一短和墜兒說話，先問她名字叫什麼？在寶叔房內幾年了？寶叔房內有幾個女孩子等等？墜兒一樁樁的都告訴了。賈芸又道：「剛才那個與你說話的，她可是叫小紅？」墜兒笑道：「她倒叫小紅。你問她做什麼？」賈芸又道：

「方才她問妳什麼手帕，我倒揀了一塊兒。」墜兒聽了笑道：「好二爺，你既問我，給我罷。我看她拿什麼謝我。」原來上月賈芸在園裡揀了一塊羅帕，不知是哪一個人的，今見是小紅的，心中早有了主意，便向袖內將自己的一塊取了出來，向墜兒笑道：「我給是給妳，妳若得了謝禮，不許瞞著我。」墜兒滿口裡答應了，接了手帕，送出賈芸，回來找小紅。

寶玉見賈芸去後，意思懶懶地歪在床上。襲人便走上來推他，說道：「怎麼又要睡覺？悶得很，你出去逛逛不是？」一面拉了寶玉起來：「你出去散散心就好了，只管這麼躺著，更加心裡煩膩了。」

寶玉出來，又不知往哪兒去，便在迴廊上調弄了一回雀兒，又順著沁芳溪看了一回金魚。只見那邊山坡上兩隻小鹿箭也似的跑，後面賈蘭拿著一張小弓追了下來。一見寶玉便站住笑道：「二叔叔在家裡呢。」寶玉道：「你又淘氣了，好好地射牠做什麼？」賈蘭笑道：「這會兒不念書，所以演習演習騎射。」寶玉道：「把牙栽了，那時才不演呢。」一邊說了，順著腳來至一個院門前，鳳尾森森，龍吟細細，原來是瀟湘館了。信步走入，見湘簾垂地，悄無聲息，覺得一縷幽香從碧紗窗中透出。寶玉便將臉貼在紗窗上，往裡看時，忽聽細

細的一聲長歎：「每日家情思睡昏昏。」寶玉不覺心內一動，再看時，卻見黛玉在床上伸懶腰。寶玉在窗外笑道：「為什麼『每日家情思睡昏昏』？」說著，一面掀簾子進來了。

黛玉自覺忘情，不覺紅了臉，拿袖子遮了臉，翻身向裡裝睡著了。黛玉的奶娘和兩個婆子也跟了進來說：「妹妹睡呢，等醒了再請來。」剛說著，黛玉便翻身坐了起來，笑道：「誰睡覺呢。」那三個婆子見黛玉起來，便笑道：「我們只當姑娘睡著了。」說著，便叫紫鵑說：「姑娘醒了，進來伺候。」

黛玉坐在床上，一面抬手整理鬢髮，一面笑向寶玉道：「人家睡覺，你進來做什麼？」寶玉見她星眼微餳，香腮帶赤，不覺心馳神搖，一歪身坐在椅子上，笑道：「妳剛才說什麼？」黛玉道：「我沒說什麼。」寶玉笑道：「給妳個榧子吃！我都聽見了。」

二人正說話，見紫鵑進來，寶玉笑道：「紫鵑，把你們的好茶倒碗我喝。」紫鵑道：「哪裡是好的呢？要好的，只是等襲人來。」黛玉道：「別理他，妳先給我舀水去吧。」紫鵑笑道：「他是客，自然先倒了茶來再舀水去。」說著倒茶去了，寶玉笑道：「好丫頭，『若共妳多情小姐同鴛帳，怎捨得疊被鋪床』？」

黛玉頓時摺下臉來，說道：「二哥哥，你說什麼？」寶玉笑道：「我何嘗說什麼。」黛玉便哭道：「如今新興的，外頭聽了村話來，也說給我聽；看了混帳書，也來拿我取笑兒。我成了替爺們解悶的了。」一面哭著，下床來往外就走。寶玉心下慌了，忙趕上來，道：

「好妹妹，我一時該死，妳別告訴去。我再敢說，嘴上就長個疔，爛了舌頭。」正說著，卻

見襲人來道：「快回去穿衣服，老爺叫你呢。」寶玉聽了，也顧不得別的了，急忙回去。

剛回來換好衣服，出了二門，就聽牆角一陣呵呵大笑，回頭只見薛蟠連忙打躬作揖賠不是。

「要不說姨夫叫你，你哪裡出來得那麼快。」寶玉怔了半天，

寶玉只好笑問道：「你哄我也罷了，怎麼說我父親呢？我告訴姨娘去，評評這個理，可使得

麼？」薛蟠忙道：「好兄弟，我原為求你快些出來，就忘了忌諱這句話。改日你也哄我，說

我的父親就完了。」寶玉笑道：「嗳，嗳，更加該死了。」

薛蟠道：「要不是，我也不敢驚動。只因明兒是我生日，誰知老胡他們，不知道從哪裡

尋了這麼粗這麼長的鮮藕，這麼大的西瓜，也虧得種了出來。我想，除我之外，唯有你還配

吃，所以特請你來，我和你樂一天如何？」

當寶玉從薛蟠處回來，襲人才知道原來不是老爺叫，正與他說著為什麼不先打發個人回

來報個信，倒讓人牽腸掛肚的，只見寶釵走進來笑道：「偏了我們新鮮東西了。」寶玉笑

道：「姐姐家的東西，自然先偏了我們。」說著，丫鬟倒了茶來，喝茶說閒話兒。

誰知晴雯和碧痕正拌了嘴，沒好氣，忽見寶釵來了，便把氣移在寶釵身上，心內嘀咕

著：「有事沒事跑了來坐著，叫我們三更半夜的不得睡覺！」正抱怨著，忽聽又有人叫門，

更加動了氣，也不問是誰，便說：「都睡下了，明兒再來吧！」

門外卻是黛玉，因見寶玉急忙而去，一日不回來，心裡到底放心不下，至晚飯後，便一步步行來，見寶釵進寶玉的院內去了，自己也便隨後走了來。剛到了沁芳橋，只見各色水禽池中浴水，文彩炫耀，站住看了一會兒，再往怡紅院來。

黛玉素知她們彼此玩耍慣了，恐怕沒聽真是她的聲音，只當是別的丫頭們來了，所以不開門，因而又高聲說道：「是我，還不開嗎？」晴雯偏偏還沒聽出來，使性子說道：「憑妳是誰，二爺吩咐的，一概不許放人進來！」

黛玉聽了，不覺氣怔在門外，待要高聲問她，恐逗起氣來，自己又回思一番：「雖說是舅母家如同自己家一樣，到底是客邊。如今父母雙亡，無依無靠，現在他家依棲。如今認真起來，也覺沒趣。」一面想，一面又滾下淚珠來，回去不是，站著不是，黛玉心中更加動了氣，左思右想，忽想起早起的事來：「必是惱我要告他的緣故。你今兒不叫我進來，難道明兒就不見面了！」越想越傷感，也不顧蒼苔露冷，花徑風寒，獨依牆角邊花蔭之下，悲悲戚戚嗚咽起來。那附近柳枝花朵上的宿鳥棲鴉一聞啼聲，都忕楞楞飛起遠避，滿地落花飄零……

忽聽院門日響處，只見寶釵出來了，寶玉襲人一群人送了出來。待要上去問著寶玉，又恐當著眾人面前羞了寶玉不便，因而閃過一旁。眼見寶釵去了，又見寶玉等進去關了門，方轉過

就惱我到這步田地。你今兒不叫我進來，難道明兒就不見面了！」越想越傷感，也不顧蒼苔

真起來，也覺沒趣。」一面想，一面又滾下淚珠來，回去不是，站著不是，黛玉心中更加動了氣，左思

來，猶望著門灑了幾點淚。自覺無味，返身回來，無精打采地卸了殘妝。只管倚著床欄杆，兩手抱著膝，眼睛含著淚，好似木雕泥塑的一般，直坐到二更天方才睡了。紫鵑等雖不知緣故，因已見慣她不是悶坐垂淚，便是愁眉長歎，便也不多理論。

第十五回 戲彩蝶巧施金蟬計 泣殘紅悲吟葬花詞

次日正交芒種節，閨中紛紛設擺各色禮物，祭餞花神。滿園繡帶飄飄，花枝招展。眾姊妹和李紈、鳳姐等與眾丫鬟們在園內玩耍，因獨不見黛玉，迎春便說道：「林妹妹怎麼還不見來？好個懶丫頭！這會兒還睡覺不成？」寶釵道：「妳們等著，我去鬧了她來。」說著便往瀟湘館來。一抬頭，見寶玉進去了，寶釵站住低頭想了想，若自己也跟了進去，一則寶玉不便，二則黛玉嫌疑。想著便抽身回來了。

忽見前面一雙玉色蝴蝶，一上一下迎風翩躚，十分有趣。寶釵便向袖中取出扇子來，向草地下來撲。那一雙蝴蝶忽起忽落，穿花度柳，引得寶釵躡手躡腳地，不覺跟到池中滴翠亭旁，已是香汗淋漓，嬌喘細細。寶釵也無心撲了，正想回來，卻聽滴翠亭裡邊嘁嘁喳喳有人說話。

寶釵便止住腳細聽，只聽說道：「妳瞧瞧這手帕果然是妳丟的那塊，妳就拿著；要不是，還了芸二爺去。」又有一人說話：「可不是我那塊！拿來給我吧。」寶釵聽這聲音大似寶玉房裡的小紅，卻不知這手帕又是怎麼回事……又聽說道：「妳不謝他，我怎麼回他呢？」他再三再四地和我說了，若沒謝的，不許我給妳呢。」半晌，聽答道：「也罷，拿我這個給他，算謝他的。再問：妳拿什麼謝我呢？」又聽說道：「妳不謝他，我怎麼回他呢？」

他，算謝他的吧。妳要告訴別人呢？須說個誓來。」忽又聽說道：「噯呀！咱們只顧說話，看有人來悄悄在外頭聽見。不如把這窗子都推開了，便是有人見了，也只當我們說玩話呢，咱們也看得見，就不說了。」

寶釵聽了，心中吃驚：這一開了窗，見我在這裡，她們豈不害臊？況小紅那丫頭眼空心大，是個頭等刁鑽古怪東西。一時急了，不但生事，我也沒趣。料著躲是來不及了，也只能「金蟬脫殼」了。猶未想完，只聽「咯吱」一聲窗戶打開，寶釵便故意放重了腳步，笑著叫道：「顰兒，我看妳往哪裡藏！」說著一面故意往前趕。

小紅和墜兒剛一推窗，聽如此說，都嚇怔了。寶釵笑道：「妳們把林姑娘藏在哪裡了？」墜兒道：「何曾見林姑娘了。」寶釵道：「我剛才在河那邊看著林姑娘蹲著弄水兒的。我要悄悄地過來嚇她一跳，她倒看見我，朝東一繞就不見了。別是藏在這裡頭了。」一面說著，一面故意進去尋了一尋，口內說道：「一定是又鑽在山洞裡去了，遇見蛇，咬一口也罷了。」一面走了，心中又好笑：這件事算遮過去了，不知她二人是怎樣。

小紅見她去遠，便拉墜兒道：「了不得了！林姑娘蹲在這裡，一定聽了話去了！」墜兒道：「這可怎麼樣呢？林姑娘嘴裡又愛刻薄人，心裡又細，若走露了風聲，怎麼樣呢！」正說著，只見文官等上亭子來了。二人只得掩住這話，且和她們玩笑。

一會兒，只見鳳姐站在山坡上招手叫，小紅忙跑至跟前，笑著問：「奶奶使喚做什麼

事？」鳳姐見她生得乾淨俏麗，說話知趣，便笑道：「我的丫頭今兒沒跟我進來。我這會兒想起一件事來，要使喚個出去，不知妳能幹不能幹，說得齊全不齊全？」小紅笑道：「奶奶只吩咐我說去。若說得不齊全，誤了奶奶的事，憑奶奶責罰就是了。」鳳姐笑道：「妳是哪位姑娘房裡的？她回來找妳，我好替妳說的。」小紅道：「我是寶二爺房裡的。」鳳姐笑道：「妳原來是寶玉房裡的，怪道呢。妳到我們家，告訴妳平姐姐：外頭屋裡桌上汝窯盤子架兒底下放著一卷銀子，那是一百六十兩，給繡匠的工價，等張材家的來要，當面稱給她瞧了，再給她拿去。再裡頭床頭間有一個小荷包拿了來。」

小紅聽說忙去了，回來卻不見鳳姐在這山坡上了。只見那邊探春、寶釵在池邊看魚，小紅才往稻香村來。頂頭只見晴雯、綺霰、碧痕、紫鵑、麝月、侍書、入畫、鶯兒等一群人來了。

晴雯一見了小紅，便說道：「妳只是瘋吧！院子裡花兒也不澆，雀兒也不餵，茶爐子也不生，就在外頭逛。」小紅道：「昨兒二爺說了，今兒不用澆花，過一日澆一回。我餵雀兒的時候，姐姐還睡覺呢。」碧痕道：「茶爐子呢？」小紅道：「今兒不該我的班兒，有茶沒茶別問我。」綺霰道：「妳聽聽她的嘴！妳們別說了，讓她逛去吧。」小紅道：「妳們再問問我逛了沒有？二奶奶使喚我說話取東西的。」說著將荷包舉給她們看。

晴雯冷笑道：「怪道呢！原來爬上高枝兒去了，把我們不放在眼裡。不知說了一句話半句話，名兒姓兒知道了不曾呢，就把她興得這樣！有本事從今兒出了這園子，長長遠遠地在高枝兒上才算得。」

小紅只得忍著氣來找鳳姐。鳳姐果然在李紈房中，小紅上來回道：「平姐姐說，奶奶剛出來了，她就把銀子收了起來，剛才張材家的來討，當面稱了給她拿去了。」說著將荷包遞了上去，又道：「平姐姐叫我回奶奶：剛才旺兒進來討奶奶的示下，好往那家子去。平姐姐就把那話按著奶奶的主意打發他去了。」鳳姐笑道：「她怎麼按我的主意打發去了？」小紅道：「平姐姐說：『我們奶奶問這裡奶奶好』。原是我們二爺不在家，雖然遲了兩天，只管請奶奶放心。等五奶奶好些，我們奶奶還會了五奶奶來瞧奶奶呢。五奶奶前兒打發人來說，舅奶奶奶打發人來了，問奶奶好，還要和這裡的姑奶奶尋兩丸延年神驗萬全丹。若有了，奶奶打發人來，只管送在我們奶奶這裡。明兒有人去，就順路給那邊舅奶奶帶去的。」話未說完，李紈道：「嗳喲喲，這些話我就不懂了。什麼『奶奶』、『爺爺』的一大堆。」鳳姐笑道：「怨不得妳不懂，這是四五門子的話呢。」說著，又向小紅笑道：「好孩子，難為妳說得齊全。不像她們扭扭捏捏蚊子似的。嫂子妳不知道，如今除了我隨手使的幾個丫頭媳婦之外，我就怕和她們說話。把一句話拉長了做兩三截兒，拿著腔兒，哼哼唧唧的，急得我冒火！先時我們平兒也是這麼著，我就問著她：難道必定裝蚊子哼哼就是美人了？說了幾遭，

才好些了。」李紈笑道：「都像妳潑皮破落戶才好。」鳳姐又道：「這一個丫頭就好。方才

兩遭，說話雖不多，聽那口聲就簡斷。可不知願意不願意？」小紅笑道：「願意不願意，我們也不敢說。只是跟著奶

奶，也學些眉眼高低，出入上下，大小的事也得見識見識。」剛說著，只見王夫人的丫頭來

請，鳳姐便辭了李紈去了。

黛玉因夜裡不曾睡好，起來遲了，怕人笑話她痴懶，連忙梳洗了出來。剛到了院中，只

見寶玉進來笑道：「好妹妹，妳昨兒可告我了不曾？叫我懸了一夜心。」黛玉便回頭叫紫鵑

道：「把屋子收拾了，撂下一扇紗屜；把簾子放下來，燒了香就把爐罩上。」一面自往外

走。寶玉認做是昨日中午得罪了她，哪知晚間的事？還打恭作揖的。黛玉正眼也不看，只管

自己出去了。寶玉心中納悶，看來竟不像是為昨日的事；但只是昨日我回來得晚了，又沒有

見她，再沒有衝撞了她的去處了，一面由不得隨後跟了來。

卻見寶釵、探春正在那邊看鶴舞，黛玉來了，探春便笑道：「寶哥哥，你往這裡來，我和你說話。」寶玉便跟她到了一棵石榴樹下。探春笑

道：「這幾個月，我又攢下有十來吊錢了。你明兒出門逛去的時候，或是好字畫，好輕巧玩

意兒，替我帶些來。」寶玉道：「我這麼大廊小廟的逛，也沒見個新奇精緻東西。」探春

道：「像你上回買的那些，這就好了，我喜歡得什麼似的。」寶玉笑道：「這也不值什麼，

拿五百錢出去給小子們，管拉一車來。」探春道：「小廝們知道什麼。你揀那樸而不俗的，替我帶了來。我還像上回的鞋做一雙你穿，比那一雙還加工夫，如何呢？」寶玉笑道：「妳提起鞋來，我倒想起了，那一回我穿著，可巧遇見老爺，老爺就不受用，問是誰做的。我哪裡敢提起『三妹妹』三個字，我就回說是前兒我生日，舅母給的。老爺才不好說什麼，半日還說：『何苦來！虛耗人力，作踐綾羅，做這樣的東西。』襲人說這還罷了，趙姨娘氣得抱怨得了不得：『正經兄弟，鞋搭拉襪搭拉的沒人看得見，且做這些東西！』」探春頓時沉下臉來，道：「這話糊塗到什麼田地！怎麼我是該做鞋的人嗎？怎麼抱怨這些話！給誰聽呢！我不過是閒著沒事兒，做一雙半雙，愛給哪個哥哥兄弟，隨我的心。誰敢管我不成！這也是白氣。」寶玉點頭笑道：「妳不知道，她心裡自然又有個想頭了。」探春更加動了氣，將頭一扭，說道：「連你也糊塗了！她那想頭自然是有的，總不過是那陰微鄙賤的見識。她只管這麼想，我只管認得老爺、太太兩個人，別的我一概不管。就是姐妹弟兄跟前，誰和我好，我就和誰好，什麼偏的庶的，我也不理論。還有笑話呢，就是上回我給你那錢，替我帶那玩的東西。她見了我，也是說沒錢使，怎麼難，我也不理論。誰知後來她就抱怨起來，說我攢的錢為什麼給你使，倒不給環兒使呢。我好笑又好氣，就出來往太太跟前去了。」正說著，只見寶釵那邊笑道：「說完了，來吧。顯見的是哥哥妹妹了，丟下別人，且說體己話去。我們聽一句兒就使不得了！」說著，探春、寶玉二人方笑著過來了。

寶玉因不見了黛玉，便知她躲了別處去了，想了一想，索性遲些時，等她的氣消一消再去也罷了。低頭卻看見許多鳳仙、石榴等花瓣，重重地落了一地，歎道：「這是她心裡生了氣，也不收拾這花兒。待我送了去，明兒再問著她。」正想著，寶釵約他們往外頭去。寶玉道：「我就來。」等她二人去遠了，便把那花兜了起來，一直奔了那日同黛玉葬桃花的地方來。快到花塚，只聽山坡那邊有嗚咽之聲。便知是黛玉了，聽她邊哭邊唸：「花謝花飛花滿天，紅消香斷有誰憐？……」一句句下來，悲啼落花，憂愁風雨。寶玉先不過點頭感歎，後聽到「儂今葬花人笑痴，他年葬儂知是誰？」「一朝春盡紅顏老，花落人亡兩不知！」等句，已是大慟痴倒：試想黛玉的花容月貌，將來也到無可尋覓之時，怎不令人心碎腸斷！黛玉既終歸無可尋覓之時，推之於他人如寶釵、襲人、晴雯等人，也自是無可尋覓之時，則自身又在哪裡？不知自身所在，則這園子、花柳，又如何呢？因此一而二、二而三反復推求了去，竟覺自己為何還要生為此等蠢物！

黛玉忽聽山坡上也有悲聲，心想：別人說我痴，難道還有一個痴的不成？想著抬頭一看，卻是寶玉，「啐！原來是這個狠心短命的……」剛說到「短命」二字，又忙掩住了口，長歎一聲，自己回身走了。

寶玉連忙趕上去說道：「妳且站住，我知妳不理我，我只說一句話，從此撂開手。」黛玉只得站住說道：「一句話，請說來。」寶玉道：「兩句，妳聽不聽？」黛玉聽說，回頭就

走。聽後面歎道：「既有今日，何必當初！」她由不得又回頭道：「當初怎麼樣？今日怎麼樣？」寶玉歎道：「當初妹妹來了，不是我陪著玩笑？憑我心愛的，妹妹要，就拿去；我愛吃的，聽見妹妹也愛吃，忙乾乾淨淨收拾了等妹妹吃。一桌子吃飯，一床上睡覺。丫頭們想不到的，我替丫頭們想到的，我心裡想著：姐妹們從小兒長大，親也罷，熱也罷，和氣到了頭兒，才見得比人好。如今誰承望姑娘人大心大，不把我放在眼睛裡，倒把外四路的什麼寶姐姐、鳳姐姐的放在心坎兒上，把我三日不理四日不見的。我以為……」說到這裡卻停住了，半晌又說：「誰知我是白操了心，弄得有冤無處訴！」說著不覺滴下淚來。

黛玉也不覺滴下淚來。寶玉又道：「我也知道我如今不好了，但只憑怎麼不好，萬不敢在妹妹面前有什麼錯處。便有錯，妳倒是教導我，罵我打我兩下，我都不灰心。誰知妳總不理我，叫我摸不著頭腦，少魂失魄，不知怎麼樣才好。我就是死了，也是個屈死鬼，還得妳申明了緣故，我才得超生呢！」

黛玉見說，不由得消了昨晚的氣惱：「你既這麼說，昨兒為什麼我去了，你不叫丫頭開門？」寶玉詫異道：「這話從哪裡說起？我要是這麼樣，立刻就死了。」黛玉啐道：「大清早起死呀活的，也不忌諱。你說有呢就有，沒有就沒有，起什麼誓呢？」寶玉道：「實在沒有見妳去，就是寶姐姐坐了一坐，就出來了。」黛玉想了一想，笑道：「是了。想必是你的丫頭們懶待動，惡聲惡氣的也是有的。」寶玉道：「想必是這個緣故。等我回去問了是誰，

153

教訓教訓她們就好了。」黛玉道：「你的那些姑娘們也該教訓教訓。今兒得罪了我的事小，若明兒寶姑娘來，什麼貝姑娘來的，也得罪了，事情可就大了。」說著抿著嘴兒笑。寶玉聽了，又是咬牙，又是笑。

正說著，只見丫頭來請吃飯。二人便先到王夫人房中，王夫人問道：「林姑娘，妳吃那鮑太醫的藥可好些？」黛玉道：「也不過這麼著。老太太叫我還吃王大夫的藥呢。」王夫人道：「前兒大夫說了個藥丸的名字，我一時也忘了，只記得有個『金剛』的什麼。」寶玉拍手笑道：「從來沒聽見有什麼『金剛丸』。若有了『金剛丸』，自然有『菩薩散』了！」說得滿屋裡人都笑了。寶釵抿嘴笑道：「想是天王補心丹。」王夫人笑道：「是這個名兒，如今我也糊塗了。」寶玉道：「太太倒不糊塗，都是叫『金剛』、『菩薩』支使糊塗了的。」王夫人又道：「扯你娘的臊！」又欠你老子捶你了。」寶玉笑道：「我老子再不為這個捶我的。」王夫人道：「既有這個名兒，明兒就叫人買些來吃。」寶玉笑道：「這些藥都是不中用的。太太給我三百六十兩銀子，我替妹妹配一料藥丸，包管一料不完就好了。」王夫人道：「胡說！什麼藥就這麼貴？」寶玉道：「當真的呢，我這個方子比別的不同。那個藥名兒也古怪，一時也說不清。只講那頭胎紫河車、人形帶葉參，三百六十兩還不足呢。那為君的藥，說起來嚇人一跳。前兒薛大哥哥求了我一、兩年，我才給了他這方子。他又尋了兩、三年，花了有上千的龜大何首烏、千年松根茯苓膽，諸如此類的藥都還不足為奇，只那為君的藥，說起來嚇人一跳。

銀子，才配成了。太太不信，只問寶姐姐。你別叫姨娘問我。」王夫人笑道：「到底是寶丫頭，好孩子，不撒謊。」寶玉把手一拍，說道：「我說的倒是真話呢，倒說我撒謊。」一回身，忽見黛玉坐在寶釵身後抿著嘴笑，用手指頭在臉上劃著羞他。

鳳姐笑道：「寶兄弟倒不是撒謊。上日薛大爺親自和我來尋珍珠，我問他做什麼，他說配藥，是寶兄弟說的方子。還抱怨說，哪裡知道這麼費事。還說要幾顆珍珠，只是定要頭上戴過的，所以來和我尋。我沒法兒，把兩枝珠花兒現拆了給他。」鳳姐說一句，那寶玉唸一句佛：「太太打量怎麼著。這不過也是將就罷咧。」王夫人道：「阿彌陀佛，就是墳裡有，這會兒翻屍盜骨的，做了藥也不靈啊！」寶玉便向黛玉說道：「妳聽見了沒有？難道鳳姐姐也跟著我撒謊不成？」卻拿眼睛瞟著寶釵。黛玉便拉王夫人道：「舅母聽聽，寶姐姐不替他圓謊，他只問著我。」王夫人也道：「寶玉很會欺負你妹妹。」寶玉笑道：「太太不知道這緣故。寶姐姐如今在裡頭住著呢，薛大哥的事自然是不知道了。林妹妹剛才在背後羞我，打量我撒謊呢。」

正說著，只見賈母房裡的丫頭來叫吃飯了。黛玉起身便走，那丫頭說：「等著寶二爺一塊去。」黛玉道：「他不吃飯，不和咱們走。」說著便出去了。寶玉道：「我今兒還跟著太太吃吧。」說著便叫那丫頭「去吧」，自己先跑到桌子上坐了。王夫人向寶釵等笑道：「妳

們只管吃妳們的，由他去吧。」寶玉便笑道：「你正經去吧。吃不吃，陪著林妹妹走一趟，她心裡正不自在呢。」寶玉道：「理她呢，過一會兒就好了。」

寶玉到底心裡記掛，吃過飯忙忙碌碌地要茶漱口。探春惜春都笑道：「二哥哥，你成日家忙的是什麼？吃飯吃茶也是這麼忙忙碌碌的。」寶釵笑道：「你叫他快吃了瞧他林妹妹去吧，叫他在這裡胡鬧些什麼呢？」

寶玉來至賈母這邊，見過賈母，便問：「林妹妹在哪裡？」賈母道：「裡頭屋裡呢。」寶玉進來，只見黛玉彎著腰拿著剪子裁什麼呢。寶玉笑道：「哦，這是做什麼呢？才吃了飯，這麼控著頭，一會兒又頭疼了。」黛玉只管裁她的。有一個丫頭說道：「那塊綢子角兒還不好呢，再熨熨吧。」黛玉便把剪子一撂，說道：「理他呢，過一會兒就好了。」寶玉只好賠著個笑臉站著。

一會兒，寶釵也進來了，一看笑道：「妹妹更加能幹了，連裁剪都會了。」黛玉笑道：「這也不過撒謊哄人罷了。」寶釵笑道：「告訴妳個笑話，剛才為那個藥，我說了個不知道，寶兄弟心裡不受用了。」黛玉道：「理他呢，過一會兒就好了。」寶玉向寶釵道：「老太太要抹骨牌，正沒人呢，妳抹骨牌去吧。」寶釵笑道：「我是為抹骨牌才來的？」說著便走了。黛玉道：「你倒是去吧，這裡有老虎，看吃了你！」寶玉只得還賠笑道：「妳也出去逛逛再裁不遲。」

黛玉總不理。寶玉便問丫頭們：「這是誰叫裁的？」黛玉便道：「憑誰叫我裁，也不關二爺的事！」寶玉正想再說什麼，見有人進來說：「外頭有人請。」寶玉聽了，只得走了。黛玉向外頭說道：「阿彌陀佛！你去了，再不要來了也罷。」

第十六回　蔣玉菡情贈茜香羅　薛寶釵羞籠紅麝串

寶玉出來，才知是馮紫英請吃飯。一時到了，只見薛蟠等早已在那裡了。大家說笑了一回，馮紫英先叫唱曲兒的小廝過來讓酒，然後命錦香院的妓女雲兒也來敬。那薛蟠三杯下肚，不覺忘了情，拉著雲兒的手笑道：「妳把那體己新樣兒的曲子唱個我聽，我吃一罈如何？」雲兒聽說，只得拿起琵琶來唱道：

兩個冤家，都難丟下，想著你來又記掛著他。兩個人形容俊俏，都難描畫。想昨宵幽期私訂在茶架，一個偷情，一個尋拿，拿住了三曹對案，我也無回話。

唱畢笑道：「你喝一罈子吧。」薛蟠笑道：「不值一罈，再唱好的來。」寶玉笑道：「如此濫飲，易醉而無味。不如我先喝一大海，發一新令，有不遵者，連罰十大海，逐出席外給人斟酒。」眾人都道：「有理，有理。」寶玉喝完一海，說道：「如今要說悲、愁、喜、樂四字，卻要說出女兒來，還要註明這四字緣故。說完了，飲門杯。酒面要唱一個新鮮時樣曲子，酒底要席上生風一樣東西，或古詩、舊對、成語。」薛蟠未等說完，先站起來攔

道：「我不來，別算我。這竟是捉弄我呢！」雲兒推他坐下，笑道：「怕什麼？這還虧你天天吃酒呢，難道你連我也不如！說不是了，不過罰上幾杯，哪裡就醉死了。你如今一亂令，倒喝十大海，下去斟酒不成？」薛蟠只得坐了。聽寶玉說道：「女兒悲，青春已大守空閨。

女兒愁，悔教夫婿覓封侯。女兒喜，對鏡晨妝顏色美。女兒樂，秋千架上春衫薄。」

眾人稱歎，薛蟠獨揚著臉搖頭說：「不好，該罰！」眾人問：「如何該罰？」薛蟠道：

「他說的我統統不懂，怎麼不該罰？」雲兒便擰他一把，笑道：「你悄悄地想你的吧。回頭

說不出，又該罰了。」於是拿著琵琶聽寶玉唱道：

滴不盡相思血淚拋紅豆，開不完春柳春花滿畫樓，睡不穩紗窗風雨黃昏後，忘不了新愁與舊愁，咽不下玉粒金蓴噎滿喉，照不見菱花鏡裡形容瘦。展不開的眉頭，挨不明的更漏。

呀！恰便似遮不住的青山隱隱，流不斷的綠水悠悠。

唱完，大家齊聲喝采，獨薛蟠說無板。寶玉飲了門杯，便拈起一片梨來，說道：「雨打梨花深閉門。」完了令。

下該馮紫英，令完，輪到雲兒。雲兒道：「女兒悲，將來終身指靠誰？」薛蟠歎道：

「我的兒，有妳薛大爺在，妳怕什麼！」眾人都道：「別打混！」雲兒又道：「女兒愁，媽

媽打罵何時休！」薛蟠道：「前兒我見了妳媽，還吩咐她不要打妳呢。」眾人都道：「再多話罰酒十杯。」薛蟠連忙自己打了一個嘴巴子，說道：「沒耳性，再不許說了。」雲兒又道：「女兒喜，情郎不捨還家裡。女兒樂，住了簫管弄弦索。」說完唱了一曲，飲了門杯，說道：「桃之夭夭。」

薛蟠說道：「我可要說了。女兒悲……」說了半日，不見說底下的。馮紫英笑道：「悲什麼？快說來。」薛蟠頓時急得眼睛鈴鐺一般，瞪了半日，才說道：「女兒悲……」又咳嗽了兩聲，說道：「女兒悲，嫁了個男人是烏龜。」眾人聽了都大笑起來。薛蟠道：「笑什麼，難道我說的不是？一個女兒嫁了漢子，要當王八，她怎麼不傷心呢？」眾人笑得彎腰說道：「你說的很對，快說底下的。」薛蟠瞪了一瞪眼，又說道：「女兒愁……」眾人笑道：「該罰，該罰！這句更不通了。」說著便要篩酒。寶玉笑道：「押韻就好。」薛蟠道：「令官都准了，你們鬧什麼？」眾人方才罷了。雲兒笑道：「下兩句更加難說了，我替你說吧。」薛蟠道：「胡說！當真我就沒好的了！聽我說吧：『女兒愁，繡房攛出個大馬猴。』眾人呵呵笑道：「該罰，該罰！這句何其太雅？」薛蟠又道：「女兒樂……」眾人聽了，都扭著臉說道：「該死，該死！快唱了吧。」寶玉一時沒聽清，便問說的什麼，眾人一笑，並不答言。寶玉知必是粗話了，便不再問。聽薛蟠唱道：「一個蚊子哼哼哼。」眾人都怔了，說：「這是個什麼曲兒？」薛蟠只

管唱道：「兩個蒼蠅嗡嗡嗡。」眾人都道：「罷，罷，罷！」薛蟠道：「愛聽不聽！這是新鮮曲兒，叫做哼哼韻。你們要懶得聽，連酒底都免了，我就不唱。」眾人都道：「免了吧，免了吧，倒別耽誤了別人。」於是唱小旦的蔣玉菡，說完女兒悲、愁、喜、樂，也唱了一曲，飲了門杯，笑道：「這詩詞上我倒有限。可巧昨日見了一副對子，還記得一句，幸而席上還有這件東西。」說畢，便乾了酒，拿起一朵木樨來，唸道：「花氣襲人知驟暖。」

薛蟠又跳了起來，喧嚷道：「了不得，了不得！該罰，該罰！這席上又沒有寶貝，你怎麼唸起寶貝來？」蔣玉菡倒怔了，說道：「何曾有寶貝？」薛蟠道：「你還賴呢！你再唸來。」蔣玉菡只得又唸了一遍。薛蟠道：「襲人可不是寶貝是什麼？你們不信，只問他。」說著，指著寶玉。寶玉不好意思起來，說：「薛大哥，你該罰多少？」薛蟠道：「該罰，該罰！」說著拿起酒來，一飲而盡。馮紫英與蔣玉菡等不知緣故，雲兒便告訴了他們。蔣玉菡忙起身賠罪，眾人都道：「不知者不罪。」

少刻，寶玉出席解手，蔣玉菡便隨了出來，又賠不是。寶玉見他嫵媚溫柔，心中十分留戀，便緊緊地搭著他的手，叫他：「閒了往我們那裡去。還有一句話借問，也是你們貴班中，有一個叫琪官的，他在哪裡？如今名馳天下，我獨無緣一見。」蔣玉菡笑道：「就是我的小名兒。」寶玉不覺欣然跌足笑道：「有幸，有幸！果然名不虛傳。今兒初會，便怎麼樣呢？」想了一想，將一個玉扇墜解下來贈予。琪官也將一條大紅汗巾子解了下來，遞與寶

玉，道：「這汗巾子是茜香國女國王所貢之物，夏天繫著，無汗生香。是昨日北靜王給我的，若是別人，我斷不肯相贈。二爺請把自己繫的解下來，給我繫著。」於是便歸坐飲酒，至晚方散。

寶玉回至園中，寬衣吃茶。襲人見扇子上的墜兒沒了，便問他。寶玉道：「在馬上丟了。」睡覺時見腰裡一條大紅汗巾子，襲人便猜了八九分，便說道：「你有了好的，把我那條還我吧。」寶玉聽說，才想起那條汗巾子原是襲人的，不該給人才是。只得笑道：「我賠妳一條吧。」襲人點頭歎道：「我就知道又幹這些事！也不該拿著我的東西給那些混帳人去，心裡也沒個算計。」想要再說，又恐嘔上他的酒來。

至次日天明，方才醒了，只見寶玉笑道：「夜裡失了盜也不曉得，妳瞧瞧褲子上。」襲人低頭一看，只見昨日寶玉繫的那條汗巾子繫在自己腰間呢，便知是寶玉夜間換了，忙解下來，說道：「我不稀罕這東西，趁早兒拿了去！」寶玉委婉解勸了一回，襲人只得繫在腰裡。過後寶玉出去，便解下來擲在個空箱子裡。

當時襲人回道：「宮裡娘娘賞下端午節禮了。我取了來，你看看。」寶玉看了問道：「別人的也都是這個？」襲人道：「你的同寶姑娘的一樣，林姑娘和二姑娘、三姑娘、四姑娘，只有扇子和數珠兒。」寶玉聽了道：「怎麼林妹妹的倒不和我的一樣，倒是寶姐姐的和我一樣？別是傳錯了吧？」襲人道：「都是一份一份寫著，怎麼會錯了？」寶玉便叫紫

鵑來：「拿了這個到妳們姑娘那裡去，就說愛什麼留下什麼。」紫鵑拿了去，不一時回來說：「林姑娘說了，也得了，二爺留著吧。」

剛要出來去賈母那裡請安，只見黛玉來了。寶玉趕上去笑道：「我的東西叫妳揀，妳怎麼不揀？」黛玉昨日所惱寶玉的心事早又丟開，只顧今日的事了，便說道：「我沒這麼大氣禁受，比不得寶姑娘，什麼金什麼玉的，我們不過是草木人兒罷了！」寶玉聽她說出「金玉」二字來，不覺心裡疑猜，便說道：「除了別人說什麼金什麼玉，我要有這個想頭，天誅地滅，萬世不得人身！」黛玉忙又笑道：「好沒意思，白白地起什麼誓？管你什麼金什麼玉的？」寶玉道：「我心裡的事也難對妳說，日後自然明白：除了老太太、老爺、太太這三個人，第四個就是妹妹了。要有第五個人，我也說個誓。」黛玉：「你也不用說誓，我很知道你心裡有『妹妹』，但只是見了『姐姐』，就把『妹妹』忘了。」寶玉道：「那是妳多心，我才不是這樣的。」黛玉道：「昨兒寶丫頭不替你圓謊，為什麼問著我呢？那要是我，你又不知怎麼樣了呢。」

正說著，只見寶釵從那邊來了，二人便走開了。寶釵只裝看不見，低頭過去了。到了王夫人那裡，坐了一回，然後到了賈母這邊，只見寶玉也在這裡。寶釵因往日母親對王夫人等曾提過「金鎖是個和尚給的，等日後有玉的方可結為婚姻」等語，所以總遠著寶玉。昨兒見元春所賜的東西，獨她與寶玉一樣，心裡更加沒意思起來。忽聽寶玉問道：「寶姐姐，我瞧

瞧妳的那香串子呢?」可巧寶釵生得肌膚豐澤,一時褪不下來。寶釵在旁看著,不覺動了羨慕之心,暗想這個膀子若長在林妹妹身上,或者還得摸一摸,偏生長在她身上。忽然想起「金玉」一事來,再看看寶釵的形容,比黛玉另具一種嫵媚風流,不覺又呆了,忘了去接香串子。寶釵自己倒不好意思起來,丟下串子,回身才要走,只見黛玉蹬著門檻子,嘴裡咬著絹子笑呢。寶釵道:「妳又禁不得風吹,怎麼又站那風口裡?」黛玉笑道:「何曾不是在屋裡的。只因聽見天上一聲叫,出來瞧瞧,原來是個呆雁。」寶釵道:「呆雁在哪裡呢?我也瞧一瞧。」黛玉道:「我才出來,他就『忒兒』一聲飛了。」口裡說著,將手裡的絹子一甩,向寶玉臉上甩來。寶玉不防,正打在眼上,「噯喲」了一聲,忙問這是誰。

一時,鳳姐來了,因說起初一日在清虛觀打醮的事來,約著寶釵、寶玉、黛玉等看戲去。寶釵笑道:「罷,罷,怪熱的,什麼沒看過的戲,我不去。」鳳姐道:「他們那裡涼快,兩邊又有樓。我先打發人去,打掃乾淨,掛起簾子來,一個閒人不許放進廟去。妳們不去,我自家去。這些日子也悶得很了。家裡唱戲,什麼我又不得舒舒服服地看。」賈母笑道:「既這麼著,我同妳去。」鳳姐笑道:「老祖宗也去,敢情好!可就是我又不得受用了。」賈母道:「到明兒,我在正面樓上,妳們在旁邊樓上,妳也不用到我這邊來立規矩,

紅樓夢 上

好不好？」鳳姐笑道：「這就是老祖宗疼我了。」賈母便又向寶釵道：「妳也去，連妳母親也去。長天老日的，在家裡也是睡覺。」寶釵只得答應著。

到了初一這一天，賈母、王夫人、鳳姐、寶玉並眾姐妹們，又帶了各房的丫頭婆子、家人媳婦，一時烏壓壓地占了一街的車轎。

將至觀前，只聽鐘鳴鼓響，早有張法官執香披衣，帶領眾道士迎於路旁。剛至山門以內，賈珍又帶領各子弟上來迎接。

鳳姐知道鴛鴦等在後面趕不上來攙扶賈母，便自己下了轎，忙要上來。可巧有個十二、三歲的小道士兒，照管剪各處蠟花，見人來了忙著想藏出去，不想一頭撞在鳳姐懷裡。鳳姐便一揚手，照臉一下，把那小孩子打了一個筋斗，罵道：「胡朝哪裡跑！」那小道士爬起來往外還要跑。正值寶釵等下車，眾婆娘媳婦圍隨得風雨不透，見一個小道士滾了出來，都喝聲叫「拿，拿，拿！打，打，打！」賈母聽了忙問：「是怎麼了？」鳳姐上去攙住賈母回說：「一個小道士兒，不及躲出去，這會兒混鑽呢。」賈母聽說，忙道：「快帶了那孩子來，別嚇著他。小門小戶的孩子，哪裡見得這個勢派。若嚇著他，他老子娘豈不疼得慌？」說著，便命賈珍去好生帶了來。那孩子還一手拿著蠟剪，跪在地下亂顫。賈母命賈珍拉起來，叫他別怕。問他幾歲了，那孩子全說不出話來。賈母說「可憐見的」，又向賈珍道：「珍哥兒，帶他去吧。給他些錢買果子吃，別叫人難為了他。」賈珍只得答應，領他去了。

165

一會兒，賈珍進來，到賈母跟前，控身賠笑道：「張爺爺進來請安。」賈母忙說：「攪他來。」張道士哈哈笑著進來道：「無量壽佛！老祖宗一向福壽安康？眾位奶奶小姐納福？一向沒到府裡請安，老太太氣色更加好了。」賈母笑道：「老神仙，你好？」張道士笑道：「托老太太萬福萬壽，小道也還康健。別的倒罷，只記掛著哥兒，一向身上好？」寶玉忙上前問：「張爺爺好？」張道士忙抱住問了好，又向賈母笑道：「哥兒更加發福了。」賈母道：「他外頭好，裡頭弱。他老子又逼著他念書，生生地把個孩子逼出病來了。」張道士道：「前日我在好幾處看見哥兒寫的字，作的詩，都好得了不得，怎麼老爺還抱怨哥兒不大喜歡念書呢？」又歎道：「我看見哥兒的這個形容身段，言談舉動，怎麼就同當日國公爺一個模子！」說著兩眼流下淚來。賈母聽說，也由不得滿臉淚痕，說道：「正是呢，我養這些兒子、孫子，也沒一個像他爺爺的，就只這玉兒像他爺爺。」

那張道士又向賈珍道：「當日國公爺的模樣兒，爺們一輩的不用說，自然沒趕上，大約連大老爺、二老爺也記不清楚了。」說畢呵呵又一大笑，道：「前日在一個人家看見一位小姐，今年十五歲了，生得好個模樣兒。我想著哥兒也該尋親事了，若論這個小姐模樣兒，聰明智慧，根基家當，倒也配得過。但不知老太太怎麼樣，小道也不敢造次。等請了老太太的示下，才敢向人去說。」賈母道：「上回有和尚說了，這孩子命裡不該早娶，等再大一大兒再定吧。你可如今打聽著，不管根基富貴，便是那家子窮，不過給她幾兩銀子罷了，只是模

樣性格兒難得好的。」

說畢，只見鳳姐笑道：「張爺爺，我們丫頭的寄名符兒你也不換去。前兒虧你還有那麼大臉，打發人和我要鵝黃緞子去！要不給你，又恐怕你那老臉上過不去。」張道士呵呵大笑道：「妳瞧，我眼花了，也沒看見奶奶在這裡，也沒道多謝。符早已有了，前日原要送去的，就混忘了，還在佛前鎮著。待我取來。」說著到了大殿上去，托出符來。鳳姐笑道：「你就手裡拿出來罷了，又用個盤子托著，倒嚇我一跳。我不說你是為送符，倒像是和我們化布施來了。」眾人哄然一笑，連賈珍也忍不住笑了。賈母回頭笑道：「猴兒猴兒，你不怕下割舌頭地獄！」

張道士也笑道：「我拿出盤子來一舉兩用，倒是要將哥兒的這玉請了下來，給那些遠來的道友和徒子徒孫們見識見識。」賈母便讓寶玉摘下通靈玉來，放在盤內，張道士用紅蟒緞子墊著，小心捧了出去。

賈母與眾人各處遊玩了一回，方去上樓。只見張道士捧了盤子，走到跟前笑道：「眾人託福見了哥兒的玉，實在稀罕。這是他們各人傳道的法器，權為敬賀之禮。」賈母便說道：「你也胡鬧。他們出家人是哪裡來的，何必這樣，這不能收。」張道士笑道：「這是他們一點敬心。老太太若不留下，豈不叫他們看著小道微薄，不像是門下出身了。」寶玉笑道：「老太太，張爺爺既這麼說，又推辭不得，我要這個也無用，不如散給窮人

吧。」賈母笑道：「這倒說的是。」張道士又忙攔道：「哥兒雖要行好，但這些東西雖說不很稀罕，到底也是幾件器皿。要捨給窮人，他們拿著也沒用，何不就散錢與他們。」寶玉便命收下，張道士方退出去。

寶玉將自己的玉戴上，便叫個小丫頭捧著那盤子，一件一件地挑給賈母看。賈母見有個赤金點翠的麒麟，伸手拿了起來，笑道：「我好像看見誰家的孩子也戴著這麼一個的。」寶釵笑道：「史大妹妹有一個，比這個小些。」黛玉冷笑道：「她在別的上還有限，只有在這些人戴的東西上更加留心。」寶釵回頭裝沒聽見。

寶玉便將那麒麟忙拿起來揣在懷裡，又怕人看見他聽見史湘雲有了，就留這件，因此手裡揣著，卻拿眼睛瞟人。唯有黛玉瞅著他點頭兒，似有讚歎之意。寶玉不覺心裡不好意思起來，又掏出來，向黛玉笑道：「這個東西倒好玩，我替妳留著，到了家穿上去妳戴。」黛玉將頭一扭，說道：「我不稀罕。」寶玉笑道：「妳要真不稀罕，我少不得就拿著了。」說著又揣了起來。

第十七回　臨風灑淚瀟湘情愁　對月傷情怡紅狂痴

次日，寶玉因嗔著張道士給他提親的事，心裡不自在，便說再也不見張道士了。況黛玉回來又中了暑，寶玉心裡放不下，飯也懶去吃，不時來問。黛玉怕他有個好歹，說道：「你只管看你的戲去，在家裡做什麼？」寶玉正為此不自在，以為別人不知道也罷了，連妳也不知我的心，可見我心裡一時一刻白有妳，妳竟心裡沒我。由不得沉下臉來：「我白認得了妳。罷了，罷了！」黛玉聽說，便冷笑了兩聲：「我也知道白認得了我，哪裡像人家有什麼配得上呢。」黛玉一時解不過這話來。寶玉又道：「妳這麼說，是安心咒我天誅地滅？」黛玉方想起上日的話來。原是自己說錯了，又是著急，又是羞愧，哭道：「我要安心咒你，我也天誅地滅。何苦來！我知道，昨日張道士說親，你怕阻了你的好姻緣，你心裡生氣，來拿我煞性子。」

黛玉心裡也想著：「你心裡若自然有我，我便時常提這『金玉』，你也只管自若無聞的，方見得是待我重，而毫無此心了。如何我只一提『金玉』的事，你就著急，可知你心裡時時有『金玉』。你又怕我多心，故意著急，安心哄我。」

寶玉又聽見她說「好姻緣」三個字，更加心裡乾噎，口裡說不出話來，便賭氣抓下通靈寶玉，咬牙狠命往她地下一摔，道：「什麼勞什子，我砸了你完事！」偏那玉堅硬非常，竟文風未動，寶玉便回身找東西來砸。黛玉早已哭起來，說道：「何苦來，有砸它的，不如來砸我。」紫鵑、雪雁等忙來解勸，又忙上來奪，又奪不下來，見比往日鬧得大了，少不得去叫襲人。襲人忙趕來，才奪了下來。寶玉冷笑道：「我砸我的東西，與你們什麼相干！」

襲人見他臉都氣黃了，眉眼都變了，從來沒氣得這樣，便拉著他的手笑道：「你同妹妹拌嘴，不犯著砸它；若砸壞了，叫她心裡臉上怎麼過得去？」黛玉聽這話說到自己心坎上來，可見寶玉連襲人不如，更加傷心大哭起來。剛吃的解暑湯便承受不住，「哇」地一聲都吐了出來。紫鵑忙用手帕子接住，雪雁忙上來捶。紫鵑道：「雖然生氣，姑娘到底也該保重些！才吃了藥好些，又吐出來。若犯了病，寶二爺怎麼過得去呢？」寶玉心想可見黛玉還不如紫鵑明白他的心。又見黛玉臉紅頭脹，一行啼哭，一行氣湊，一行是淚，一行是汗，不勝怯弱。又自己後悔方才不該同她較真，這會兒她這樣，我又替不了她。心裡想著，也滴下淚來了。

襲人見他兩個哭，也心酸起來，又摸著寶玉的手冰涼，待要勸寶玉不哭吧，恐寶玉有什麼委屈悶在心裡，又恐薄了黛玉。不如大家一哭，就丟開手了，因此也流下淚來。紫鵑一面收拾了吐的藥，一面拿扇子替黛玉輕輕扇著，見三個人都鴉雀無聲，各人哭各人的，也由不

得傷心起來，也拿手帕子擦淚，四個人無言對泣。一時，襲人勉強笑向寶玉道：「你不看別的，你看看這玉上穿的穗子，也不該同林姑娘拌嘴。」黛玉聽了，也不顧病，趕來奪過去，順手抓起一把剪子來要剪。襲人紫鵑剛要奪，已經剪了幾段。黛玉哭道：「我也是白費力。他也不稀罕，自有別人替他再穿好的去。」襲人忙接了玉道：「何苦來，這是我剛才多嘴的不是了。」寶玉向黛玉道：「妳只管剪，我橫豎不戴它，也沒什麼。」

誰知那些老婆子們見黛玉大哭大吐，寶玉又砸玉，便一齊往前頭去了。賈母王夫人見她們忙忙地做一件正經事來告訴，都不知有了什麼大禍，便一齊進園來瞧他兄妹。問起來又沒為什麼事，便將這禍移到襲人、紫鵑兩個人身上，說：「為什麼妳們不小心服侍？這會兒鬧起來都不管了！」將她二人連罵帶說教訓了一頓，還是賈母帶出寶玉去了，方才平服。

誰想一個只在瀟湘館臨風灑淚，一個只在怡紅院對月長吁，卻有一二日地不說話。賈母急得抱怨說：「我這老冤家是哪世裡造下的孽障，偏生遇見了這麼兩個不懂事的小冤家，沒有一天不叫我操心。真真是俗語說的，『不是冤家不聚頭』了。幾時我閉了眼，斷了氣，憑著你們兩個冤家鬧上天去，我眼不見心不煩，也就罷了。偏又不咽這口氣！」自己抱怨著也哭了。他二人竟是從未聽見過「不是冤家不聚頭」的這句俗語，如今忽然得了這句話，好似參禪的一般，都低頭細嚼這句話的滋味，不覺潸然淚下。襲人便勸寶玉道：「千萬不是，都是你的不是。往日別人拌嘴，你還罵那些小子們蠢，不能體貼女孩兒們的心腸⋯今兒怎麼你

也這麼著了？明兒初五，大節下的，你們兩個再這麼仇人似的，老太太更加要生氣，一定弄得大家不安心。依我勸，你正經下個氣，賠個不是，大家還是照常一樣兒的，這麼著不好嗎？」

黛玉也自後悔，但又無去就他之理，因此日夜悶悶，若有所失。紫鵑也看出八九分，便道：「論前兒的事，竟是姑娘太浮躁了些。別人不知寶玉的脾氣，難道咱們也不知道的？為那玉也不是鬧了一遭、兩遭了。」黛玉啐道：「妳倒來替人派我的不是。我怎麼浮躁了？」紫鵑笑道：「好好兒的，為什麼鉸了那穗子？不是寶玉只有三分不是，姑娘倒有七分不是了。我看他素日在姑娘身上就好，都因姑娘小性兒，常要歪派他，才這麼樣。」黛玉正要答話，只聽院外叫門。紫鵑道：「這是寶玉的聲音，想是來賠不是了。」黛玉說：「不許開門！」紫鵑道：「姑娘又不是了。這麼熱天毒日頭底下，曬壞了他，如何使得呢？」說著便去開門，一面笑道：「我只當是寶二爺再不上我們的門了，誰知這會兒又來了。」寶玉笑道：「你們把極小的事倒說大了。好好的，為什麼不來？我便死了，魂也要一日來一百遭。妹妹可大好了？」紫鵑道：「身上病好了，只是心裡氣不大好。」寶玉笑道：「我知道妹妹這些氣呢？」說著一面進來，只見黛玉又在床上哭呢。

黛玉本不哭，聽見寶玉來，由不得傷心，止不住滾下淚來。寶玉笑著走近床來，道：「妹妹身上可大好了？」黛玉只顧拭淚。寶玉便挨在床沿上坐了，笑道：「我知道妹妹不惱我。但只是我不來，叫旁人看，倒像是咱們又拌了嘴似的。若

等他們來勸，豈不反顯得疏遠了？不如這會兒，妳要打要罵，憑著妳怎麼樣，千萬別不理我。」說著，又把「好妹妹」叫了幾萬聲。黛玉見寶玉說「別叫人知道咱們拌了嘴就疏遠了似的」這一句話，又可見得比人原是親近，便又忍不住哭道：「你也不用哄我。從今以後，我也不敢親近二爺，二爺也全當我去了。」寶玉聽了笑道：「妳往哪去呢？」黛玉道：「我回家去。」寶玉笑道：「我跟了妳去。」黛玉道：「我死了。」寶玉道：「妳死了，我做和尚！」黛玉一聞此言，頓時將臉放下來，問道：「想是你要死了，胡說的是什麼！你們家倒有幾個親姐姐、親妹妹呢，明兒都死了，你幾個身子去做和尚去呢？等我倒把這話告訴人去評評理。」

寶玉自知這話說得冒撞了，頓時臉上紅漲，低了頭不敢做一聲。黛玉直瞪瞪地瞅了他半天，氣得一聲兒也說不出來。見寶玉憋得臉上紫漲，便咬著牙用指頭狠命地在他額上戳了一下，哼了一聲，咬牙說道：「你這個……」剛說了三個字，便又歎了一口氣，仍拿起手帕子來擦眼淚。寶玉心裡原有無限的心事，又見黛玉自歎自泣，自己也不覺滾下淚來。要用帕子揩拭，不想又忘了帶來，便用衫袖去擦。黛玉一面自己拭著淚，一面回身將枕邊搭的一方綃帕子拿起來，向寶玉懷裡一摔，一語不發，仍掩面而泣。寶玉見她摔了帕子來，忙接住拭了淚，又挨近前些，伸手拉了黛玉一隻手，笑道：「我的五臟都揉碎了，妳還只是哭。走吧，我同妳往老太太那裡去吧。」黛玉將手一摔道：「誰同你拉拉扯扯的。一天大似一天，還是

這麼涎皮賴臉的，連個道理也不知道。」

一句沒說完，只聽喊道：「好了！」二人都嚇了一跳，只見鳳姐跑了進來，笑道：「老太太在那裡抱怨天抱怨地，只叫我來瞧瞧你們好了沒有。我說不用瞧，過不了三天，他們自己就好了。老太太罵我，說我懶，我來了，果然應了我的話了。也沒見你們兩個人有些什麼可拌的，三日好了，兩日惱了，越大越成了孩子了！有這會兒拉著手哭的，昨兒為什麼又成了烏眼雞似的呢？還不跟我去，叫老人家也放些心呢。」說著拉了黛玉起來就走。寶玉在後面跟著出了園門。

到了賈母跟前，鳳姐笑道：「我說他們自己就會好的。老祖宗不信，一定叫我去說合。趕我到那裡要說合，誰知兩個人在一塊兒對賠不是了，哪裡還要人去說合呢。」說得滿屋裡都笑起來。

那黛玉只一言不發，挨著賈母坐下。寶玉沒啥說的，便向寶釵笑道：「大哥哥好日子，偏我又不好了，沒別的禮送，連個頭也不得磕去。大哥哥不知我病，倒像我推故不去似的。若明日閒了，姐姐替我解釋解釋。」寶釵笑道：「這也多事。你便要去也不敢驚動，何況身上不好？弟兄們日日一處，要存這個心倒疏遠了。」寶玉又笑道：「姐姐怎麼不聽戲去？」寶釵道：「我怕熱，看了兩齣，熱得很。要走，客又不散。我少不得推身上不好，就來了。」

寶玉聽說，自己由不得臉上沒意思，只得又訕笑道：「怪不得他們拿姐姐比楊妃，原來也體豐怯熱。」寶釵聽說，頓時紅了臉，待要發作，又不好怎麼樣。回思一回，臉越下不來，便冷笑了兩聲，說道：「我倒像楊妃，只是沒一個好哥哥、好兄弟可以做得楊國忠的！」正說著，可巧小丫頭靚兒因不見了扇子，和寶釵笑道：「必是寶姑娘藏了我的。好姑娘，賞我吧。」寶釵指著她厲聲說道：「妳要仔細！妳見我和誰玩過！有和妳素日嘻皮笑臉的那些姑娘們，妳該問她們去！」說得個靚兒跑了。寶玉自知又把話說錯了，當著許多人，比剛才在黛玉跟前更不好意思，便急回身又同別人說話去了。

黛玉見寶玉奚落寶釵，心中著實得意，不想靚兒找扇子，寶釵又發了兩句話，她便改口說道：「寶姐姐，妳聽了兩齣什麼戲？」寶釵因見黛玉面上有得意之態，忽又見問她這話，便笑道：「我看的是李逵罵了宋江，後來又賠不是。」寶玉便笑道：「姐姐通今博古，怎麼連這一齣戲的名字也不知道？這叫做《負荊請罪》。」寶釵笑道：「原來這叫《負荊請罪》！你們通今博古，才知道『負荊請罪』，我不知道什麼是『負荊請罪』！」

一句話還未說完，寶玉黛玉二人早把臉羞紅了。鳳姐見這形景，已知其意，便也笑著問道：「這麼大暑天，誰還吃生薑呢？」眾人不解其意，便說道：「沒有吃生薑。」鳳姐故意用手摸著腮，詫異道：「既沒人吃生薑，怎麼這麼辣辣的？」寶玉黛玉二人更加不好意思了。寶釵還想再說，見寶玉十分羞愧，形景改變，也就一笑收住。

一時寶釵鳳姐去了，黛玉笑向寶玉道：「你也遇著比我厲害的人了。誰都像我心拙口笨的，由著人說呢。」寶玉正因寶釵多心，自己沒趣，又見黛玉來問著他，更加沒好氣起來。想要說兩句，又恐黛玉多心，說不得忍著氣，無精打采一直出來。

第十八回　襲人承錯委曲求全　晴雯撕扇千金一笑

一天中午，寶玉出來，正想去瀟湘館，轉而一想黛玉必是午歇著，便到了王夫人的上房裡，見幾個丫頭手裡拿著針線，卻打盹呢。王夫人在裡間涼榻上睡著，金釧兒坐在旁邊捶腿，也乜斜著眼亂晃。寶玉輕輕地走到跟前，把她耳朵上墜子一摘，金釧兒睜開眼。寶玉便悄悄地笑道：「就睏得這麼著？」金釧抿嘴兒一笑，擺手令他出去，仍闔上眼。寶玉悄悄探頭瞧瞧王夫人闔著眼，便向身邊荷包裡掏出了一丸香雪潤津丹來，向金釧兒嘴裡一送。金釧兒並不睜眼，只管含了。寶玉上來便拉著手，悄悄笑道：「我和太太討了妳，咱們在一處吧。」金釧兒不答。寶玉又道：「等太太醒了，我就說。」金釧兒睜開眼，將寶玉一推，笑道：「你忙什麼！『金簪子掉在井裡頭，有你的只是有你的』，連這句話語難道也不明白？我倒告訴你個巧宗兒，你往東小院裡頭拿環哥兒同彩霞去。」寶玉笑道：「誰管他們的事，咱們只說咱們的。」只見王夫人翻身起來，照金釧兒臉上就是一個嘴巴子，指著罵道：「下作小娼婦，好好的爺們，都叫你教壞了。」寶玉見王夫人起來，早一溜煙跑了。

金釧兒臉半邊火熱，一聲不敢言語，當時眾丫頭聽見王夫人醒了，都忙進來。王夫人便叫玉釧兒：「把妳媽叫來，帶出妳姐姐去。」金釧兒聽說，忙跪下哭道：「我再不敢了。太

太要打罵，只管發落，別叫奴才出去就是天恩了。我跟了太太十來年，這會兒攆出去，我還

見人不見人了？」雖金釧兒苦求，王夫人到底還是喚了金釧兒的母親領了出去。

寶玉在外無目的地走了一陣，心裡在想金釧兒又不知怎麼樣了。忽一陣涼風過了，唰唰

地落下一陣雨來，只得一氣跑回怡紅院，身上已是濕透了。偏門關著，也無人接應。

原來襲人等再想不到寶玉這時會回來，都在遊廊上只顧嬉笑，哪裡聽得見叩門聲。半

日，方聽見了，襲人笑道：「誰這會兒叫門，沒人開去。」寶玉道：「是我。」麝月道：

「是寶姑娘的聲音。」晴雯道：「胡說！寶姑娘這會兒做什麼來？」襲人道：「讓我隔著門

縫兒瞧瞧，可開就開，別叫人淋著回去。」說著，便順著遊廊到門前，往外一瞧，只見寶玉

淋得落湯雞一般。襲人又是著急又是好笑，忙開了門，笑得彎腰拍手道：「哪裡知道是爺回

來了，你這麼大雨裡跑了來？」

寶玉一肚子沒好氣，並不看真是誰，便一腳踢在了襲人的肋上。只聽「嗳喲」了一聲。

寶玉還罵道：「下流東西們！我素日擔待妳們得了意，更加拿我取笑兒了。」突然低頭見是

襲人哭了，方知踢錯了，忙笑道：「嗳喲，是妳！踢在哪裡了？」襲人從來不曾受過一句大

話的，今兒又當著許多人，不由又羞又氣又疼，簡直無地自容，待要怎麼樣，料著寶玉未必

是安心踢她，只得忍著說道：「沒有踢著；還不換衣裳去呢。」

寶玉笑道：「我長了這麼大，今日是頭一遭兒生氣打人，不想就偏碰見了妳！」襲人一

面忍痛幫他換衣裳，一面笑道：「我是個起頭兒的人，不論事大事小是好是歹，自然也該從我起。但只是別說打了我，明兒順了手也只管打起別人來。」寶玉道：「我剛才也不是存心。」襲人道：「誰說是存心呢？素日開門關門，都是那些小丫頭們的事。她們懶皮慣了的，早已恨得人牙癢癢，也沒個怕懼兒。要是她們，踢一下子，嚇嚇她們也好。剛才是我淘氣，不叫開門的。」

襲人只覺肋下疼得心裡發鬧，悄悄一看，肋上青了碗大的一塊，又不好聲張。一時晚間睡下，夢中作痛，由不得「噯喲」之聲從睡夢中哼出，寶玉下床來悄悄地秉燈來照。剛到床前，只見襲人咳了兩聲，吐出一口痰來，睜眼見是寶玉，倒嚇了一跳道：「做什麼？」寶玉道：「妳夢裡『噯喲』，必定踢重了，我瞧瞧。」襲人道：「我嗓子裡又腥又甜，你倒照一照地下吧。」只聽寶玉慌慌地說了聲：「了不得了！」襲人也隨他一看，見地上一口鮮血，心冷了半截，不覺流下淚來。寶玉見她哭了，也不覺心酸起來，一邊侍候著她睡下，心裡也深自後悔。

到第二天早上，晴雯上來換衣裳，不防又失手把扇子跌在地下，將骨子跌折。寶玉便歎道：「蠢才，蠢才！將來怎麼樣？明兒妳自己當家立業，難道也是這麼顧前不顧後的？」晴雯冷笑道：「二爺近來氣大得很，動不動就給臉色瞧。前兒連襲人都打了，今兒又來尋我的不是，要踢要打憑爺去。就是跌了扇子，也算不得什麼大事。先前連那麼樣的玻璃缸、瑪瑙

碗不知弄壞了多少，也沒見個大氣兒，這會兒一把扇子就這麼著了，何苦來呢！要嫌我們就打發了我們，再挑好的使。好離好散的，倒不好？」寶玉聽了氣得渾身亂顫：「妳不用忙，將來橫豎有散的日子！」

襲人在那邊早已聽見，忙趕過來向寶玉道：「好好的，又怎麼了？可是我說的『一時我不到，就有事故兒』。」晴雯冷笑道：「姐姐既會說，就該早來，也省了我們惹得爺生氣。自古以來，就有事故兒，我們原沒服侍過。因為妳服侍得好，昨日才挨窩心腳；我們不會服侍的，到明兒還不知犯什麼罪呢！」襲人聽了，又惱又愧，待要說幾句話，又見寶玉已經氣得黃了臉，只得自己忍了性子道：「好妹妹，妳出去逛逛兒，原是我們的不是。」晴雯聽她說「我們」兩字，不覺冷笑幾聲，道：「我倒不知道你們是誰，別叫我替你們害臊了！你們鬼鬼祟祟幹的那些事兒，也瞞不過我去。不是我說，正經明公正道的，連個姑娘還沒掙上去呢，也不過和我似的，哪裡就稱上『我們』來了！」襲人羞得臉紫漲起來，想一想原是自己把話說錯了。

寶玉說道：「你們氣不忿，我明兒偏抬舉她。」襲人忙拉了寶玉的手道：「她一個糊塗人，你和她說什麼？況且你素日又是有擔待的，比這大的過去了多少，今兒是怎麼了？」晴雯冷笑道：「我原是糊塗人，哪裡配和我說話？我不過奴才罷了。」襲人聽說道：「姑娘到底是和我拌嘴，還是和二爺拌嘴呢？要是心裡惱我，妳只和我說，不犯著當著二爺吵；要是

惱二爺，不該這麼吵得萬人知道。我剛才也不過為了進來勸開了，大家保重。姑娘倒尋上我的晦氣。又不像是惱我，又不像是惱二爺，夾槍帶棒，終究是個什麼主意？我就不說，讓妳說去。」說著便往外走。

寶玉向晴雯道：「妳也不用生氣，我也猜著妳的心事了。我回太太去，妳也大了，打發妳出去可好不好？」晴雯聽了越加傷心來，含淚說道：「我為什麼出去？要嫌我，變著法兒打發我出去！」寶玉道：「我何曾經過這樣吵鬧？一定是妳要出去了。不如回太太，打發妳去吧。」站起來就要走。襲人忙回身攔住，笑道：「好沒意思！認真地去回，你也不怕躁了她？豈是她真的要去，也等無事中說話兒回了太太也不遲。這會兒急急地當正經事去回，豈不叫太太犯疑？」寶玉道：「太太必不犯疑，我只明說是她鬧著要去的。」晴雯哭道：「我多早晚鬧著要去了？自己生了氣，還拿話壓派我。只管去回，我一頭碰死了也不出這門兒。」寶玉道：「這也奇了。妳又不去，妳又鬧些什麼？我經不起這吵，不如去了倒乾淨。」說著一定要去回。襲人見攔不住，只得跪下了。麝月等眾丫鬟見吵鬧，都鴉雀無聲地在外頭聽消息，這會兒聽見襲人跪下央求，便一齊進來都跪下了。

寶玉忙把襲人拉起來，歎了一聲，在床上坐下，叫眾人起來，向襲人道：「叫我怎麼樣才好？這個心使碎了也沒人知道。」說著不覺滴下淚來。襲人見寶玉流淚，自己也就哭了。晴雯在旁哭著，正想說話，只見黛玉進來，便出去了。黛玉笑道：「大節下怎麼好好地

哭起來？難道是為爭粽子吃爭惱了不成？」寶玉和襲人都嘆咻地一笑。黛玉道：「二哥哥不告訴我，我問妳就知道了。」一面拍著襲人的肩膀，笑道：「好嫂子，妳告訴我，必定是妳兩口兒拌了嘴了？告訴妹妹，替你們和勸和勸。」襲人推她道：「林姑娘妳鬧什麼？我們一個丫頭，姑娘只是混說。」黛玉笑道：「妳說妳是個丫頭，我只拿妳當嫂子待。」寶玉道：

「妳何苦來替她招罵名兒。就這麼著，還有人說閒話，還擱得住妳來說這些個？」襲人笑道：「林姑娘，妳不知道我的心事，除非一口氣不來，死了倒也罷了。」黛玉笑道：「妳死了，我做和尚去。」襲人笑道：「妳死了，別人不知怎麼樣，我先就哭死了。」寶玉笑道：「妳死了，我做和尚去。」黛玉笑道：「妳死了，我做和尚去。」黛玉把兩個指頭一伸，抿著嘴兒笑道：「做了兩個和尚了。」

「你老實些吧，何苦還混說。」黛玉把兩個指頭一伸，抿著嘴兒笑道：「做了兩個和尚了。」寶玉不覺笑了。

我從今以後都記著你做和尚的次數兒。」寶玉不覺笑了。

一時黛玉去後，就有人說「馮大爺請」，寶玉去了。等晚間回來，已帶了幾分酒，跟蹌來至自己院內，只見院中乘涼枕楊上有個人睡著。寶玉只當是襲人，一面在楊沿上坐下，一面推她，問道：「疼得好些了？」那人翻身起來說：「何苦來，又招我！」寶玉一看，卻是晴雯。便一拉拉在身旁坐下，笑道：「妳的性子更加嬌慣了。早起我不過說了那兩句，妳就說上那些話。說我也罷了，襲人好意來勸，妳又拉扯上她，妳自己想想，該不該？」晴雯道：「怪熱的，拉拉扯扯做什麼？叫人來看見像什麼？我這身子也不配坐在這裡。」寶玉笑道：「妳既知道不配，為什麼睡著呢？」晴雯沒的說，嗤地笑了，說：「你不來便使得，你

來了就不配了。起來，讓我洗澡去。襲人麝月都洗了澡，我叫了她們來。」

寶玉笑道：「我剛才又吃了好些酒，還得洗一洗，妳拿了水來咱們兩個洗。」晴雯搖手笑道：「罷，罷，我不敢惹爺。還記得碧痕打發你洗澡，足有兩三個時辰，我們也不好進去的。後來洗完了，地下的水淹著床腿子，連席子上都汪著水，也不知是怎麼洗的，笑了幾天。我也沒那工夫收拾水，你也不用和我一塊兒洗。今兒也涼快，我也不洗了。我倒舀一盆水來，你洗洗臉，篦篦頭。剛才鴛鴦送了好些果子來，都湃在那水晶缸裡呢，叫她們打發你吃不好嗎？」寶玉笑道：「既這麼著，妳也不許洗去，只洗洗手來，給我拿果子來吃吧。」晴雯笑道：「可是說的，我一個蠢才連扇子還跌折了，哪裡還配打發吃果子呢？若再砸了盤子，更了不得了。」寶玉笑道：「妳愛砸就砸，這些東西原不過是為人所用，妳愛這樣，我愛那樣，各有性情。比如那扇子原是搧的，妳要撕著玩兒也可以，只是別生氣時拿它出氣。就如杯盤，原是盛東西的，妳喜歡聽那一聲響，就故意砸了也是使得的，只別在氣頭上拿它出氣。這就是愛物了。」晴雯笑道：「既這麼說，你就拿了扇子來我撕。我最喜歡撕的聲兒。」寶玉聽了，便笑著遞給她。晴雯果然接過來，嗤地一聲，撕了兩半，接著又聽嗤嗤幾聲。寶玉在旁笑著說：「響得好，再撕響些！」正說著，只見麝月走過來，瞪了一眼，啐道：「少作些孽吧！」寶玉趕上來，一把將她手裡的扇子也奪了遞給晴雯。晴雯接了，也撕做幾半了，二人都大笑起來。麝月道：「這是怎麼說？拿我的東西開心兒？」寶玉笑道：

「妳打開扇子匣子揀去，什麼好東西！」麝月道：「既這麼說，就把扇子匣子搬出來，讓她盡力地撕，不好嗎？」寶玉笑道：「妳就搬去。」麝月道：「我可不造這樣孽。她沒折了手，叫她自己搬去。」晴雯笑著，便倚在床上說道：「我也乏了，明兒再撕吧。」寶玉笑道：「古人云，『千金難買一笑』，幾把扇子能值幾何？」一面又叫襲人，襲人才換了衣服走出來。小丫頭佳蕙過來拾去破扇，大家乘涼。

第二天，眾人正在賈母房中坐著，有人回道：「史大姑娘來了。」一時史湘雲果然帶了好些人進來了。黛玉等忙迎至階下相見。賈母笑說：「天熱，把外頭的衣服脫了吧。」王夫人便笑道：「也沒見穿上這些做什麼？」史湘雲笑道：「都是二嬸嬸叫穿的，誰願意穿這些？」寶釵一旁笑道：「姨媽不知道，她還更愛穿別人的。可記得去年三四月裡，她把寶兄弟的袍子、靴子穿上，猛一瞧，活像是寶兄弟，只是多了耳上兩個墜子。站在那椅子背後，哄得老太太只是叫：『寶玉，你過來，小心那上頭掛的燈穗子搖下灰來迷了眼。』她只是笑，也不過去。後來大家忍不住笑了，老太太才笑了，還說：『扮做小子樣兒，更好看了。』」黛玉道：「這算什麼。唯有前年正月裡接了她來，老太太的一件新大紅猩猩氈的斗篷放在那裡，誰知眼不見她就披上了，和丫頭們在後院子撲雪人兒玩，一跤栽倒了，弄了一身泥。」大家想起來，都笑了。

寶釵笑向周奶媽道：「周嬤嬤，妳們姑娘還是那麼淘氣？」周奶娘也笑了。迎春笑道：

184

「淘氣也罷了，我就嫌她愛說話。也沒見睡在那裡還是嘁嘁呱呱，笑一陣，說一陣，也不知是哪裡來的那些話！」王夫人道：「只怕如今好了。前日有人家來相看，眼看有婆家了，還是那麼著？」

賈母便問：「今兒還是住著，還是家去呢？」周奶娘笑道：「老太太沒有看見衣服都帶了來，可不住兩天？」湘雲問道：「寶玉哥哥不在家嗎？」寶釵笑道：「她再不想著別人，只想寶兄弟，兩個人好玩笑。這可見還沒改了淘氣。」賈母道：「如今你們大了，別提小名兒了。」剛說著，只見寶玉笑著進來道：「雲妹妹來了。前兒打發人接妳去，怎麼不來？」王夫人道：「這裡老太太才說這一個，他又來提名道姓的了。」黛玉道：「妳哥哥有好東西，等著給妳呢。」湘雲道：「什麼好東西？」寶玉道：「妳信她。幾日不見，更加高了。」湘雲笑道：「襲人姐姐好？」寶玉道：「多謝妳想著。」湘雲道：「我給她帶了好東西來了。」說著，拿出絹子來，挽著一個疙瘩。寶玉道：「什麼好東西？妳倒不如把前兒送來的那絳紋石戒指兒帶兩個給她。」湘雲笑道：「這是什麼？」說著便打開。果然就是上次送來的那絳紋石戒指，一包四個。黛玉笑道：「你們瞧瞧她這個人。前兒一般地打發人給我們送了來，她就把她的也帶來，豈不省事？今兒巴巴地自己帶了來，我打量又是什麼新奇東西，原來還是它。真真你是個糊塗人。」

湘雲笑道：「妳才糊塗呢！我把這理說出來，大家評一評誰糊塗？給你們送東西，就是

使來的人不用說話，拿進來一看，自然就知道是送姑娘們的了；要帶她們的來，這是哪一個女孩兒的，那是哪一個女孩兒的，使來的人的都攬混了。要是我來給她人素日知道的還罷了，偏生前兒又打發小子來，可怎麼說女孩兒們的名字呢？還是我來給她們帶了來，豈不清楚？」說著，把四個戒指放下，說道：「襲人姐姐一個，鴛鴦姐姐一個，金釧兒姐姐一個，平兒姐姐一個。這倒是四個人的，難道小子們也記得這麼清楚？」眾人聽了都笑道：「果然明白。」寶玉笑道：「還是這麼會說話，不讓人。」黛玉冷笑道：「她不會說話，就配帶金麒麟了。」一面說著，便起身走了。諸人都不曾聽見，只有寶釵抿著嘴兒一笑。寶玉聽見了，倒自己後悔又說錯了話，忽見寶釵一笑，由不得也笑了。寶釵見寶玉笑了，忙起身走開，找黛玉說笑去了。

第十九回 訴肺腑心迷活寶玉 含恥辱情烈死金釧

史湘雲在鳳姐和李紈房中各自說笑了一回，單帶著翠縷便往怡紅院來找襲人。翠縷道：

「這荷花怎麼還不開？」史湘雲道：「時候還沒到。」翠縷道：「這也和咱們家池子裡的一樣，也是樓子花？」湘雲道：「他們這個還不如咱們的。」翠縷道：「他們那邊有棵石榴，接連四五枝，真是樓子上起樓子，這也難為它長。」史湘雲道：「花草也是同人一樣，氣脈充足，長得就好。」翠縷把臉一扭，說道：「我不信這話。要說同人一樣，我怎麼沒見頭上又長出一個頭來的人呢？」湘雲聽了由不得一笑，說道：「我說妳不用說話，妳偏好說。這叫人怎麼好答言呢？天地間都是賦陰陽二氣所生……」翠縷又問陰陽是什麼，湘雲只得又與她比方著講究了一通。

正說著，卻見薔薇架下金晃晃的一件東西，翠縷忙趕去拾起，看著笑道：「可分出陰陽來了。」湘雲要瞧她揀的，翠縷只管不放手，笑道：「是件寶貝，姑娘瞧不得。這是從哪裡來的？好奇怪！我從沒見這裡有人有這個。」湘雲道：「拿來我看。」翠縷笑道：「姑娘請看！」卻是文彩輝煌的一個金麒麟，比自己佩的又大又有文彩。湘雲伸手擎在掌上，心裡只是一動。忽見寶玉從那邊來了，笑問道：「妳兩個在這日頭底下做什麼呢？怎麼不找襲人

去？」湘雲連忙將那麒麟藏起來道：「正要去呢。咱們一處走。」

襲人正在階下倚檻迎風，見湘雲來，連忙迎進來讓坐。寶玉笑道：「妳該早來，我得了一件好東西，專等妳呢。」一面在身上掏摸，掏了半天，啊呀了一聲，便問襲人：「那個東西你收起來了嗎？」襲人道：「什麼東西？」寶玉道：「前兒得的麒麟。」襲人道：「你天天帶在身上的，怎麼問我？」寶玉一拍道：「這可丟了，往哪裡找去！」就要起身尋去。湘雲便笑問道：「你幾時又有個麒麟了？」寶玉道：「前兒好容易得的呢！不知多早晚丟了，我也糊塗了。」湘雲笑道：「幸而是玩的東西。」說著，將手一撒，「你瞧瞧，是這個不是？」寶玉一見由不得歡喜非常，便伸手來拿，笑道：「虧妳揀著了，妳是哪裡揀的？」史湘雲笑道：「明兒若把印也丟了，難道也就罷了不成？」寶玉笑道：「倒是丟了印平常，若丟了這個，我就該死了。」

襲人斟了茶來，一面笑道：「大姑娘，我前兒聽見妳大喜呀。」史湘雲紅了臉，扭過頭去吃茶，一聲也不答。襲人笑道：「這會兒又害臊了。妳還記得那年咱們在西邊暖閣上住著，晚上妳同我說的話兒？那會兒不害臊，這會兒怎麼又害臊了？」湘雲的臉更加紅了，一面打開絹子，將戒指兒遞給襲人。襲人道：「妳前兒送妳姐姐們的，我已經得了；今兒妳親自又送來，可見是沒忘了我。」湘雲道：「是誰給妳的？」襲人道：「是寶姑娘給我的。」湘雲笑道：「我只當是林姐姐給妳的，原來是寶姐姐給了妳。我天天在家裡想著，這的。」

些姐姐們再沒一個比寶姐姐好的。可惜我們不是一個娘養的。我但凡有這麼個親姐姐，就是沒了父母，也是沒妨礙的。」說著，眼睛圈兒就紅了。寶玉道：「罷，罷，罷！不用提這個話了。」湘雲道：「提這個便怎麼？我知道你的心病，恐怕你的林妹妹聽見，又嗔我贊了寶姐姐了。可是為這個不是？」襲人在旁嗤地一笑，說道：「雲姑娘，你如今大了，更加心直嘴快了。」寶玉笑道：「我說妳們這幾個人難說話，果然不錯。」湘雲道：「好哥哥，你不必說話叫我噁心。只會在我們跟前說這話，見了你林妹妹，又不知怎麼好了。」

襲人道：「且別說玩話，正有一件事還要求妳呢。」史湘雲便問：「什麼事？」襲人道：「有一雙鞋，摳了墊心子。我這兩日身上不大好，不得做，妳可有工夫替我做做？」史湘雲笑道：「這又奇了，妳家放著這些巧人不算，怎麼叫我做起來？妳的活計叫誰做，誰好意思不做呢？」襲人笑道：「妳又糊塗了。妳難道不知道，我們這屋裡的針線，是不要那些針線上的人做的。」史湘雲聽了，便知是寶玉的鞋，便笑道：「既這麼說，我就替妳做了吧。只是妳的我才做，別人的我可不能。」襲人笑道：「又來了，我是個什麼，就敢煩妳做鞋了？妳別管是誰的，橫豎我領情就是了。」史湘雲道：「論理，妳的東西也不知煩我做了多少，今兒我倒不做的緣故，妳必定也知道。」襲人道：「倒也不知道。」湘雲冷笑道：「前兒我聽見把我做的扇套子拿著和人家比，賭氣又鉸了。我早就聽見了，妳還瞞我。這會兒又叫我做，我成了你們的奴才了。」寶玉忙笑道：「前兒的那個，本不知是妳做的。」

襲人也笑道：「是我哄他說是新近外頭有個會做活兒的，紮的出奇的好花兒。他拿出去給這個瞧瞧給那個看的。不知怎麼又惹惱了那一位，鉸了兩段。回來他還叫趕著做去，我才說了是妳做的，他後悔得什麼似的。」史湘雲道：「更加奇了。林姑娘她也犯不上生氣，她既會鉸，就叫她做。」襲人道：「她可不做呢。就這麼著，老太太還怕她勞碌著了。大夫又說好生靜養才好，誰還肯煩她做呢？去年好一年的工夫，做了個香袋兒；今年半年，還沒見拿針線呢。」

正說著，有人來回說：「興隆街的大爺來了，老爺叫二爺出去會。」寶玉知是賈雨村來了，心中便不自在。一面蹬著靴子，一面抱怨道：「有老爺和他坐著就罷了，回回定要叫我。」史湘雲一邊搖著扇子，一邊笑道：「主雅客來勤，自然你能迎賓接客，老爺才叫你出去呢。」寶玉道：「罷，罷！我也不過俗中又俗的一個俗人，並不願和這些人往來。」湘雲笑道：「還是這個性兒不改。你就算不願意去考舉人進士的，也該常會會這些為官做宰的人們，談談講講那些仕途經濟，也好將來應酬世務，日後也有個正經朋友。讓你成年家只在我們隊裡，攪出些什麼來？」寶玉大覺逆耳，道：「姑娘請別的屋裡坐坐吧，我這裡害怕弄髒了妳這樣知經濟的人。」襲人連忙解說道：「雲姑娘快別說他。上回也是寶姑娘說過一回，他也不管人臉上過不去，咳了一聲，拿起腳來走了。寶姑娘的話也沒說完，頓時羞得臉通紅，說又不是，不說又不是。幸而是寶姑娘，那要是林姑娘，不知又鬧得怎麼樣，哭得怎麼

樣呢。提起這些話來，寶姑娘叫人敬重。我倒過意不去，只當她惱了。誰知過後還是照舊一樣，真真有涵養。誰知這一位，反倒和她疏遠了。那林姑娘見他賭氣不理她，後來不知賠多少不是呢。」寶玉道：「林姑娘說過這些混帳話嗎？要是她也說過這些混帳話，我早遠了她了。」襲人和湘雲都點頭笑道：「喔，這原是混帳話。」

不想黛玉在門外聽到了，不覺又喜又驚，又悲又歎。寶玉又趕來，一定說麒麟的緣故。心下忖度著，近日寶玉弄來的外傳野史，多半才子佳人因小巧玩物上撮合，便恐借此生隙。因而悄悄走來，卻聽見寶玉竟不避嫌疑在人前贊她。自己平日認他是個知己，果然是個知己。但你我既為知己，又何必有金玉之論呢？既有金玉之論，也該你我有之，則又何必來一寶釵呢？況自己父母早逝，無人為我主張；近日更覺神思恍惚，病已漸成。我雖為你的知己，但恐自己不能久待；你縱為我的知己，奈我薄命何！

想到此間，不禁滾下淚來。待進去相見，自覺無味，便一面拭淚，一面抽身回去了。寶玉忙出來，卻見黛玉在前面慢慢地走著，似有拭淚之狀，便忙趕上來，笑道：「妹妹往哪裡去？怎麼又哭了？又是誰得罪了妳了？」黛玉回頭見是寶玉，勉強笑道：「好好的，我何曾哭了。」寶玉笑道：「妳瞧瞧，眼睛上的淚珠兒未乾，還撒謊呢。」一面禁不住抬起手來替她拭淚。黛玉忙向後退了幾步，說道：「你又要死了，這麼動手動腳的！」寶玉笑道：「說話忘了情，不覺得動了手，也就顧不得死活。」黛玉道：「你死了倒不值什麼，只是丟下了

191

什麼金，又是什麼麒麟，可怎麼好呢？」一句話又把寶玉說急了，趕上來問道：「妳還說這話，到底是咒我還是氣我呢？」黛玉見問，方想起前日的事來，便也自悔了，忙笑道：「你別著急，我原說錯了。這有什麼的，筋都暴起來，急得一臉汗。」寶玉瞅了半天，方說道：「妳放心。」黛玉聽了，怔了半天，說道：「我有什麼不放心的？我不明白這個話。你倒說說怎麼放心不放心？」寶玉歎了一口氣，問道：「妳果然不明白這話？難道我素日在妳身上的心都用錯了？連妳的意思若體貼不著，就難怪妳天天為我生氣了。」黛玉道：「我真不明白放心不放心的話。」寶玉點頭歎道：「好妹妹，妳別哄我。妳真不明白這話，不但我素日白用了心，且連妳素日待我的心也都辜負了。妳總因不放心的緣故，才弄了一身的病。但凡寬慰些，這病也不得一日重似一日了。」黛玉聽了這話，如轟雷掣電，竟比自己肺腑中掏出來的還覺懇切，竟有萬句言語，只是半個字也不能吐，卻怔怔地望著他。此時寶玉心中也有萬句言語，不知從哪一句上說起，也只怔怔地瞅著黛玉。

怔怔半日，黛玉只咳了一聲，眼中淚直流下來，回身便走。寶玉忙上前拉住：「好妹妹，我說一句話再走。」黛玉一面拭淚，一面將手推開，說道：「有什麼可說的？你的話我早知道了！」口裡說著，卻頭也不回徑去了。

寶玉站著，只管發起呆來。

襲人見寶玉忘了帶扇子，忙趕來送給他，忽抬頭看見了黛玉和他站著。一時黛玉走了，

他還站著不動，因而趕上來說道：「你也不帶了扇子去，虧了我看見，趕著我送來。」寶玉出了神，只管呆著臉兒說道：「好妹妹，我的這個心事，從來也不敢說，今兒我大膽說出來，就是死了，也是甘心的！我為妳也弄了一身的病，又不敢告訴人，只好挨著。只等妳的病好了，只怕我的病才得好呢。睡裡夢裡也忘不了妳。」襲人聽了，驚疑不止，又怕又臊，忙推他道：「這是哪裡的話？你是怎麼著了？還不快去嗎？」寶玉一時醒過來，方知是襲人，羞得滿面紫漲，卻仍是呆呆的，接了扇子，一句話也沒說，逕自走了。

襲人見他去後，想他方才之言，必是因黛玉而起，也不覺呆呆地發起怔來。誰知寶釵恰從那邊走來，笑道：「大毒日頭地下，出什麼神呢？」襲人忙笑道：「我剛才見兩個雀兒打架，倒很有意思，我就看住了。」寶釵道：「寶兄弟忙忙地哪去了？我要叫住問他呢，竟像沒理會我的，所以沒問。」襲人道：「老爺叫他出去的，想是有客要會。」寶釵笑道：「這個客也沒意思，這麼熱天，不在家裡涼快，跑些什麼？」襲人笑道：「妳可說嗎。」寶釵便問：「雲丫頭在你們家做什麼呢？」襲人笑道：「才說了一會兒閒話。又瞧了我前日粘的鞋幫子，明兒還求她做去呢。」寶釵便笑道：「妳這麼個明白人，怎麼一時半刻地就不會體諒人？我近來看著雲姑娘的神情，聽起來在家裡一點兒做不得主。她們家嫌費用大，差不多的東西都是她們娘兒們動手。為什麼這幾次她來了，她和我說話兒，見沒人在跟前，她就說家裡累得慌？我再問她兩句家常過日子的話，連眼圈兒都紅了，嘴裡含含糊糊，待說不說的。

看她的情形兒，自然從小兒沒了父母是苦的。」襲人見說這話，將手一拍，說：「是了。怪道上月我求她打十根蝴蝶兒結子，過了那些日子才打發人送來，還說粗打的，先將就著使。想來我們求她，不好推辭，不知怎麼三更半夜地做呢。可是我也糊塗了，早知是這樣，我也不該求她了。」寶釵道：「上次她告訴我，說在家裡做活做到三更天，要是替別人做一點半點兒，那些奶奶太太們還不受用呢。」襲人道：「偏我們那個牛心的小爺，憑著小大活計，一概不要家裡這些活計上的人做。我又弄不開這些。」寶釵笑道：「妳理他呢！只管叫人做去就是了。」襲人道：「哪裡哄得過他？說不得我只好慢慢地累去罷了。」寶釵笑道：「妳不必忙，我替妳做些就是了。」襲人笑道：「當真的？這可是我的造化了。晚上我親自送過來……」

一句話未了，忽見一個老婆子忙忙走來，說道：「這是哪裡說起！金釧兒姑娘好好兒地投井死了！」襲人嚇了一跳，忙問：「哪個金釧兒？」那老婆子道：「哪裡還有兩個金釧兒呢？就是太太屋裡的。」寶釵道：「這也奇了！」忙向王夫人處來。倒是襲人想起往日同氣之情，不覺流下淚來。

第二十回 手足眈眈小動脣舌 不肖種種大承笞撻

寶釵忙忙地到了王夫人處，只見鴉雀無聞，獨有王夫人在裡間房內坐著垂淚，便不好提這事，只得一旁坐了。王夫人便問：「妳打哪裡來的？可曾見妳寶兄弟？」寶釵道：「剛才倒看見了他出去了，不知哪裡去。」王夫人點頭歎道：「妳可知道一件奇事？金釧兒忽然投井死了！」寶釵見說，道：「怎麼好好地投井？這也奇了。」王夫人道：「原是前兒她把我一件東西弄壞了，我一時生氣，攆了下去。我只說氣她兩天，還叫她上來，誰知她這麼氣性大，就投井死了。豈不是我的罪過！」寶釵歎道：「姨娘是慈善人，固然是這麼想。據我看來，多半是她失了足掉下去的。她在上頭拘束慣了，這一出去，自然要到各處去逛逛。豈有這樣大氣的理？縱有，也不過是個糊塗人，也不為可惜。」王夫人點頭歎道：「雖然如此，到底我心裡不安。」寶釵歎道：「姨娘也不勞關心，十分過不去，不過多賞她幾兩銀子發送，也就盡主僕之情了。」

王夫人道：「剛才我賞了五十兩銀子給她媽，原要還把妳姐姐們的新衣裳給她兩件裝裹。誰知可巧都沒什麼新做的衣服，只有妳林妹妹做生日的兩套。我想她素日是個有心的，況且也三災八難的，既說了給她過生日，這會兒又給人去裝裹，豈不忌諱？因這麼著，我現

叫裁縫趕著做一套給她。要是別的丫頭，賞她幾兩銀子也就完了。金釧兒雖然是個丫頭，素日在我跟前比我的女孩兒也差不多兒。」口裡說著，不覺流下淚來。

寶釵忙道：「姨娘放心，我從來不計較這些。」一面說，一面起身就走。王夫人忙叫了兩個人跟寶姑娘去。

寶釵笑道：「我前兒倒做了兩套，拿來給她，豈不省事？」王夫人道：「難道妳不忌諱？」

一時寶釵取了衣服回來，只見寶玉在王夫人旁邊坐著垂淚。王夫人正在說他，見寶釵來了，就掩住口不說了。寶釵察言觀色，早知覺了七八分，於是將衣服交明便走了。

寶玉聽見金釧兒含羞自盡，早已五內摧傷，又被王夫人數說教訓了一番，也無可回說。從王夫人房中出來，茫然不知何往。背著手，低著頭，一面感歎，剛轉過屏門，與對面來的人倒撞了個滿懷。只聽那人喝一聲：「站住！」寶玉嚇了一跳，抬頭見是他父親，早不覺地倒抽了一口氣，只得垂手一旁站著。賈政道：「好端端的，你垂頭喪氣些什麼？方才雨村來了要見你，叫你那半天你才出來；既出來了，全無一點慷慨揮灑談吐。我看你臉上一團私欲愁悶氣色，這會兒又唉聲歎氣。你哪些還不足，還不自在？」寶玉此時一心總為金釧兒感傷，恨不得此時也身亡命殞，跟了金釧兒去。如今見了他父親說這些話，也不曾明白了，只是怔怔地站著。忽有人來回：「忠順親王府裡有人來，要見老爺。」賈政便去了。

寶玉剛回房，就有人來傳老爺要見他，忙又趕來。賈政一見便問：「該死的奴才！你在

家不讀書也罷了，怎麼又做出這些無法無天的事來？那琪官現是忠順王爺駕前承奉的人，你是何等草芥，無故引逗他出來，如今禍及於我？」寶玉嚇了一跳，忙回道：「實在不知此事。不知誰為『琪官』？豈更又加『引逗』二字？」說著便哭了。賈政未及開口，只見那忠順王府的長府官在旁冷笑道：「公子也不必掩飾。或隱藏在家，或知其下落，早說出來，我們也少受些個辛苦，豈不念公子之德呢！」寶玉連說：「實在不知。」那長府官冷笑兩聲道：「這一城內，十個人倒有八個人都說，他近日與那位銜玉的公子相與甚厚，如何說不知道？現有據證，必定當著老大人說了出來，公子豈不吃虧？既說不知此人，那紅汗巾子怎麼到了公子腰裡？」

寶玉不覺啞然，心想，他既連這樣機密事都知道了，大約別的也瞞不過他，不如打發他去了，免得再說出別的事來。便說道：「大人既知他的底細，如何連他置買房舍這樣大事倒不曉得了？聽得說他如今在東郊離城二十裡有個什麼紫檀堡，置了幾畝田地幾間房舍。想是在那裡也未可知。」那長府官聽了，笑道：「這樣說，一定是在那裡了。若有了便罷，若沒有，還要來請教。」說著，便忙忙地告辭走了。

賈政只氣得目瞪口歪，一面送那長府官，一面回頭命寶玉：「不許動！回來有話問你！」一直送那官員去了。才回身，忽見賈環帶著幾個小廝一陣亂跑。賈政喝令小廝：「給

197

我快打！」又道：「你跑什麼？帶著你的那些人都不管你，由著你野馬一般！」喝叫：「跟上學的人呢？」賈環見他父親盛怒，便乘機說道：「方才原不曾跑，只因從那井邊一過，那井裡淹死了一個丫頭，我看腦袋這麼大，身子這麼粗，泡得實在可怕，所以才趕著跑過來。」賈政聽了驚疑，問道：「好端端的，誰去跳井？我家從無這樣事情，若外人知道，祖宗的顏面何在？」喝命快叫賈璉、賴大、來興。賈環忙上前拉住賈政的袍襟，貼膝跪下道：「父親不用生氣。此事除太太房裡的人，別人一點也不知道。我聽見我母親說⋯⋯」說到這句，便回頭四顧一看。賈政知其意，將眼色一丟，小廝們明白，都往兩邊後面退去。賈環便悄悄說道：「我母親告訴我說，寶玉哥哥前日在太太屋裡，拉著太太的丫頭金釧兒強姦不遂，打了一頓。那金釧兒便賭氣投井死了。」

話未說完，賈政便大喝：「快拿寶玉來！」一面往裡邊書房裡去：「今日再有人勸我，我把這冠帶家私一應交給他和寶玉過去！我免不得做個罪人，把這幾根煩惱鬢毛剃去，尋個乾淨去處自了，也免得上辱先人下生逆子之罪。」那賈政端吁吁直挺挺坐在椅子上，滿面淚痕，一疊連聲：「拿寶玉來！拿大棍拿繩來！把門都關上！有人傳信到裡頭去，立刻打死！」

那寶玉聽見賈政吩咐他「不許動」，早知凶多吉少，正在廳上旋轉，怎得個人往裡頭去捎信？偏偏沒個人來，連茗煙也不知在哪裡。正盼望時，只見一個老嬤嬤出來，寶玉如得了

紅樓夢 上

珍寶，便趕上來拉她，說道：「快進去通報，老爺要打我呢！快去，快去！要緊！」老婆子偏偏又耳聾，把「要緊」二字只聽做「跳井」二字，便笑道：「跳井讓她跳去，二爺怕什麼？」寶玉便著急道：「妳出去叫我的小廝來吧！」那婆子道：「有什麼不了事的？老早的完了。」

走來，逼著他進去了。太太又賞了衣服銀子，怎麼會不了事呢！」寶玉急得跺腳，只見賈政的小廝死！」小廝們不敢違命，只得將寶玉按在凳上，舉起大板打了十來下。寶玉自知不能討饒，只是嗚嗚地哭。賈政還嫌打得輕，自己奪過板子來，狠命地又打了十幾下。寶玉漸漸氣弱聲嘶，哽咽不出。眾門客見打得不成樣子，趕著上來，懇求奪勸，賈政更加氣了：「你們問問他幹的勾當可饒不可饒！素日都是你們這些人把他寵壞了，到這步田地還來解勸！明日寵到他弒父弒君，你們才不勸不成？」

眾人知道氣急了，只得退出覓人進去給信。王夫人聽到便不及回賈母，忙忙抖了一個丫頭趕往書房中來。賈政更如火上澆油，那板子下去得更是又狠又快，寶玉早已動彈不得了。王夫人急得抱住板子，賈政道：「罷了，罷了！今日必定要氣死我才罷！」王夫人哭道：「寶玉雖然該打，老爺也要自己保重。況且老太太身上也不大好，打死寶玉事小，若老太太一時不自在了，豈不事大？」賈政冷笑道：「倒休提這話。我養了這不肖的孽障，我已不孝；教訓他一番，又有眾人護持；不如趁今日結果了他，以絕將來之患！」說著，便要拿繩

199

索來勒死。王夫人連忙抱住哭道：「老爺雖然應當管教兒子，也要看夫妻分上。我如今已將五十歲的人，只有這個孽障，必定苦苦地以他為法，我也不敢深勸。今日更加要他死，豈不是有意絕我呢？既要勒死他，索性先勒死我，再勒死他。我們娘兒們不如一同死了，在陰司裡也得個依靠。」說畢，抱住寶玉放聲大哭起來。

賈政聽了，不覺長歎一聲，向椅上坐了，淚如雨下。王夫人抱著寶玉，見他面白氣弱，底下穿著一條綠紗小衣都是血漬，由腿至臀脛，或青或紫，或整或破，竟無一點好處，不覺失聲大哭起「苦命的兒」來。便又想到賈珠，叫著賈珠哭道：「若有你活著，便死一百個我也不管了。」此時李紈、王熙鳳等聞知也已出來，見王夫人哭著賈珠的名字，李紈早禁不住也抽抽搭搭地哭起來。賈政聽了，那淚更似走珠一般滾了下來。

忽聽丫鬟來說：「老太太來了。」一句話未了，只聽窗外顫巍巍的聲氣說道：「先打死我，再打死他，豈不乾淨了？」只見賈母扶著丫頭，搖頭喘氣地走來，賈政上前躬身賠笑道：「大暑熱的天，老太太有什麼吩咐，何必自己走來？有話只該叫了兒子進去吩咐便了。」賈母聽說，便止住步喘息一回，厲聲道：「你原來是和我說話！我倒有話吩咐，只是可憐我一生沒養個好兒子，卻叫我和誰說去？」賈政忙跪下含淚說道：「兒子管教他，也為的是光宗耀祖。老太太這話，兒子如何當得起？」賈母便唾了一口，道：「我說一句話，你就禁不起，你那樣下死手的板子，難道寶玉就禁得起了？你說教訓兒子是光宗耀祖，當日你

父親怎麼教訓你來?」說著,也不覺淚往下流。

賈政又賠笑道:「老太太也不必傷感。都是兒子一時性急,從此以後再不打他了。」賈母冷笑幾聲道:「你也不必和我賭氣。你的兒子,自然你要打就打。想來你也厭煩我們娘兒們,不如我們早離了你,大家乾淨!」說著便命人去看轎,「我和你太太、寶玉立刻回南京去!」家下人只得乾答應著。賈母又叫王夫人道:「妳也不必哭了。如今寶玉年紀小,妳疼他,他將來長大,為官做宰的,也未必想著妳是他母親了。妳如今倒是不疼他,只怕將來還少生一口氣呢。」賈政忙叩頭哭道:「母親如此說,兒子無立足之地了。」賈母冷笑道:「你分明使我無立足之地,你反說起你來!只是我們回去了,你心裡乾淨,看有誰來不許你打?」一面只命快打點行李車轎回去。賈政直挺挺跪著,苦苦叩求認罪。

賈母一面說話,一面來看寶玉,又是心疼,又是生氣,也抱著哭個不停。早有丫鬟媳婦等上來,要攙寶玉,鳳姐便罵:「糊塗東西,也不睜開眼瞧瞧!這個樣兒,怎麼攙著走?還不快進去把那藤屜子的春凳抬出來呢。」眾人聽說連忙飛跑進去,抬出春凳來,將寶玉放上,隨著賈母王夫人等進去,送至賈母屋裡。

賈政不敢自便,也跟了進來。看看寶玉,果然打重了,再看看王夫人,「兒」一聲「肉」一聲地哭道:「你替珠兒早死了,留著珠兒,也免你父親生氣,我也不白操這半世的心了。」這會兒你若有個好歹,丟下我,叫我靠哪一個?」數落一場,又哭「不爭氣的兒」。

賈政聽了，也就灰心，自悔不該下毒手打到如此地步。先勸賈母，賈母含淚說道：「兒子不好，原是要管的，不該打到這個份兒。你不出去，還在這裡做什麼？難道於心不足，還要眼看著他死了才算嗎？」賈政方諾諾著退了出去。

此時薛姨媽同寶釵、香菱、襲人、史湘雲也都在這裡。襲人滿心委屈，只不好十分使出來，見眾人圍著，灌水的灌水，打扇的打扇，自己插不下手去，便索性走出來到二門前，令小廝們找了茗煙來細問：「方才好端端的，為什麼打起來？你也不早來透個信兒！」茗煙急得說：「偏我沒在跟前，打到半中間我才聽見了。忙打聽緣故，卻是為琪官、金釧兒姐姐的事。」襲人道：「老爺怎麼就知道了？」茗煙道：「那琪官的事，多半是薛大爺素日吃醋，不知在外頭挑唆了誰，在老爺跟前下的火。那金釧兒的事，大約是三爺說的，我也是聽見跟老爺的人說的。」襲人聽了這兩件事都對景，心中也就信了八九分。回來見賈母命「好生抬到他房裡去」，又亂了半日，眾人才漸漸散去。

第二十一回　薛寶釵巧送清淤丸　林黛玉細味鮫綃帕

襲人見賈母王夫人等去後，便在寶玉身邊坐下，含淚問他：「怎麼就打到這步田地？」寶玉歎口氣說道：「不過為那些事，問它做什麼！只是下截疼得很，妳瞧瞧，打壞了哪裡？」襲人輕輕伸手將中衣褪下，略動一動，寶玉便咬著牙叫「噯喲」。襲人連忙停住手，如此三四次才褪下來。襲人看時，只見腿上半段青紫，都有四指寬的傷痕高了起來。襲人咬著牙說道：「我的娘，怎麼下這般的狠手！你但凡聽我一句話，也不得到這個份兒。幸而沒動筋骨，若打出個殘疾來，可叫人怎麼樣呢？」正說著，只聽丫鬟們說：「寶姑娘來了。」

只見寶釵手裡托著一丸藥走進來，向襲人說道：「晚上把這藥用酒研開，替他敷上，把那淤血的熱毒散開，可以就好了。」又問道：「這會兒可好些？」寶玉一面道謝說：「好些了。」又讓坐。寶釵見他睜開眼說話，不像先時，心中也寬慰了好些，便點頭歎息：「早聽人一句話，也不至有今日。別說老太太、太太心疼，就是我們看著，心裡也⋯⋯」寶玉聽得這話，如此親切，大有深意，忽見她又咽住不往下說，眼圈微紅，雙腮帶赤，低下頭只管弄衣帶，那一種軟怯嬌羞、輕憐痛惜之情，竟難以語言形容，越覺心中感動，將疼痛早丟在九霄雲外去了。想道：「我不過挨了幾下打，她們就有這些憐惜之態。假若我一時別有大故，

還不知何等悲感呢！既是她們這樣，我便一時死了，也無足嘆惜了。」正想著，只聽寶釵向襲人道：「怎麼好好地動了氣，就打起來了？」襲人便把茗煙的話悄悄說了。

寶玉這才知道，忙又止住襲人道：「薛大哥哥從來不這樣的，妳們不可猜。」寶釵知道是怕自己多心，心中暗暗想，打得這樣了，疼還顧不過來，也還是這樣細心。便笑道：「你們也不必怨這個，怨那個。據我想，到底寶兄弟素日肯和那些人來往，老爺才生氣。就是我哥哥說話不留心，一時說出寶兄來，也不是有心挑唆。一則也是實話，二則他原不理論這些防嫌小事。襲姑娘從小只見過寶兄弟這麼樣細心的人，何曾見過我哥哥天不怕地不怕，心裡有什麼、口裡就說什麼的人呢？」襲人見寶玉攔他的話，便醒悟過來，恐寶釵沒意思。後又聽寶釵如此說，更覺羞愧無言。

寶玉聽寶釵說的，半是堂皇正大，半是體貼自己的私心，更覺比先心動神移。正要說話時，只見寶釵起身道：「明日再來看你，好生養著吧。方才我拿的藥來交給襲人，晚上敷上管就好了。」說著便走出門去。襲人趕著送出院外，說：「姑娘倒費心了。改日二爺好了，親自謝去。」寶釵回頭笑道：「有什麼謝處。妳只勸他別胡思亂想的就好了。要想什麼吃的、玩的，妳悄悄地往我那裡只管取去，不必驚動老太太、太太眾人，若吹到老爺耳朵裡，總是不好。」說著去了。

襲人心內著實感激寶釵。進來見寶玉沉默默似睡非睡，便退出房外。

寶玉昏昏沉沉，只見蔣玉菡走了進來，訴說忠順王府拿他之事；一時又見金釧兒進來哭說為他投井之情。忽又覺有人推他，恍恍惚惚聽得悲戚之聲。寶玉從夢中驚醒，睜眼一看，卻是黛玉。寶玉猶恐是夢，忙又將身子欠起，向臉上細細一認，只見她兩個眼睛腫得桃兒一般，滿面淚光。寶玉正想說時，怎奈下半截疼痛難忍，支撐不住，便「噯喲」一聲，仍倒下了，歎了口氣，說道：「妳又做什麼來了？太陽才落，那地上還是怪熱的，若又受了暑，怎麼好呢？我雖挨打了，卻也不很覺疼痛。這個樣兒是裝出來哄他們，好在外頭布散給老爺聽，其實是假的。妳別信真了。」此時黛玉只是無聲而泣，氣噎喉堵，心中雖然有萬句言詞，要說時卻不能說得半句。半日方抽抽噎噎地說道：「你從此可都改了吧！」寶玉長歎一聲，道：「妳放心，我便為這些人死了，也是情願的！」一句話未說完，只聽院外人說：

「二奶奶來了。」黛玉連忙起身說道：「我從後院子去吧，回頭再來。」寶玉一把拉住道：

「這可奇了，好好地怎麼怕起她來？」黛玉急得跺腳，悄悄地說道：「你瞧瞧我的眼睛，又該她們拿咱們取笑了。」寶玉聽說，忙放了手。黛玉三步兩步轉過床後，剛出了後院，鳳姐從前頭已進來了。問寶玉：「可好些了？想什麼吃，叫人往我那裡取去。」接著，薛姨媽又來了。一時賈母又打發了人來。

至掌燈時分，只見王夫人使了個婆子來，說「太太叫一個跟二爺的人呢」。襲人想了一

想，便回身悄悄告訴晴雯等人說：「妳們好生在房裡，我去了就來。」

王夫人正坐在涼榻上搖著芭蕉扇子，見她來了，說：「妳不管叫個誰也罷了，又摺下他來了。誰服侍二爺呢？」襲人連忙賠笑回道：「二爺才睡安穩了，那四五個丫頭如今也好了，會服侍二爺了，太太請放心。恐怕太太有什麼話吩咐，一時聽不明白，倒耽誤了。」王夫人道：「也沒什麼，白問問，他這會兒疼得怎麼樣了？」襲人道：「寶姑娘送來的藥，我給二爺敷上了，比先前好些了。」王夫人又問：「吃了什麼沒有？」襲人道：「老太太給的一碗湯，喝了兩口，只嚷乾渴，拿那玫瑰鹵子和了，吃了小半碗，又嫌吃膩了，不香甜。」王夫人道：「噯喲，妳何不早來和我說。前兒有人送了兩瓶子香露來，就把這個拿兩瓶子去。」一碗水裡只用挑一茶匙兒，就香得了不得呢。」說著就喚彩霞取來。只見兩個三寸大小的玻璃小瓶，上面鵝黃綾箋上一個寫著「木樨清露」，另一個「玫瑰清露」。襲人笑道：「好金貴東西！這麼個小瓶兒，能有多少？」王夫人道：「那是進上的，妳沒看見鵝黃箋子？妳好生替他收著，別糟蹋了。」

王夫人見房內無人，便問道：「我恍惚聽見寶玉今兒挨打，是環兒在老爺跟前說了什麼話。妳可聽見這個話沒有？」襲人道：「我倒沒聽見這個話。只聽見說是為什麼王府的戲子，人家來和老爺說了，為這個打的。」王夫人搖頭說道：「也為這個，還有別的緣故。」襲人道：「別的緣故實在不知道了。」又低頭遲疑了一會兒，說道：「我今日在太太跟前大

膽說句冒撞的話。論理……」說了半截忙又咽住。王夫人道：「妳只管說。」襲人道：「太

太別生氣，我才敢說。」王夫人道：「妳說就是了。」襲人道：「論理，二爺也得老爺教訓

教訓才好呢。要老爺再不管，不知將來還要做出什麼事來呢。」

想的一樣。其實我何曾不知道寶玉該管，只是設若打壞了，將來我靠誰呢？」說著，由不得

滾下淚來。襲人也陪著落淚道：「二爺是太太養的，豈不心疼？就是我們做下人的服侍一

場，大家落個平安，也算是造化了。要這樣起來，連平安都不能了。哪一日哪一時我不勸二

爺，只是再勸不醒。偏那些人又肯親近他，也怨不得他這樣，總是我們勸的倒不好了。今兒

太太提起這話來，我還惦記著一件事，要來回太太，討太太個主意。只是我怕太太疑心，

不但我的話白說了，且連葬身之地都沒了。」王夫人忙問道：「我的兒，妳只管說。妳方才

和我說的話是大道理。合我的心事。妳有什麼只管說什麼，只別叫別人知道就是了。」襲人

道：「我也沒什麼別的話。我只想著討太太一個示下，怎麼變個法兒，以後還叫二爺搬出園

外來住就好了。」王夫人吃一大驚，忙拉了襲人的手問道：「寶玉難道和誰作怪了不成？」

襲人連忙回道：「太太別多心，並沒有這話。這不過是我的小見識。如今二爺也大了，裡頭

姑娘們也大了，況且林姑娘、寶姑娘又是兩姨姑表姐妹，日夜一處起坐不方便，由不得叫人

懸心。太太想，多有無心中做出，有心人看見，當作有心事，反說壞了的。況且二爺素日的

性格，又偏好在我們堆裡鬧，若前後錯了一點半點，人多口雜，萬一叫人哼出一個『不』字來，二爺一生的聲名品行豈不完了呢？那時老爺太太也白疼了，白操行心了。不如這會兒防避些。太太事情又多，一時固然想不到。我們想不到便罷了，既想到了，要不回明太太，罪越重了。近來我為這事日夜懸心，又恐怕太太聽著生氣，所以總沒敢言語。」

王夫人聽了，正觸了金釧兒之事，直呆了半晌，思前想後，心下更加感愛襲人，笑道：「我的兒，妳竟有這個心胸，想得這樣周全！我何曾又不想到這裡？難為妳這樣細心。真真好孩子，我自有道理。只是還有一句話：妳如今既說了這樣的話，我索性就把他交給妳了，好歹留點心兒，別叫他糟蹋了身子才好。自然不辜負妳。」

襲人回到院中，寶玉方醒。因心下惦著黛玉，要打發人去，只是怕襲人攔阻，便設法先使襲人往寶釵那裡去借書，命晴雯來吩咐道：「妳到林姑娘那裡看看她做什麼呢。她要問我，只說我好了。」晴雯道：「白眉赤眼兒的，做什麼去？到底說句話兒，也像件事啊。」寶玉道：「沒有什麼可說的嘛。」晴雯道：「或是送件東西，或是取件東西，不然，我去了，怎麼搭訕呢？」寶玉想了一想，便伸手拿了兩條舊絹子，笑道：「也罷，就說我叫妳送這個給她去了。」晴雯道：「這又奇了。她要這半新不舊的兩條手絹子？又要惱了，說你打趣她。」寶玉笑道：「妳放心，她自然知道。」

黛玉見寶玉巴巴地打發晴雯送了兩條舊帕子來，不覺納悶，一時方大悟過來，體貼出絹

208

子的意思來，只覺神痴心醉，想到寶玉能領會我這一番苦意，我卻每每煩惱傷心，反覺可愧；再想到私相傳遞，又覺可懼。如此思來想去，竟是餘意綿纏，便提筆向那兩塊舊絹上寫道：

眼空蓄淚淚空垂，暗灑閒拋卻為誰？尺幅鮫綃勞解贈，叫人焉得不傷悲！

……還要往下寫時，覺得渾身火熱，走至鏡前一照，只見腮上通紅，壓倒桃花。一時方上床睡去，猶拿著那帕子思索。

一早醒來，卻再睡不著了，便步出門外，獨立花蔭之下，遠遠地卻向怡紅院內望著。一時不知站了多久，只見一起一起過去，又看一起一起散盡了，只不見鳳姐來，心想：「她是必定要來打個花胡哨❶，討老太太和太太的好兒才是。怎麼今兒這早晚不來？」恰一抬頭只見花花簇簇的一群人又向怡紅院內來了，賈母搭著鳳姐的手，後頭邢夫人、王夫人跟著周姨娘和丫鬟、媳婦等人說笑著進去了。一會兒，又見薛姨媽、寶釵等也過去了。

黛玉看了不覺點頭，想起有父母的人的好處來，早又淚珠滿面。又見滿地竹影參差，苔痕濃淡，復想起《西廂記》中「幽僻處可有人行，點蒼苔白露冷冷」，這淚便流個不止了。

一步步慢慢地往回走，不防廊下的鸚哥見黛玉來了，嘎地一聲撲了下來，倒嚇了她一跳。那

鸚哥又飛上架去，叫：「雪雁，快掀簾子，姑娘來了。」黛玉便止住步，以手扣架道：「添了食水不曾？」那鸚哥便長歎一聲，竟大似黛玉素日嗟歎聲息，接著唸道：「儂今葬花人笑痴，他年葬儂知是誰？」黛玉、紫鵑聽了都笑起來。紫鵑笑道：「這都是素日姑娘唸的，難為他怎麼記得了！」黛玉便隔著紗窗調弄鸚哥，又把平日喜歡的詩詞教牠唸。

此時寶玉身邊眾人圍繞著問長問短，這個說「想什麼只管告訴我」，那個道「你想什麼吃？回來好給你送來」。

寶玉笑道：「也不想什麼吃，倒是那一回做的小荷葉兒、小蓮蓬兒的湯還好些。」鳳姐笑道：「都聽聽，口味倒不算高貴，只是太磨牙了。還是去年娘娘省親的時候呈樣做了一回，他今兒怎麼想起來了。」賈母便一疊聲地叫做去。鳳姐笑道：「老祖宗別急，等我想一想這模子誰收著呢。」後來還是管金銀器皿的送了來了。

鳳姐吩咐廚房裡立刻拿幾隻雞，另外添了東西，做十碗湯來。王夫人道：「要這些做什麼？」鳳姐笑道：「有個緣故，這一宗東西家常不大做，今兒寶兒弟提起來了，單做給他吃，老太太、姨媽、太太都不吃，似乎不大好。不如趁勢兒弄些大家吃吃，托賴著連我也嚐個新兒。」賈母笑道：「猴兒，把你乖的！拿著官中的錢你做人情。」說得大家笑了。鳳姐也忙笑道：「這不相干。這個小東道兒我還孝敬得起呢。」便回頭吩咐婦人，「說給廚房裡，只管好生添補著做了，在我的帳上領銀子。」婦人答應著去了。

寶釵一旁笑道：「我來了這麼幾年，留神看起來，二嫂子憑她怎麼巧，再巧不過老太太。」賈母聽說，便笑道：「我如今老了，哪裡還巧什麼？當日我像鳳丫頭這麼大年紀，比她還來得呢。她也算好了，比妳姨娘強遠了。妳姨娘可憐見的，不大說話，和木頭似的，公婆跟前就不大顯好兒。鳳兒嘴乖，怎麼怨得人疼她。」寶玉笑道：「若這麼說，不大說話的就不疼了？」賈母道：「不大說話的又有不大說話的可疼之處，嘴乖的也有一宗可嫌的，倒不如不說話的好。」寶玉笑道：「這就是了。我說大嫂子倒不大說話呢，老太太也是和鳳姐姐一樣看待。若是單是會說話的可疼，這些姐妹裡頭也只是鳳姐姐和林妹妹可疼了。」賈母道：「提起姐妹，不是我當著姨太太的面奉承，千真萬真，從我們家四個女孩兒算起，都不如寶丫頭。」薛姨媽聽說，忙笑道：「這話老太太是說偏了。」王夫人忙又笑道：「老太太時常背地裡和我說寶丫頭好，這倒不是假話。」寶玉勾著賈母原為要贊黛玉，不想反贊起寶釵來，倒也意出望外，便看著寶釵一笑。寶釵早扭過頭去和襲人說話去了。

就有小丫頭進來請去吃飯，賈母等方出房去。薛姨媽笑道：「老太太也會嘔她。時常她弄了東西吃，我有本事叫鳳丫頭弄了來咱們吃。」鳳姐笑道：「姑媽倒別這樣說。我們老祖宗只是嫌人肉酸，究竟又吃不了多少。」一句話沒說完，引得賈母眾人都哈哈地大笑起來。寶玉不嫌人肉酸，早已把我還吃了呢。」一時襲人突然想起，便笑道：「差點兒又忘了，趁寶姑娘沒走遠，在房裡也忍不住笑了。

你和她說，煩她鶯兒來打幾根絡子 ❷。」寶玉道：「虧你提起。」便向窗外道：「寶姐姐，吃過飯叫鶯兒來，煩她打幾根絡子，可得閒兒？」寶釵回頭道：「是了，一會兒叫她來就是了。」

❶ 花胡哨：花言巧語，說好聽話。

❷ 絡子：用線索結成的網子，可以裝物。

第二十二回　結玉絡閒言論造化　繡鴛鴦夢兆憶前盟

王夫人叫了玉釧兒帶著個婆子給繡玉送了蓮葉羹來，鶯兒便一同進來了。寶玉因見了玉釧兒，便想到金釧兒，又是傷心，又是慚愧，忙著和她說話。襲人見把鶯兒不理了，怕她不好意思，便帶了外間去說話。寶玉且不吃飯，只問：「妳母親身子好？」玉釧兒滿臉嗔怒，正眼也不看寶玉，半日方說了一個「好」字。寶玉便覺沒趣，半日，只得又賠笑問道：「誰叫妳替我送來的？」玉釧兒道：「不過是奶奶太太們！」寶玉想要虛心下氣哄她，又見人多，便想方設法支了人出去，然後又賠笑問長問短。

玉釧兒見他一味地溫存和氣，自己倒不好意思了，臉色才稍稍有些好轉。寶玉便笑求她：「好姐姐，妳把那湯拿來我嚐嚐。」玉釧兒道：「我從不會餵人東西，等她們來了再喝。」寶玉笑道：「我不是要妳餵我。我因為走不動，妳遞給我喝了，妳好回去吃飯。我只管耽誤了時間，豈不餓壞了妳？妳要懶得動，我少不得忍疼下去取去。」說著便要下床，掙扎起來，禁不住嗳喲之聲。玉釧兒忍不住起身說道：「躺下吧！哪世裡造的孽，這會兒現世現報。叫我哪一個眼睛瞧得上！」一面說著，嘆哧地一聲笑了，端過湯來。寶玉笑道：「好姐姐，妳要生氣只管在這裡生吧，見了老太太、太太可和氣著些，若還這樣，妳就又挨罵

了。」玉釧兒道：「吃吧，吃吧！不用和我甜嘴蜜舌的了！」說著，催寶玉喝了兩口湯。寶玉說：「不好吃。」玉釧兒撇嘴道：「阿彌陀佛！這個還不好吃，也不知什麼好吃呢。」寶玉道：「一點味兒也沒有，妳不信，嚐一嚐就知道了。」玉釧兒果真賭氣嚐了一嚐。寶玉笑道：「這可好吃了。」玉釧兒才知道寶玉是故意哄她喝一口，便說：「你既說不好喝，這會兒說好喝也不給你喝了。」寶玉只管央求賠笑要吃，玉釧兒又不給他。

忽有人來回話說：「傅二爺家的兩個嬤嬤來請安，來見二爺。」那兩個婆子進來剛問了好，說了沒兩句話。因那玉釧兒手裡端著湯卻只顧聽話，寶玉又只顧和婆子說話，一面吃飯，伸手去要湯。兩個人的眼睛都看著人，不想伸猛了手，便將碗撞翻，將湯潑在了寶玉手上。玉釧兒倒沒有燙著，寶玉自己燙了手不覺得，只管問玉釧兒：「燙了哪裡了？疼不疼？」玉釧兒和眾人都笑了。玉釧兒道：「你自己燙了，只管問我。」

一時兩個婆子出去，一個便笑道：「怪道有人說他家寶玉是外相好裡頭糊塗，果真是有些呆氣。自己燙了手，倒問別人疼不疼，這可不是個呆子嗎？」另一個也笑道：「我還聽見他家裡許多人說，自己被大雨淋得水雞兒似的，他反告訴人『下雨了，快避雨去吧』。妳說可笑不可笑？時常沒人在跟前，就自哭自笑的；看見燕子，就和燕子說話；看見了魚，就和魚說話；見了星星月亮，不是長吁短歎，就是咭咭噥噥的。且一點剛性兒也沒有，連那些毛丫頭的氣都受得了。愛惜起東西來，連個線頭兒都是好的；糟蹋起來，哪怕值千值萬的都不

管了。」兩個人閒話著走出園去。

襲人見玉釧兒等人去了，攜了鶯兒過來。寶玉連忙向鶯兒笑道：「剛才只顧說話，就忘了妳，煩妳來，卻為替我打幾根絡子。」鶯兒問是要裝什麼的。寶玉笑道：「不管裝什麼的，妳都每樣打幾個吧。」鶯兒拍手笑道：「這還了得！要這樣，十年也打不完了。」襲人笑道：「如今先揀要緊的打幾個吧。」鶯兒道：「什麼要緊，不過是扇子、香墜兒、汗巾子。」寶玉道：「汗巾子就好。」鶯兒道：「什麼顏色的汗巾子？」寶玉道：「大紅的。」鶯兒道：「大紅的須是黑絡子或石青的才壓得住。」又問要什麼花樣的，寶玉道：「前兒你替三姑娘打的那樣就好。」鶯兒便笑道：「那是攢心梅花。」

一時襲人吃飯去了，寶玉一邊看鶯兒打絡子，一邊問她年齡本姓，又道：「寶姐姐也算疼妳了，明兒出閣，少不得是妳跟了去。」鶯兒抿嘴一笑。寶玉見她嬌憨婉轉，語笑如痴，笑道：「我常和襲人提起，明兒也不知哪個有福的消受妳們主兒兩個呢。」鶯兒笑道：「你還不知道我們姑娘有幾樣世人都沒有的好處，模樣還在其次。」寶玉正要問，卻聽外頭說道：「怎麼這樣靜悄悄的！」是寶釵進來了。寶玉忙讓坐，寶釵便問鶯兒：「打什麼呢？」一面看了笑道：「這有什麼趣兒，倒不如打個絡子，把玉絡上。」寶玉拍手笑道：「倒是姐姐說得是，我怎麼就沒想到！」寶釵道：「依我看，竟用金線配上黑珠兒線，一根一根地拈上，這才好看。」

寶玉便一疊聲地叫襲人來取金線。襲人端了兩碗菜進來道：「今兒奇怪，剛才太太打發人給我送了兩碗菜來。」寶玉笑道：「必是今兒菜多，送來給你們大家吃的。」襲人說：「不是，指名給我送來的，還不叫過去磕頭。」寶釵笑道：「給妳的，妳就吃了。」襲人道：「從來沒有的事，倒叫我不好意思。」寶釵道：「這就不好意思了？明兒比這個更不好意思的還有呢？」襲人見她說著一笑，似有意味，不覺心裡一動，忽想起前日王夫人的話來，便不做聲了。

寶釵坐了會兒便回去了，又到她母親處。正與母親說著閒話，薛蟠從外頭喝了酒回來，也進來了。說不到幾句，薛蟠忽然想起，便問道：「聽說寶兄弟挨打，是為什麼？」薛姨媽剛聽寶釵說了，見問便道：「都是你鬧的，你還有臉來問！」薛蟠道：「人人說我殺人，你們也信？」薛姨媽道：「連你妹妹都知道是你說的，難道她也賴你不成！」薛蟠說：「何苦來！」難道寶玉是天王，他父親打他一頓，一家子定要鬧幾天，今兒更加鬧上我了。既拉上我，我也不怕，索性進去把寶玉打死了，我替他償命！」一邊嚷著，一邊就抓起一根門閂來就跑，慌得薛姨媽拉住，寶釵忙勸道：「說沒說有什麼要緊，你這會兒倒鬧起來了。不要說媽，就是別人勸你，也是為你好，反把你的性子勸上來了。你看媽急得這個樣子，你不來勸，反先鬧開了。」薛蟠道：「妳這會兒又說這話，都是妳說的！」寶釵道：「你只怨我說，再不怨

你那顧前不顧後的樣子。」薛蟠道：「妳只怨我顧前不顧後，妳怎麼不怨寶玉外頭招風惹草的呢？別說別的，只拿前兒琪官的事——」話未說完，薛姨媽和寶釵忙道：「還提這個，可不是為這個打他？可見是你說的了。」薛蟠道：「真正氣死人了！賴我也罷了，我只惱為一個寶玉鬧得這麼天翻地覆！」寶釵道：「誰鬧了？你先持刀動杖地鬧起來，倒說別人鬧！」

薛蟠見寶釵的話句句難以駁回，一時氣頭上也顧不得許多，便拿話堵她：「好妹妹，妳不要和我鬧，我早知道妳的心了。媽說妳那金鎖要揀有玉的才可配，妳留了心，見寶玉有那勞什子，妳如今自然行動護著他了！」說著，便賭氣走了。把寶釵氣怔了，拉著薛姨媽哭道：「媽媽妳聽，哥哥說的是什麼話！」薛姨媽氣得亂顫，一面又勸寶釵道：「妳素日知妳那孽障哥哥說話沒道理，明兒我叫他給妳賠不是。」寶釵雖滿心委屈，因又怕母親不安，只得含淚別了母親回來，整整哭了一夜。

第二天，寶釵來到家中，薛姨媽笑道：「妳這麼早就過來了。」寶釵道：「我瞧瞧媽，身上好不好？昨兒我去了，不知他可又過來鬧了沒有？」一面在她母親身旁坐下，不禁又哭了。薛姨媽也忍不住哭了一場，又勸道：「我的兒，妳別委屈了。妳等我處分那孽障！妳要有個好歹，我指望哪一個呢？」薛蟠在外頭聽見，連忙跑過來，對著寶釵，左一個揖，右一個揖，只說：「好妹妹，饒我這一次吧，原是我昨兒吃了酒，想是在外頭撞客來著，回來不知胡說些什麼，連自己也不知道，怨不得妳生氣。」寶釵原是掩面而哭，聽他如此說，

就抬頭向地下啐了一口，道：「你不用做這些扮笑兒，我知道你嫌我們娘兒倆，是要變著法子叫我們離了你，你就心淨了。」薛姨媽忙又接著道：「你只會聽見你妹妹的歪話，難道昨晚你說的那話就使得你是發昏了？」

薛蟠只在面前轉來轉去，笑著賠了許多的不是，又道：「如今父親沒了，我不能不多孝順媽媽多疼妹妹，反叫妳們為我生氣煩惱，真連個畜生也不如了。」口裡說著，眼中禁不住滾下淚來。寶釵勉強笑道：「你鬧夠了，這會兒又來招媽媽哭了。」薛蟠忙收淚笑道：「我何曾招媽媽哭來，罷，罷！不提這個了，叫香菱來倒茶給妹妹吃。」又說，「妹妹的項圈我瞧瞧，只怕該炸一炸了。」寶釵道：「黃澄澄的炸它做什麼？」一會兒又說，「妹妹如今也該添補些衣服，告訴我。要什麼顏色花樣，我們就過去了。」寶釵道：「連那些衣裳我還沒穿遍呢，又做什麼？你倒是去吧，等媽洗了手，我們洗了澡，便各自散了。」

薛姨媽和寶釵去了賈母處，又到王夫人處說了會兒話。寶釵、黛玉先出來，黛玉說立刻要洗澡，便各自散了。寶釵獨自行來，順路進了怡紅院。不想外間床上橫三豎四，都是丫頭們睡覺。來至寶玉的房內，寶玉在床上睡著了，襲人坐在身旁做針線。寶釵走近前來，悄悄地笑道：「做什麼呢？」襲人猛抬頭見是寶釵，忙放下針線，起身悄悄笑道：「姑娘來了，我倒不防，嚇了一跳。」寶釵一看襲人手裡的針線，原來是白綾紅裡的兜肚，上面紮著鴛鴦

戲蓮的花樣。便笑道:「噯喲,好鮮亮的活計!這是誰的,也值得費這麼大工夫?」襲人向

床上努嘴兒。寶釵笑道:「這麼大了,還戴這個?」襲人笑道:「如今天熱,睡覺都不留

神,哄他戴上了,就是夜裡縱蓋不嚴些,也就罷了。妳說這一個就用了工夫,還沒看見他身

上戴的那一個呢。」寶釵笑道:「也虧妳耐煩。」襲人道:「今兒做的工夫大了,脖子低得

怪酸的。」又笑道:「好姑娘,妳略坐一坐,我出去走走就來。」寶釵只顧看

著活計,便不留心,一蹲身,恰恰也坐在襲人方才坐的位置,不覺拿起針來,就替她做起

來。

不想正被黛玉隔著紗窗看見了。呆了一下,半日又搗著嘴笑,招手兒叫湘雲。湘雲見了

才要笑,忽然想起寶釵素日待她厚道,便忙掩住口。知道黛玉不讓人,怕她取笑,拉過她來

道:「走吧。我想起襲人來,她說午間要到池子裡去洗衣裳,想必去了,咱們找她去吧。」

黛玉心下明白,冷笑了兩聲,便也隨著去了。

寶釵剛做了兩三個花瓣,忽聽寶玉在夢中喊罵說:「和尚道士的話如何信得?什麼是金

玉姻緣,我偏說是木石姻緣!」寶釵不覺怔了。忽見襲人走過來,笑道:「還沒醒呢?」寶

釵搖頭。襲人又笑道:「我才碰見林姑娘同史大姑娘,她們進來了嗎?」寶釵道:「沒見她

們進來。」便向襲人笑道:「她們沒告訴妳什麼?」襲人紅了臉,笑道:「總不過是她們那

些玩話,有什麼正經說的。」寶釵笑道:「她們說的可不是玩話,我正要告訴妳呢,妳又忙

忙地出去了。」

一句話未完，只見鳳姐打發人來叫襲人出去了。鳳姐叫去襲人，果然是為了告訴她王夫人的主意，將她月例提為二兩，與周、趙姨娘同等，只是襲人的單從王夫人的月例裡分出。

至夜間人靜，襲人方含羞告訴了寶玉。寶玉喜不自禁，笑道：「我可看妳回家去不去了！那一回說在這裡沒著落，終究算什麼，說那麼些無情無義的話嚇我。從今以後，我可看誰敢來叫妳去！」襲人冷笑道：「你倒別這麼說。從此以後我是太太的人了，我要走連你也不必告訴，只回了太太就走。」寶玉笑道：「就算我不好，妳回了太太就去了，叫別人聽見說我不好，妳去了妳也沒意思。」襲人笑道：「有什麼沒意思的，難道下流人，我也跟著？再不然，還有一個死呢。人活百歲，橫豎要死，聽不見看不見就罷了。」寶玉忙摀她的嘴，說道：「罷，罷，罷，妳別說這些話了。」襲人深知寶玉性情古怪，也後悔說冒撞了，連忙笑著用話截開，只揀那寶玉素日喜歡的，說些春花秋月，粉淡脂紅，又說到女兒如何好，不覺又說到女兒死的上頭，襲人忙掩住口。寶玉聽至濃，便笑道：「人誰不死，只要死得好。那些鬚眉濁物，只知文死諫，武死戰，這二死是大丈夫死名死節。竟何如不死的好！必定有昏君他方諫，他只顧邀名，猛拼一死，將來棄君於何地！必定有刀兵他方戰，猛拼一死，將來棄國於何地！所以這皆非正死。」襲人道：「忠臣良將，出於不得已他才死。」寶玉道：「那武將不過仗血氣之勇，疏謀少略，他自己無能，送了性命，這難道也是不得已！那文官更不可比武官了，他念兩句書污在心裡，若朝廷少有疵瑕，他就胡彈亂諫，只顧他邀忠烈之名，濁氣一湧，即時拚死，這難道也是不得已！還要知道，那朝廷是受命於天，他不聖不仁，那天地斷不把這萬幾重任與他了。可知那些死的都是沽名，並不知大義。比如我此時若果有造化，該死於此時的，趁妳們在，我就死了，再能夠妳們哭我的眼淚流成大河，把我屍首漂起來，送到那鴉雀不到的幽僻之處，隨風化了，這就是我死的得時了。」襲人忽見說出這些瘋話來，忙說

紅樓夢 上

睏了，不再答言。

第二天，湘雲家裡打發人來接，湘雲只得與眾人辭別。只是眼淚汪汪的，見她家人在跟前，又不敢十分委屈。眾人送至二門前，湘雲攔住了不讓再送。一時，又回身叫寶玉到跟前悄悄道：「便是老太太想不起我來，你時常提著打發人接我來。」寶玉連連答應了，又想著湘雲也是身不由己，心中不免悵悵的。

第二十三回　識分定情悟梨香院　起詩社興發秋爽齋

賈政因點了學差，不幾日便起身去了。一時寶玉更沒了束縛，只是每日在園中逛蕩。卻也甚覺無聊。一天自己又拿了本《牡丹亭》在看，不覺低聲唱了起來，突然想到梨香院的十二個女孩兒中有個小旦叫齡官的，《牡丹亭》曲子唱得好，便出了角門來找。

到了梨香院，見藕官等都在院中玩，便問齡官是哪個。見回說正獨自躺在房內，寶玉便進去了。齡官見他進來，只管躺著也不理睬。寶玉因平常與別的女孩子玩慣了的，只當齡官也一樣，便近前賠笑央她起來唱一套「裊晴絲」。不想齡官見他坐下，忙抬身起來躲避，正色說道：「嗓子啞了。前兒娘娘傳進我們去，我還沒有唱呢。」寶玉從來未經過這樣的被人棄厭，便訕訕地紅了臉，只得出來了。又納悶，這女孩好像是在哪兒見過的一般。卻聽寶官笑道：「只略等一等，薔二爺來了叫她唱，是必唱的。」寶玉一聽「薔」字，忽然想了起來，自己那日在薔薇架下見到的就是她了。

那日，寶玉行至薔薇花架下，正是樹蔭匝地，滿耳蟬聲，忽聽有人哽噎之聲。寶玉心中疑惑，隔著枝葉隱約見一個女孩子蹲在花下，手裡拿著根簪子在地下摳土，一面悄悄地流淚。寶玉心想，難道這也是個痴丫頭，又像顰兒來葬花起不成？果真如此，可謂「東施效顰」

了，不但不為新奇，且更可厭了。再看時，這女孩子眉蹙春山，眼顰秋水，大有黛玉之態，寶玉早又不忍棄她而去，只管呆看。眼睛卻隨著簪子的起落，心裡比畫著，原來是個「薔」字。寶玉想道，畫「薔」做什麼呢？莫非作詩填詞，在地下畫著推敲？一面想，一面又看，只見那女孩子畫來畫去，還是個「薔」字。也不覺看痴了，想必她有什麼說不出來的心事，才這麼個樣兒。但不知她心裡是如何的熬煎呢。模樣兒這麼單薄，心裡哪裡還擱得住熬煎？可恨我不能替妳分些過來。

正痴想之際，忽一陣涼風過了，唰唰地落下一陣雨來。寶玉看著那女子頭上往下滴水，把衣裳頓時濕了。想道：「她這個身子，如何禁得驟雨一激！」便禁不住說道：「不用寫了。妳看下大雨，身上都濕了。」那女孩子聽說倒嚇了一跳，抬頭一看，只見花葉繁茂，那叫她的人剛露著半邊臉兒。便笑道：「多謝姐姐提醒了我。難道姐姐在外頭有什麼遮雨的？」一句提醒了寶玉，「噯喲」了一聲，才覺自己身上也都濕了。心想她也是把他也當成了女孩兒了。當時急著一氣跑回怡紅院，一邊又記掛著她何處躲雨？不想今日一見，方想起那日便是這唱小旦的齡官。

一會兒便見賈薔從外頭來了，手裡提著個雀兒籠子，上面托著小戲臺，和一隻雀兒。寶玉一見寶玉也在這裡，忙停住問了好，便又興興頭頭往裡來找齡官，寶玉也跟了進去，卻見賈薔向她笑道：「妳來瞧這個玩意兒。」齡官起身問是什麼，賈薔道：「買了雀兒給妳玩，

省了妳天天兒發悶。我先玩個妳瞧。」便拿些穀子哄得那個雀兒果然在戲臺上銜著鬼臉兒和旗幟亂竄。眾女孩子都笑了，獨齡官冷笑兩聲，賭氣仍睡著去了。賈薔還只管賠笑，問她好不好。齡官道：「你們家把好好的人弄了來，關在這牢坑裡學這個勞什子還不算，你這會兒又弄個雀兒來，也幹這個浪事。你分明弄了來打趣形容我們，還問好不好！」賈薔不覺慌起來，連忙賭誓。又道：「我糊塗油蒙了心！費了一二兩銀子買來，原說解悶，就沒有想到這上頭。罷，罷，罷！放了生，倒也免妳的災。」說著，一頓把那籠子拆了。齡官還說：「那雀兒雖不如人，也有個老雀兒在窩裡，你拿了牠來弄這個勞什子，也忍心！今日我咳嗽出兩口血來，太太打發人來找你，叫你請大夫來細問問，你且弄這個來取笑兒。偏是我這沒人管沒人理的，又偏愛害病。」賈薔連忙說道：「昨兒晚上問了大夫，他說不相干，吃兩劑藥，後兒再瞧。誰知今兒又吐了。這會兒就請他去。」說著，便要請去。齡官又叫：「站住，這會兒大毒日頭地下，你賭氣去請了來，我也不瞧。」賈薔聽如此說，只得又站住。

寶玉見了不覺痴了，這才領會了畫「薔」深意。自己站不住，便抽身走了。痴痴地回至怡紅院中，一進來，就對襲人長歎道：「我昨日說你們的眼淚單葬我，這就錯了。看來我竟不能全得，從此後只好各人得各人的眼淚罷了。」襲人昨夜不過是些玩話，已經忘了，不想寶玉今又提起來，便笑道：「你可真真有些瘋了。」寶玉默默不答，只是心中暗傷：「不知將來灑淚葬我者為誰？」

紅樓夢 上

午後，卻見賈芸送了兩盆白海棠來，才驚覺光陰荏苒，又是秋天了。忽又見探春的丫鬟翠墨進來，呈上花箋，寶玉展開一看，不覺喜得拍手笑道：「我就起了。」說著便同著翠墨去了。

只見寶釵、黛玉、迎春、惜春等已都在秋爽齋那裡了。探春笑道：「我不算俗，偶然起個念頭，誰知一招都到了。」寶玉笑道：「可惜遲了，早該起個社的。」一語未了，李紈也來了，進門笑道：「雅的很哪！我自舉我掌壇。前兒春天我原有這個意思的。我想了一想，我又不會作詩，瞎亂些什麼，就沒有說。既是三妹妹高興，我就幫妳作興起來。」

黛玉道：「既然要起詩社，咱們就先把這些姐妹叔嫂的字樣改了才不俗。」李紈道：「極是。何不大家起個別號，彼此稱呼倒雅。我是定了『稻香老農』，再無人占的。」探春笑道：「我就是『秋爽居士』吧。」寶玉道：「居士、主人到底累贅，或指桐蕉起個倒好。」探春笑道：「有了，我最喜芭蕉，就稱『蕉下客』吧。」眾人都道別致有趣。黛玉笑道：「你們快牽了她去，燉了脯子吃酒。」眾人不解。黛玉笑道：「古人曾說『蕉葉覆鹿』。她自稱『蕉下客』，可不是一隻鹿了！快做了鹿脯來。」眾人笑了起來。探春笑道：「妳別忙，又使巧話來罵人，我已替妳想了個極當的美號了。當日娥皇女英灑淚在竹上成斑，故斑竹又名湘妃竹。如今她住的是瀟湘館，又愛哭，將來她想林姐夫，那些竹子也是要變成斑竹的。以後都叫她做『瀟湘妃子』就完了。」大家聽說，都拍手叫妙，黛

225

玉低了頭方不言語。李紈笑道：「我替薛大妹妹也早已想了個好的，也只三個字，封她『蘅蕪君』如何？」探春笑道：「這個封號極好。」寶玉道：「我呢？妳們也替我想一個。」寶釵笑道：「你的號早有了，『無事忙』三字恰當得很。」李紈道：「你還是你的舊號『絳洞花主』就好。」寶玉笑道：「小時候幹的營生，還提它做什麼？」寶釵道：「還得我送你個號吧。有最俗的一個號，卻對你最恰當。天下難得的是富貴，又難得的是閒散，這兩樣再不能兼，不想你兼有了，就叫你『富貴閒人』也罷了。」寶玉笑道：「當不起，當不起，倒是隨妳們混叫去吧。」黛玉道：「混叫如何使得！你現住怡紅院，索性叫怡紅公子不好？」眾人道：「也好。」李紈道：「二姑娘、四姑娘起個什麼號？」迎春道：「我們又不大會詩，白起個號做什麼？」探春道：「雖如此，也起個才是。」寶釵道：「她住的是紫菱洲，就叫『菱洲』；四丫頭在藕香榭，就叫『藕榭』就完了。」李紈道：「就是這樣好。我和二姑娘、四姑娘都不會作詩，須得讓出我們三個人去，我們三個各分一件事。」探春笑道：「已有了號，還只管這樣稱呼，不如沒有了。以後錯了，也要立個罰約才好。」李紈道：「自然立定了社，再定罰約。我一個社長也是不夠，不如就請菱洲、藕榭為副社長，一位出題限韻，一位謄錄監場。」

探春笑道：「這話也罷了，只是好笑，好好兒地我起了個主意，反叫你們三個來管起我來了。」

寶玉道：「既這樣，咱們就往稻香村去。」李紈道：「都是你忙，今日不過商議

了，等我再請。」寶釵道：「也要議定幾日一會才好。」探春道：「若只管會多了，又沒趣兒了。一月之中，只可兩三次。」寶釵道：「依我看，一月只要兩次就夠了。擬定日期，風雨無阻。除這兩日外，如有高興的，做主加一社，豈不活潑有趣？」眾人都道：「這個主意好。」

探春道：「這原是我起的意，我須得先做個東道，方不負我這番高興。」李紈道：「既這樣說，明日妳就先開一社不好嗎？」探春道：「明日不如今日，此時就好。」李紈道：「方才我來時，看見他們抬進兩盆白海棠來，倒很好。你們何不就詠起它來呢？」迎春道：「花還未賞，倒先作詩。」寶釵道：「不過是白海棠，又何必定要見了才作？前人也大都是寄興寫情而作。」

於是大家作了一回詩，又商議了一回。寶玉道：「到底要起個社名才是。」探春道：「俗了又不好，特新了，刁鑽古怪也不好。可巧才是海棠詩開端，就叫個海棠社吧。雖然俗些，因真有此事，也就不礙了。」

寶玉去後，襲人因拿碟子盛東西給湘雲送去，回頭見晴雯、麝月、秋紋在做針線，便問道：「那一個纏絲白瑪瑙碟子哪去了？」眾人你看我，我看你，都想不起來。半日，晴雯笑道：「給三姑娘送荔枝去的，還沒送來呢。」襲人道：「家常送東西的傢伙多著呢，巴巴地拿這個去。」晴雯道：「只那碟子配上鮮荔枝才好看。三姑娘見了也說好看，叫連碟

子放著，就沒帶來。妳再瞧，那一對聯珠瓶也還沒收來呢。」秋紋笑道：「提起瓶來，我又想起笑話兒。我們寶二爺說聲孝心一動，也孝敬到十二分。那日見園裡桂花開了，忽然想起來說，這是自己園裡才開的花兒，巴巴地把那一對瓶拿下來，親自灌水插好了，叫個人拿著，親自送一瓶進老太太，又進一瓶給太太，誰知連跟的人都得了福了。可巧那日是我拿去的，老太太喜得見人就說：『到底是寶玉孝順我，連一枝花兒也想得到。別人還只抱怨我疼他。』妳們知道，老太太素日不大和我說話，有些不入她老人家的眼的，那日竟叫人拿幾百錢給我。這可是再想不到的福氣，幾百錢小事，難得這個臉面。及至到了太太那裡，太太正和二奶奶、趙姨奶奶好些人翻箱子，找當日年輕的顏色衣裳。一見了，連衣裳也不找了，且看花兒。又有二奶奶在旁邊湊趣兒，誇寶二爺又是怎麼孝順，又是怎樣知好歹，有的沒的說了兩車話。當著眾人，太太臉上又增了光，又堵了眾人的嘴。太太更加喜歡了，現成的衣裳就賞了我兩件。衣裳也是小事，年年橫豎也得，卻不像這個彩頭。」

晴雯笑道：「呸！好沒見世面的小蹄子！那是把好的給了人，挑剩下的才給妳，妳還充有臉呢。」秋紋道：「憑她給誰剩的，到底是太太的恩典。」晴雯道：「要是我，我就不要。一樣這屋裡的人，難道誰又比誰高貴些？把好的給她，剩下的才給我，我寧可不要，衝撞了太太，我也不受這口氣。」秋紋忙問：「給這屋裡誰的？我因為前兒病了幾天，回家去了，不知是給誰的來。好姐姐，妳告訴我知道。」晴雯道：「我告訴了妳，難道妳這會兒退

228

還太太去不成？」秋紋笑道：「胡說，我聽了也喜歡喜歡。哪怕給這屋裡的狗剩下的，我只領太太的恩典，也不管別的事。」眾人都笑道：「罵得巧，可不是給了那西洋花點子哈巴兒了。」

襲人笑道：「妳們這些爛了嘴的！得了空就拿我取笑。一個個不知怎麼死呢。」秋紋笑道：「原來是姐姐得了，我實在不知道。我賠個不是吧。」麝月道：「那瓶也該得空兒收來了。」晴雯放下針線道：「少輕狂吧。妳們誰取了碟子來是正經。」晴雯笑道：「等我取去。」秋紋道：「還是我取去吧，妳取妳的碟子去。」麝月笑道：「我偏取一遭兒去。是巧宗兒妳們都得了，難道不許我得一遭兒嗎？」晴雯冷笑道：「雖然碰不見秋丫頭得了一遭兒衣裳，或者太太看見我勤謹，也一個月分出二兩銀子來給我，也說不得。」麝月道：「妳們別和我裝神弄鬼的，什麼事我不知道。」一面說，一面往外跑，自去取碟子去了。正好寶玉回來，笑道：「妳們說什麼，這麼熱鬧！」

襲人便把打發人與史湘雲送東西去的話告訴了寶玉。寶玉聽了，拍手道：「偏忘了她。我只覺心裡有件事，只是想不起來，虧妳提起來，這詩社裡若少了她還有什麼意思？」起身便往賈母處來，立即要派人去接。還是賈母說：「今兒天晚了，明早再去。」才罷了。

次日史湘雲一來，便急著找了寶玉等去。李紈等說道：「她後來，先罰她和了詩，好便

229

請她入社，若不好，還要罰她一個東道再說。」史湘雲道：「你們忘了請我，我還要罰你們呢。就拿韻來，我雖不能，只得勉強出醜。容我入社，掃地焚香我也情願。明日先罰我個東道，就讓我先邀一社可使得？」眾人見她說得這樣有趣，都笑道：「這更妙了。」

寶釵邀了湘雲往蘅蕪苑去安歇，湘雲便與她計議著如何做東擬題，寶釵便道：「開社做東雖然是個玩意兒，也要瞻前顧後，又要自己便宜，又不得罪了人，才大家有趣。妳家裡妳又做不得主，一個月總共那幾串錢，這會兒又幹這沒要緊的事，妳嬸子聽見了，更要抱怨妳了。況且妳就都拿出來，做這個東也是不夠。」一席話提醒了湘雲，倒躊躇起來。寶釵道：「我倒有個主意。現在這裡的人，從老太太起，有多一半都是愛吃螃蟹的。妳先不提詩社，只管普通一請。等散了，咱們有多少詩作不得呢？我和我哥哥說，要他幾簍極肥極大的螃蟹來，再往鋪子裡取上幾罈好酒，再備四五桌果碟，豈不又省事又大家熱鬧了？」湘雲忙笑道：「我是為妳想。妳千萬別多心，想著我小看了妳，咱們兩個就白好了。」湘雲忙笑道：「我再怎麼糊塗，連個好歹也不知，還是個人了？我若不把姐姐當作親姐姐一樣看，上回那些家常話、煩難事，也不肯盡情告訴妳了。」

湘雲又笑道：「我如今心裡想著，昨日作了海棠詩，我如今要作個菊花詩如何？」寶釵道：「好是好，怕是前人作的多了，不容易出新。」又道：「不如以花為賓，人為主，方不落俗套，妳看可使得？」兩人又商議了一陣，方睡。

第二十四回　瀟湘子奪魁菊花詩　蘅蕪君諷和螃蟹詠

次日湘雲便請了賈母等進園在藕香榭賞桂花。賈母等都說道：「倒是她有興頭，須要擾她這雅興。」

這藕香榭蓋在池中，四面有窗，左右迴廊，後面曲折竹橋。一時眾人上了竹橋，鳳姐忙上來攙著賈母，口裡說：「老祖宗只管邁大步走，不相干的，這竹子橋規矩是咯吱咯喳的。」

只見欄杆外另放著兩張竹案，一個上面設著杯箸酒具，一個上頭設著各色茶具。那邊有兩三個丫頭搧爐煮茶，這一邊搧爐燙酒。賈母笑問：「這茶想得很好，且是地方。」湘雲笑道：「這是寶姐姐幫著我預備的。」賈母說：「我說這個孩子細緻，凡事想得妥當。」又對薛姨媽道：「我小時候，家裡也有這麼個亭子，叫『枕霞閣』。我那時也只像她們姊妹這麼大年紀，同姐妹們天天玩去。誰知那日一下子失了腳掉下去，幾乎沒淹死，好容易救了上來，到底被那木釘把頭碰破了。如今這鬢角上那指頭頂大一個窩兒，就是那時撞破的。眾人都怕經了水，又怕冒了風，都說活不得了，誰知竟好了。」

鳳姐不等人說，先笑道：「那時要活不得，如今這大福可叫誰享呢？可知老祖宗從小兒

福壽就不小，鬼使神差碰出那個窩兒來，好盛福壽的。壽星老兒頭上原是一個坑兒，因為萬福萬壽盛滿了，所以倒凸出些來了。」未及說完，賈母與眾人都笑軟了。賈母笑道：「這猴兒慣得了不得了，只管拿著我取起笑來了，恨得我撕妳那油嘴。」鳳姐道：「回來吃螃蟹，怕存住冷在心裡，嘔老祖宗笑笑兒，就是高興多吃兩個也無妨了。」賈母笑道：「明兒叫你黑家白日跟著我，我倒常笑笑兒，不許回家去。」王夫人笑道：「老太太因為喜歡她，才慣得她這樣。還這麼說，她明兒更加無禮了。」賈母笑道：「我倒喜歡她這麼著，況且她又不是那真不知高低的孩子。家常沒人，娘兒們原該說說笑笑，橫豎大禮不錯就是了。」說著，一齊進入亭子，獻過茶，鳳姐忙安放杯箸。李紈和鳳姐都不敢坐，只在賈母王夫人兩桌上伺候。

史湘雲陪著吃了一個，就下座來讓人，又出至外頭，令人盛兩盤子給趙姨娘、周姨娘送去。便見鳳姐走來道：「妳不慣張羅，妳吃妳的去。我先替妳，等散了我再吃。」湘雲不肯，又命人在那邊廊上擺了兩桌，讓鴛鴦等去坐。鴛鴦便向鳳姐笑道：「二奶奶在這裡伺候，我們可吃去了。」鳳姐道：「你們只管去，都交給我就是了。」

鴛鴦等便自去外頭坐了，正吃得高興，見鳳姐來，鴛鴦站起來說：「奶奶又出來做什麼？讓我們也受用一會兒。」鳳姐笑道：「鴛鴦小蹄子更加壞了，我替妳當差，倒不領情，還抱怨我。還不快斟一盅酒來我喝呢。」鴛鴦笑著忙斟了一杯酒，送至鳳姐脣邊，鳳姐一揚

脖子喝了。琥珀、彩霞二人也斟上一杯，送至鳳姐唇邊，那鳳姐也吃了。平兒早剔了一殼蟹

黃送來，鳳姐道：「多倒些薑醋。」一回也吃了，笑道：「你們坐著吃吧，我可去了。」

鴛鴦笑道：「好沒臉，吃我們的東西。」鳳姐笑道：「妳和我少作怪。妳知道妳璉二爺愛上

了妳，要和老太太討了妳做小老婆呢。」鴛鴦紅了臉，啐著嘴，點著頭道：「哎！這也是做

奶奶說出來的話！我不拿腥手抹妳一臉算不得。」說著趕來就要抹。鳳姐道：「好姐姐，饒

我這一遭兒吧。」琥珀笑道：「鴛丫頭要去了，平丫頭還饒她？你們看看她，沒有吃了兩個

螃蟹，倒喝了一碟子醋了。」平兒手裡正剝了個滿黃的螃蟹，便順手照著琥珀臉上抹來，口

內笑罵：「我把妳這嚼舌根的小蹄子！」琥珀也笑著往旁邊一躲，平兒使空了，往前一撞，

正抹在鳳姐腮上。鳳姐不防嚇了一跳，嗳喲了一聲。眾人忍不住都哈哈地大笑起來。鳳姐也

禁不住笑罵道：「死丫頭！吃離了眼了，混抹妳娘的。」平兒忙趕過來替她擦了，親自去端

水。鴛鴦道：「阿彌陀佛！這才是現報呢。」

賈母那邊聽見，一疊聲問：「見了什麼了，這麼樂？告訴我們也笑笑。」鴛鴦等忙高聲

回道：「二奶奶來搶螃蟹吃，平兒惱了，抹了她主子一臉的螃蟹黃子。主子奴才打架呢。」

賈母笑道：「你們看她可憐見兒的，把那小腿子臍子給她點吃也就完了。」鴛鴦等笑著答

應了，又高聲說道：「這滿桌子的腿子，二奶奶只管吃就是了。」鳳姐洗了臉走來，又服侍

賈母等吃了一回。黛玉獨不敢多吃，只吃了一點夾子肉就下來了。

賈母一時也不吃了，大家都洗了手，也有看花的，也有弄水看魚的，說笑玩了一回，賈母等先回去了。

湘雲便取了詩題。見是：憶菊、訪菊、種菊、對菊、供菊、詠菊、畫菊、問菊、簪菊、菊影、菊夢、殘菊，共有十二個。都說：「果然新奇！這便是三秋的妙景妙事都有了。」

黛玉命人掇了一個繡墩❶，倚欄杆坐著，拿著釣竿釣魚。寶釵手裡拿著一枝桂花玩了一回，俯在窗檻上掐了桂蕊扔在水面，引得那游魚上來唼喋❷。湘雲出一回神，又讓一回襲人等，又招呼山坡下的眾人只管放量吃。探春和李紈、惜春立在垂柳蔭中看鷗鷺，迎春又獨在花蔭下拿著花針穿茉莉花。寶玉又看了一回黛玉釣魚，又擠在寶釵旁邊說笑兩句，又去看襲人等吃螃蟹，自己也陪著喝兩口酒。

黛玉放下釣竿，走至座間，拿起那烏銀梅花自斟壺來，揀了個小小的海棠凍石蕉葉杯。丫鬟看見，忙著走上來斟。黛玉道：「你們只管吃去，讓我自己斟，這才有趣兒。」說著便斟了半盞，看時卻是黃酒，便說道：「我吃了一點兒螃蟹，覺得心口微微地疼，須得熱熱地喝口燒酒。」寶玉忙道：「有燒酒。」便命將那合歡花浸的酒燙一壺來。黛玉也只吃了一口便放下了。

寶釵走過來，另拿了一只杯來，也飲了一口放下，便蘸筆把頭一個《憶菊》勾了，底下又贅一個「蘅」字。寶玉忙道：「好姐姐，第二個我已經有了四句，妳讓我作吧。」寶釵笑

道：「我好容易有了一首，你就忙得這樣。」黛玉也不說話，接過筆來把《問菊》勾了，接著又勾了《菊夢》，也贅上一個「瀟」字。寶玉將《訪菊》勾了，也贅上一個「怡」字。探春過來看看道：「竟沒有人作《簪菊》，讓我作。」又指著寶玉笑道：「才宣過總不許帶出閨閣字樣來，你可要留神。」說著，只見史湘雲走來，將《對菊》、《供菊》一連兩個都勾了，也贅上一個「湘」字。探春道：「妳也該起個號。」湘雲笑道：「我們家裡如今雖有幾處軒館，我又不住著，借了來也沒趣。」寶釵笑道：「方才老太太說，妳們家也有這個水亭叫做『枕霞閣』，難道不是妳的？如今雖沒了，妳到底是舊主人，就叫枕霞舊友吧。」寶玉不待湘雲動手，便代將「湘」字抹了，改了一個「霞」字。

不一頓飯工夫，十二題已全。李紈等從頭看道：「等我從公評來，通篇看來，各有各的警句。若論詩新，立意也新，少不得要推瀟湘妃子為魁了。」寶玉喜得拍手叫：「極是，極公道。」黛玉道：「我的那首也不好，到底傷於纖巧些。」李紈道：「巧得卻好，不露堆砌生硬。」

眾人又評了一回。寶玉道：「我又落第了。罷了罷了，明兒得閒，我一人作出十二首來。」又笑道：「今日持螯賞桂，也不可無詩，我已吟成，誰還敢作呢？」說著，便提筆寫了出來。黛玉笑道：「這樣的詩，要一百首也有。」寶玉道：「你這會兒才力已盡，不說不能作了，還貶人家。」黛玉並不答言，也不思索，提筆一揮，已有了一首。寶玉看了正喝

采，黛玉便一把撕了，笑道：「我的原不及你的，我燒了它。你那個很好，比方才的菊花詩還好，你留著給人看。」寶釵笑道：「我也勉強作了一首，未必好，寫出來取笑罷了。」大家看了一回，不禁叫絕，說是食螃蟹絕唱，這些小題目，原是要寓大意才算是大才，只是那「眼前道路無經緯，皮裡春秋空黑黃」諷刺世人太毒了些。寶玉道：「寫得痛快！我的詩也該燒了。」

正說著，見平兒又進來了，便說：「你們奶奶做什麼呢，怎麼不來了？」平兒笑道：「她哪裡得空兒來。叫我來問還有沒有，要幾個拿家去吃呢。」湘雲道：「有，多著呢。」忙令人拿了十個極大的。眾人又拉平兒坐，平兒不肯。李紈道：「偏要妳坐。」拉著她身邊坐下，端了一杯酒送到她嘴邊，平兒忙喝了一口就要走。李紈道：「偏不許妳去，難道她只有鳳丫頭，就不聽我的話了。」說著又命人先送了盒子去，就說我留下平兒了。婆子一時拿了盒子回來說：「二奶奶說，這個盒子裡是方才舅太太那裡送來的菱粉糕和雞油卷兒，給奶奶姑娘們吃的。」又向平兒道：「說叫妳來妳就貪住玩不去了，勸妳少喝一杯兒吧。」平兒笑道：「多喝了又把我怎麼樣？」一面說，一面只管喝，又吃螃蟹。李紈攬著她笑道：「可惜這麼個好體面模樣兒，命卻平常，只落得屋裡使喚。不知道的人，誰不拿妳當作奶奶太太看。」

平兒一面和寶釵、湘雲等吃喝，一面回頭笑道：「奶奶，別只摸得我怪癢的。」李氏

道：「噯喲！這硬的是什麼？」平兒道：「鑰匙。」李氏道：「什麼鑰匙？要緊體己東西怕

人偷了去，卻帶在身上？我成日家和人說笑，有個唐僧取經，就有個白馬來馱他；劉智遠打

天下，就有個瓜精來送盔甲；有個鳳丫頭，就有個妳。妳就是妳奶奶的一把總鑰匙，還要這

鑰匙做什麼。」平兒笑道：「奶奶吃了酒，又拿了我來打趣著取笑兒了。」寶釵笑道：「這

倒是真話。我們沒事評論起人來，妳們這幾個都是百個裡挑不出一個來的，妙在各人有各

人的好處。」李紈道：「比如老太太屋裡，要沒那個鴛鴦如何使得？從太太起，哪一個敢駁

老太太的回，就她敢駁回。偏老太太只聽她一個人的話。老太太那些穿戴的，別人不記得，

她都記得，要不是她經管著，不知叫人誆騙了多少去呢。難得那孩子心也公道，倒常替人說

好話兒，也不依勢欺人的。」惜春笑道：「老太太昨兒還說呢，她比我們還強呢。」又說笑

了一回，大家便過去賈母那裡了。

襲人便向平兒問道：「這個月的月錢，連老太太和太太還沒放呢，是為什麼？」平兒見

無人，才悄悄說道：「你快別問，橫豎再遲幾天就放了。」襲人笑道：「這是為什麼，嚇得

妳這樣？」平兒道：「這個月的月錢，我們奶奶早已支了，放給人使呢。等別處的利錢收了

來，湊齊了才放呢。因為是妳，我才告訴，妳可不許告訴一個人去。」襲人道：「難道她

還短錢使，還沒個厭足？何苦還操這心。」平兒笑道：「何曾不是呢。這幾年拿著這一項銀

子，翻出多少來了。她的公費月例又使不著，十兩八兩零碎攢了放出去，只她這體己利錢，

一年不到，上千的銀子呢。」襲人笑道：「拿著我們的錢，你們主子奴才賺利錢，哄得我們呆呆地等著。」平兒道：「妳又說沒良心的話。妳難道還少錢使？」看著到了怡紅院，便各自去了。

平兒剛回到家，卻見上回來的劉姥姥和板兒來了，張材家的、周瑞家的陪坐著。眾人見她進來，都忙站起來。劉姥姥忙問「姑娘好」，又說：「家裡都問好。早要來請姑奶奶的安，看姑娘來的，因為莊稼忙。好容易今年多打了兩石糧食，瓜果菜蔬也豐盛。這是頭一起摘下來的，並沒敢賣呢，留的尖兒孝敬姑奶奶、姑娘們嚐嚐。姑娘們天天山珍海味的也吃膩了，吃個野菜兒，也算是我們的窮心。」平兒道：「多費心。」周瑞家的便笑道：「姑娘今日臉上有些春色，眼圈兒都紅了。」平兒笑道：「可不是。我原是不喝，大奶奶和姑娘們只是拉著死灌，不得已喝了兩盅，臉就紅了。」張材家的笑道：「我倒想著要喝呢，又沒人讓我。明兒再有人請姑娘，可帶了我去吧。」說著眾人都笑了。周瑞家的道：「早起我就看見那螃蟹了，一斤只好秤兩三個。這麼兩三個大簍，想是有七、八十斤呢。若是上上下下都吃只怕還不夠。」平兒道：「哪裡夠，不過是有名兒的吃兩個子。那些散眾的，也有摸得著的，也有摸不著的。」劉姥姥道：「這樣螃蟹，今年就值五分一斤。十斤五錢，五五二兩五，三五一十五，再搭上酒菜，一共倒有二十多兩銀子。阿彌陀佛！這一頓的銀子夠我們莊稼人過一年的了。」

平兒便問：「想是見過奶奶了？」劉姥姥道：「見過了，叫我們等著呢。」說著又往窗外看天氣，說：「天好早晚了，我們也去吧，別出不了城。」周瑞家的道：「等著，我替妳瞧瞧去。」說著去了，半日方回，笑道：「可是妳老的福來了，竟投了這兩個人的緣了。

我原是悄悄地告訴二奶奶，偏生老太太又聽見了，說：『我正想個積古的老人家說話兒，請了來我見見。』這可不是想不到的投上緣了？二奶奶說：『大遠的，難為她扛了那些沉東西來，晚了就住一夜，明日再去。』這可不是又投上二奶奶的緣了嗎？」平兒忙道：「妳快去吧，不相干的。我們老太太最是惜老憐貧的。我和周大娘送妳去了吧。」說著，同周瑞家的引了劉姥姥往賈母這邊來。

到了賈母房中，劉姥姥見滿屋裡珠圍翠繞、花枝招展的。一張榻上獨歪著一位老婆婆，身後坐著一個紗羅裹的美人一般的丫鬟，在那裡捶腿，鳳姐站著底下正說笑。劉姥姥便知是賈母了，忙上來賠著笑，福了幾福，口裡說：「請老壽星安。」賈母也欠身問好，又命周瑞家的端過椅子來讓坐。賈母道：「老親家，妳今年多大年紀了？」劉姥姥忙立身答道：「我今年七十五了。」賈母向眾人道：「這麼大年紀了，還這麼健朗。我要到這麼年紀，還不知怎麼動不得呢。」劉姥姥笑道：「我們生來是受苦的人，老太太生來是享福的。我們要也這麼著，那些莊稼活也沒人做了。」賈母道：「眼睛牙齒還好？」劉姥姥道：「還都好，

就是今年左邊的槽牙活動了。」賈母道：「我老了，都不中用了，眼也花，耳也聾，記性也沒了。你們這些老親戚，我都不記得了。不過嚼得動的吃兩口，睏了睡一覺，悶了時和這些孫子、孫女兒玩笑一回就完了。」劉姥姥笑道：「這正是老太太的福了。我們想這麼著也不能。」賈母道：「什麼福，不過是個老廢物罷了。」說得大家都笑。說了會兒家常，賈母又道：「不嫌我們這裡，就住一兩天再去，我們也有個園子，園子裡頭也有果子，明日妳也嚐嚐。」鳳姐見賈母喜歡也忙留她，說：「妳住兩天，把妳們那兒的新聞故事兒說些給我們老太太聽聽。」

那劉姥姥雖是個村野人，卻有些見識，況且年紀老了，世情上經歷過的。見賈母高興，哥兒姐兒們都愛聽，便說些鄉野裡所見所聞的事，沒了話也編出些話來講，說得賈母更加高興了。

---

① 繡墩：有文飾彩繡的坐墊。

② 嗙喋：狀聲詞，形容水鳥或魚類吃食的聲音。

第二十五回　劉姥姥醉臥怡紅院　賈寶玉品茗櫳翠庵

第二天，賈母帶了劉姥姥同著一群人進園來了。剛進了園中，李紈忙迎上去笑道：「老太太高興，倒進來了。我只當還沒梳頭呢，才掐了菊花要送去。」一面碧月早捧過一個翡翠盤子來。賈母便揀了一朵大紅的簪於鬢上，回頭對劉姥姥笑道：「過來戴花兒。」一語未完，鳳姐便拉過劉姥姥，笑道：「讓我打扮妳。」便將一盤子花橫三豎四地插了她一頭。

賈母和眾人笑個不停。劉姥姥也笑道：「我這頭也不知修了什麼福，今兒這樣體面起來。」

眾人笑道：「妳還不拔下來摔到她臉上呢，把妳打扮得成了個老妖精了。」劉姥姥笑道：「我雖老了，年輕時也風流，愛個花兒粉兒的，今兒索性做個老風流。」一句話又把眾人說笑了。

說笑之間，已到沁芳亭上。賈母倚欄坐下，命劉姥姥也坐在旁邊，問她：「這園子好不好？」劉姥姥嘴裡只唸佛：「我們鄉下人到了年下，都上城來買畫兒貼。大家都說，怎麼也得到畫兒上去逛逛。想著那個畫兒也不過是假的，哪裡有這個真地方呢？誰知我今兒進這園裡一瞧，竟比那畫兒還強十倍。怎麼得有人也照著這個園子畫一張，我帶了家去，給他們也見識見識。」賈母指著惜春笑道：「我這個小孫女兒就會畫。等明兒叫她畫一張如何？」

劉姥姥喜得忙跑過來，拉著惜春說道：「我的姑娘，妳這麼點兒大年紀，又這麼個好模樣，還有這麼個能幹，別是神仙托生的吧。」正說著，前面卻是一條羊腸石子路，劉姥姥讓出路來，自己只走土地。琥珀拉著她說：「姥姥，妳上來走，仔細蒼苔滑了。」劉姥姥說：「不相干的，我們走熟了，可惜妳們那繡鞋，別沾髒了。」話未說完，不料一滑，咕咚一跤跌倒了。眾人都拍手哈哈大笑起來，賈母笑罵道：「小蹄子們，還不攙起來，只站著笑。」說話時，劉姥姥已爬了起來，自己也笑了：「才說嘴就打了嘴。」賈母問她：「可扭了腰沒有？叫丫頭們捶捶。」劉姥姥道：「說得我那麼嬌嫩了。哪一天不跌兩三下，都要捶起來，還了得呢。」

賈母又帶了她在姐妹處各坐了坐，只看得劉姥姥直咂嘴咂舌驚歎不絕。剛出了瀟湘館，遠遠望見池中一群人在那裡撐船，賈母道：「她們既預備下船了，我們就坐。」一時鳳姐等便先抄近路去了，駕鴦帶著端飯的人等也跟著去了。駕鴦便笑道：「天天說外頭老爺們喝酒吃飯都有個清客，拿他取笑兒，咱們今兒也得了一個女清客了。」鳳姐便笑道：「咱們今兒就拿她取個笑兒。」李紈笑勸道：「妳們又不是小孩子，還那麼淘氣，仔細老太太說。」駕鴦笑道：「很不與妳相干，有我呢。」

兩人商議定了，卻見賈母等來了，讓劉姥姥在她一旁坐下。駕鴦拉了劉姥姥出去，悄悄地囑咐了一席話，又說：「這是我們家的規矩，若錯了我們就笑話呢。」劉姥姥歸坐，駕鴦

悄悄地對劉姥姥說：「別忘了。」劉姥姥道：「姑娘放心。」一邊拿起那雙象牙鑲金的筷子來，覺得沉甸甸地不服手，便說道：「這叉爬子比俺那裡鐵鍁還沉，哪裡拿得動它。」原是鳳姐單拿了一雙象牙鑲金的給她，又偏揀了一碗鴿子蛋放在劉姥姥桌上。那邊賈母說聲請，劉姥姥便站起身來，高聲說道：「老劉，老劉，食量大如牛，吃一個老母豬不抬頭。」說完卻鼓著腮幫子，兩眼直視，一聲兒不語了。眾人先是一怔，接著上上下下都哈哈大笑起來。湘雲忍不住，一口飯都噴了出來；黛玉笑岔了氣，伏著桌子只叫「嗳喲」；寶玉早滾到賈母懷裡，賈母笑得摟著寶玉叫「心肝」；王夫人笑得用手指著鳳姐，只說不出話來；薛姨媽把茶噴了探春一裙子；探春手裡的碗都合在迎春身上，惜春離了坐位，拉著她奶母叫揉一揉腸子。地下的人無一個不彎腰屈背，也有躲出去蹲著笑去的，也有忍著笑上來替她姐妹換衣裳的。獨有鳳姐、鴛鴦二人忍著，還只管讓劉姥姥。劉姥姥拿起筷子來，只覺不聽使，又說道：「這裡的雞兒也俊，下的這蛋也小巧。怪俊的，我且抓得一個兒。」眾人方住了笑，聽見這話又笑起來。賈母笑得眼淚出來，琥珀在後捶著。「這定是鳳丫頭促狹鬼兒鬧的，快別信她的話了。」鳳姐笑道：「一兩銀子一個呢，妳快嚐嚐吧，冷了就不好吃了。」劉姥姥便伸筷子要夾，滿碗裡鬧了一陣，好容易撮起一個來，才伸著脖子要吃，偏又滑下來滾在地下，忙放下筷子要去揀，早有地下的人揀了出去。劉姥姥歎道：「一兩銀子，也沒聽見個響聲兒就沒了。」眾人已沒心吃飯，都看著她笑。賈母說：「這會兒把那個筷子拿了出來，又不請客擺

大筵席，都是鳳丫頭支使的，還不換了呢。」地下的人忙上來，也照樣換上一雙烏木鑲銀的。劉姥姥道：「去了金的，又是銀的，到底不及俺那個服手。」鳳姐道：「菜裡若有毒，這筷子下去了就試得出來。」劉姥姥道：「這個菜裡若有毒，俺們那菜都成了砒霜了。哪怕毒死了也要吃盡的。」賈母見她如此有趣，吃得又香甜，把自己的也都端過來讓她吃。又命一個老嬤嬤來，將各樣的菜給板兒夾在碗上。

賈母笑道：「咱們先吃兩杯，今日也行一令才有意思。」鳳姐笑道：「既行令，還叫鴛鴦姐姐來行更好。」便拉了鴛鴦過來坐下。鴛鴦吃了一盅酒，笑道：「酒令大如軍令，不論尊卑，唯我是主。違了我的話，是要受罰的。」王夫人等笑道：「一定如此，快些說來。」鴛鴦未開口，劉姥姥便下了席，擺手道：「別這樣捉弄人家，我回家去了。」眾人笑道：「這卻使不得。」鴛鴦喝令小丫頭們：「拉上席去！」劉姥姥只叫：「饒了我吧！」鴛鴦道：「再多言的罰一壺。」劉姥姥方住了聲。鴛鴦先拿牙牌洗了，宣了規矩，眾人笑道：「這個令好，就說出來。」鴛鴦道：「有了一副了。左邊是張『天』。」賈母道：「頭上有青天。」眾人道：「好。」鴛鴦道：「當中是個『五和六』。」賈母道：「六橋梅花香徹骨。」鴛鴦道：「剩得一張『六與么』。」賈母道：「一輪紅日出雲霄。」鴛鴦道：「湊成便是個『蓬頭鬼』。」賈母道：「這鬼抱住鍾馗腿。」大家笑說：「極妙。」賈母飲了一杯，便是薛姨媽了。

黛玉只顧想著看劉姥姥的笑話，不想突然輪到了她，卻聽鴛鴦道：「左邊一個『天』。」黛玉道：「良辰美景奈何天。」寶釵聽了，回頭看著她。黛玉只顧怕罰，也不理論。鴛鴦道：「中間『錦屏』顏色俏。」黛玉道：「紗窗也沒有紅娘報。」鴛鴦道：「剩了『二六』八點齊。」黛玉道：「雙瞻玉座引朝儀。」鴛鴦道：「湊成『籃子』好采花。」迎春道：「桃花帶雨濃。」眾人道：「該罰！錯了韻，而且又不像。」迎春笑著飲了一口。原是鳳姐和鴛鴦都要聽劉姥姥的笑話，故意都令說錯，都罰了。下便該劉姥姥。劉姥姥道：「九。」黛玉道：「仙杖香挑芍藥花。」說完，飲了一口。鴛鴦道：「左邊『四五』成花「我們莊稼人閑了，也常會幾個人弄這個，但不如說得這麼好聽。少不得我也試一試。」眾人都笑道：「容易說的。你只管說，不相干。」鴛鴦笑道：「左邊，『四四』是個人。」劉姥姥聽了，想了半日，說道：「是個莊稼人吧。」眾人哄堂笑了。賈母笑道：「說得好，就是這樣說。」劉姥姥道：「我們莊稼人，不過是現成的本色，眾位別笑。」鴛鴦道：「中間『三四』綠配紅。」劉姥姥道：「大火燒了毛毛蟲。」眾人笑道：「這是有的，還說你的本色。」鴛鴦道：「右邊『幺四』真好看。」劉姥姥道：「一個蘿蔔一個頭蒜。」眾人又笑了。鴛鴦笑道：「湊成便是一枝花。」劉姥姥兩隻手比著，說道：「花兒落了結個大倭瓜。」眾人大笑起來。於是吃過門杯，便又逗趣笑道：「實話實說吧，我的手腳子粗笨，又喝了酒，仔細失手打了這瓷杯。有木頭的杯取個來，便掉了地下也沒關係。」眾

人又笑起來。鳳姐忙笑道：「果真要木頭的，我就取了來。可有一句先說下：這木頭的可比不瓷的，都是一套，定要吃遍一套方使得。」說著果然命人取來。劉姥姥一看，又驚又喜：驚的是一連十個，挨次大小分下來，那大的足似個小盆子，第十個極小的還有手裡的杯子兩個大；喜的是雕鏤奇絕，一色山水樹木人物，並有草字以及圖印。便忙說道：「拿了那小的來就是了，怎麼這樣多？」鳳姐笑道：「這個杯沒有喝一個的理。我們家因沒有這大量的，所以沒人敢用。姥姥既要，好容易尋了出來，必定要挨次吃一遍才使得。」劉姥姥嚇得忙道：「這個不敢。好姑奶奶，饒了我吧。」賈母等忙笑道：「說是說，笑是笑，不可多吃了，只吃這頭一杯吧。」劉姥姥道：「阿彌陀佛！我還是小杯吧。把這大杯收著，我帶回家去慢慢地吃吧。」說得眾人又笑起來。

劉姥姥兩手捧著喝，賈母、薛姨媽都道：「慢些，不要嗆了。」薛姨媽又命鳳姐布了菜。鳳姐笑道：「姥姥要吃什麼，說出名兒來，我夾了餵妳。」劉姥姥道：「我知什麼名兒，樣樣都是好的。」賈母笑道：「妳把茄鯗夾些餵她。」劉姥姥一邊吃一邊笑道：「別哄我了，茄子跑出這個味兒來了，我們也不用種糧食，只種茄子了。」眾人笑道：「真是茄子，我們再不哄妳。」劉姥姥詫異道：「真是茄子？我白吃了半日。姑奶奶再餵我些，這一口細嚼嚼。」鳳姐果然又夾了些放入她口內。劉姥姥細嚼了半日，笑道：「雖有一點茄子香，只是還不像是茄子。告訴我是個

什麼法子弄的，我也弄著吃去。」鳳姐笑道：「這也不難。」便一一說了。劉姥姥見說出一大堆東西來，搖頭吐舌說道：「我的佛祖！倒得十來隻雞來配它，怪不得這個味兒！」一面說笑，一面慢慢地吃完了酒，還只管細玩那杯。鳳姐笑道：「還是不足興，再吃一杯吧。」

劉姥姥忙道：「了不得，那就醉死了。我因為愛這樣子，虧它怎麼做了。」

賈母又叫了家中那十二個唱戲的女孩來，唱了幾齣熱鬧的戲，劉姥姥看得手舞足蹈，寶玉便對黛玉說：「妳瞧劉姥姥的樣子。」黛玉笑道：「當日聖樂一奏，百獸率舞，如今才一牛而已。」眾姐妹聽了，都笑了。

一時吃畢，又另整了一桌。劉姥姥看著李紈與鳳姐對坐著吃飯，歎道：「別的罷了，我只愛你們家這行事。怪道說『禮出大家』。」鳳姐忙笑道：「妳可別多心，剛才不過大家取笑兒。」鴛鴦也進來笑道：「姥姥別惱，我給妳老人家賠個不是。」劉姥姥笑道：「姑娘說哪裡話，咱們哄老太太開個心兒，可有什麼惱的！妳先頭囑咐我，我就明白了，我要心裡惱，也就不說了。」鴛鴦便罵人：「為什麼不倒茶給姥姥吃？」劉姥姥忙道：「剛才那個嫂子倒了茶來，我吃過了。姑娘也該用飯了。」鳳姐便拉鴛鴦：「妳坐下和我們吃了吧，省得回來又鬧。」鴛鴦便坐下了。劉姥姥笑道：「我看你們這些人都只吃這一點兒就完了，虧妳們也不餓，怪道風兒都吹得倒。」

正說時，奶子抱著大姐兒來了，大家逗她玩了一回。鳳姐因見劉姥姥有年紀，經歷也

多，便笑道：「我這大姐兒時常肯病，也不知是個什麼緣故。我想起來，她還沒個名字，姥姥就給她起一個，一來借借妳的壽，二來到底貧苦些，起個名兒，只怕壓得住她。」劉姥姥聽說，便想一想，問道：「不知幾時生的？」鳳姐道：「正是生的日子不好呢！可巧是七月初七日。」劉姥姥笑道：「這個正好，依我就叫做『巧姐兒』，日後大了，遇難呈祥，逢凶化吉，都是從這個『巧』字上來。」鳳姐聽了，自是歡喜。

一時又帶著劉姥姥在園中遊了一圈，賈母又一一指給她看，劉姥姥看得直點頭咂嘴，向賈母道：「誰知城裡不但人尊貴，連雀兒也是尊貴的。偏這雀兒到了你們這裡，牠也變俊了，也會說話了。」眾人不解，便問什麼雀兒。劉姥姥道：「那廊下金架子上站的綠毛紅嘴是鸚哥兒，我是認得的。那籠子裡黑老鴰子怎麼又長出鳳頭來，也會說話呢。」眾人聽了都笑了起來。那劉姥姥因喝多了些酒，且吃了許多油膩飲食，多喝了幾碗茶，一時要上廁所，蹲了半日方完。出來，只覺得眼花頭眩，辨不出路徑。四顧一望，都是樹木山石樓臺房舍，只得順著一條石子路慢慢走去，不想又迷了路。

眾人等她不見，板兒見沒了他姥姥，急得哭了。眾人都笑道：「別是掉在茅廁裡了？快叫人去瞧瞧。」便命兩個婆子去找，回來說沒有，眾人各處搜尋不見。襲人尋思，想是她醉了迷了路，順著這一條路往我們後院子裡去了。若不進花障子再往西南上去，繞出去還好，若繞不出去，可夠她繞會兒的了，連個小丫頭也不見的。想著便轉身回來瞧去了，進了怡紅

院便叫人，誰知那幾個房子裡小丫頭已偷空玩去了。

襲人一直進了房門，轉過集錦槅子，就聽得鼾聲如雷。忙進來，只聞見酒屁臭氣，卻見劉姥姥扎手舞腳地仰臥在床上。襲人這一驚不小，慌忙趕上來將她沒死活地推醒。姥姥睜眼見了襲人，連忙爬起來道：「姑娘，我醉喝多了！沒弄髒了床帳吧？」一面說一面用手去撣。襲人恐驚動了人，被寶玉知道，只向她搖手，不叫說話。忙向鼎內貯了三四把百合香，仍用罩子罩上。稍收拾收拾，方悄悄笑道：「不相干，有我呢。妳隨我出來。」劉姥姥問道：「這個麼，是寶二爺的臥室。」那劉姥姥嚇得不敢做聲。襲人見了眾人，只說她在草地下睡著了。

且說眾人行來，到了櫳翠庵，妙玉忙接了進去。獻了茶，賈母喝了半盞便遞給劉姥姥，「妳嚐嚐這個茶。」劉姥姥一口吃盡，笑道：「好是好，就是淡了些，再熬濃些更好了。」

妙玉便把寶釵和黛玉的衣襟一拉，二人隨她出去，寶玉悄悄地跟了來。只見妙玉把他們讓在耳房內，自向風爐上扇滾了水，另泡一壺茶。寶玉便走了進來，笑道：「偏妳們吃體己茶呢。」二人都笑道：「你又趕了來，這裡並沒你吃的。」妙玉剛要去取杯，只見道婆收了上面的茶盞來，忙命：「將那茶杯擱在外頭去吧。」又見另拿出兩隻杯來，斟了與寶釵和黛玉，仍將前番自己常日吃茶的那只綠玉斗來斟與寶玉。寶玉笑道：「常言『世法平等』，她兩個就用那樣古玩奇珍，我就是個俗器了。」妙玉道：「這是俗器？不是我說狂話，只

怕你家裡未必找得出這麼一個俗器來呢。」寶玉笑道：「俗說『入鄉隨俗』，到了妳這裡，自然把那金玉珠寶一概貶為俗器了。」妙玉聽如此說，十分歡喜，便又尋出一隻九曲十環一百二十節蟠虯整雕竹根的一個大盞出來，笑道：「就剩了這一個，你可吃得了這一海？」寶玉喜得忙道：「吃得了。」妙玉笑道：「你雖吃得了，也沒這些茶糟蹋。豈不聞『一杯為品，二杯即是解渴的蠢物，三杯便是飲牛飲驢』了。你吃這一海便成什麼？」說得大家都笑了。妙玉執壺，只向海內斟了約有一杯，正色道：「你這遭吃的茶是托她兩個的福，獨你來了，我是不給你吃的。」寶玉笑道：「我深知道的，我也不領妳的情，只謝她二人便是了。」妙玉聽了，方說：「這話明白。」黛玉便問：「這也是去年的雨水？」妙玉冷笑道：

「妳這麼個人，竟是大俗人，連水也嚐不出來。這是五年前我收的梅花上的雪，共得了那一花甕，總捨不得吃，埋在地下，今年夏天才開了。我只吃過一回，這是第二回了。妳怎麼嚐不出來？隔年蠲的雨水哪有這樣輕浮，如何吃得。」黛玉知她天性怪僻，不好多話，也不好多坐，便約著寶釵走了出來。

寶玉和妙玉陪笑道：「那茶杯雖然髒了，白撂了豈不可惜？不如就給那貧婆子吧，她賣了也可以度日。妳道可使得？」妙玉想了一想，點頭說道：「這也罷了。幸而那杯子是我沒吃過的，若我使過，我就砸碎了也不能給她。你要給她，我也不管你，只交給你，快拿了去吧。」

寶玉笑道：「自然如此，妳哪裡和她說話授受去，更是連妳也髒了。只交予我就是了。」

第二十六回 蘅蕪解疑瀟湘雅謔 寶玉情祭鳳姐潑醋

剛出櫳翠庵，寶釵說：「顰兒跟我來，有一句話問妳。」黛玉便同寶釵到了蘅蕪苑。

一進房，寶釵便坐了笑道：「妳跪下，我要審妳。」黛玉笑道：「妳可是瘋了，審問我什麼？」寶釵冷笑道：「好個千金小姐！好個不出閨門的女孩兒！滿嘴說的是什麼？妳只實說便罷。」黛玉心中疑惑，只管發笑：「我何曾說什麼來著？妳倒說來聽聽。」寶釵笑道：「妳還裝憨兒，今兒行酒令妳說的是什麼？我竟不知道是哪裡來的。」黛玉一想，才想起不經意間把那《牡丹亭》、《西廂記》中的詞說了兩句。一時紅了臉，便上來摟著寶釵：「好姐姐，原是我不知道隨口說的，妳教我，以後不敢了。」

寶釵見她如此，也便不再深究了。拉她坐下來款款說道：「妳當我是誰，我也是個淘氣的，小時候姐妹弟兄互相背著看那些書。後來大人知道了，打的打，罵的罵，方丟開了。所以女孩兒，還是不認識字的好，妳我只該做些針黹紡織的事才是分內的。既認得了字，也該揀那些正經的看才是。最怕見了這些雜書移了性情就不可救了。」一席話，只說得黛玉垂頭吃茶。寶釵便不多說，約了她往李紈處來。剛進門，李紈便笑道：「社還沒起，四姑娘就要告一年的假了。」探春笑道：「都是老太太一句話，又叫她畫什麼園子圖兒，惹得她樂得告假了。」黛玉忙笑接道：「也不要怪老太太，都是劉姥姥一句話。」黛玉笑道：「可是呢，

她是哪門子的姥姥，直叫她是個『母蝗蟲』就是了。」說著大家都笑起來。寶釵笑道：「世上的話，到了鳳丫頭嘴裡也就盡了。幸而鳳丫頭不認得字，不過是市俗取笑。更有顰兒這促狹嘴，用『春秋』的法子，將市俗的粗話，撮其要，刪其繁，再加潤色比方出來。這『母蝗蟲』三字，把那些形景都現出來了。虧她想得倒也快。」眾人聽了，都笑道：「妳這一註解，也就不在她兩個之下了。」

次日，便見李紈請了眾人去，說道：「我請你們大家商議，給她多少日子的假。我給了一個月，她嫌少，你們怎麼說？」黛玉道：「論理一年也不多。這園子蓋就蓋了一年，如今畫自然得兩年工夫呢。又要研墨，又要蘸筆，又要鋪紙，又要著顏色，又要——」剛說到這裡，自己先忍不住笑了：「又要照著這樣兒慢慢地畫，可不得兩年的工夫！」眾人聽了，都拍手笑個不停。寶釵笑道：「有趣！最妙的是『慢慢地畫』，她可不畫去怎麼就有了呢？妳們細想顰兒這句話雖是淡的，回想卻有滋味，我倒笑得動不得了。」

惜春道：「都是寶姐姐贊得她更加逞強，這會兒拿我也取笑了。」黛玉忙拉她笑道：「我且問妳，還是單畫這園子呢，還是連我們眾人都畫在上頭？」惜春道：「原說只畫這園子的，昨兒老太太又說，單畫了園子成個房樣子了，叫連人都畫上。我又不會這工細樓臺，又不好駁回，正為這個為難呢。」黛玉道：「人物還容易，妳草蟲上不能！」李紈道：「妳又說不通的話了，這個上頭哪裡又用得著草蟲？」黛玉笑道：「別的草

蟲不畫罷了，昨兒『母蝗蟲』不畫上，豈不缺了典！」眾人又都笑起來。黛玉一面笑得兩手捧著胸口，一面說道：「妳快畫吧，我連名字都有了，就叫做《攜蝗大嚼圖》。」眾人聽了，更加哄然大笑，前仰後合。黛玉又指著李紈道：「這是叫妳帶著我們做針線教道理呢，妳反招了我們來大玩大笑的。」李紈笑道：「你們聽她這刁話。她領著頭兒鬧，倒賴我的不是。真真恨得我們只保佑明兒妳得一個厲害婆婆，再得幾個千刁萬惡的大姑子小姑子，試試妳那會兒還這麼刁不刁了。」

黛玉早紅了臉，拉著寶釵說：「咱們放她一年的假吧。」寶釵道：「如今一年的假也太多，一月也太少，竟給半年可不好？再派了寶兄弟幫著她，有不知道的，寶兄弟好拿出去問問那會畫的相公，就容易了。」

寶玉先喜的說：「詹子亮的工細樓臺就極好，程日興的美人是絕技，如今就問他們去。」寶釵道：「我說你是無事忙，說了一聲你就問去。等著商議定了再去。如今且說拿什麼畫？你們那些碟子也不全，筆也不全，都得從新再置一份兒才好。」惜春點頭道：「我有的也只是平常隨意畫的。」寶釵道：「今兒替妳開個單子，照著單子和老太太要去。我說著，寶兄弟寫。」

黛玉看單上列的足有幾十樣，笑著拉探春悄悄道：「妳瞧瞧，畫個畫兒又要起這些水缸箱子來。想必糊塗了，把她的嫁妝單子也寫上了。」探春聽了，笑個不停，說道：「寶姐

姐，妳還不擰她的嘴？妳問問她編排妳的話。」寶釵笑道：「不用問，狗嘴裡還有象牙不成！」一面說，一面走上來，把黛玉按在炕上，便要擰她的臉。黛玉笑著忙央告：「好姐姐，饒了我吧！顰兒年紀小，只知說，不知道輕重，做姐姐的教導我。姐姐不饒我，還求誰去呢？」眾人不知話內有因，都笑道：「說得可憐見的，連我們也軟了，饒了她吧。」寶釵原是和她玩，忽聽又拉扯上昨兒說她看雜書的話，便不好再鬧了，放起她來。黛玉笑道：「到底是姐姐，要是我，再不饒人的。」寶釵笑指她道：「怪不得老太太疼妳，眾人愛妳，今兒我也怪疼妳的了。過來，我替妳把頭髮攏攏吧。」黛玉果然轉過身來，寶釵用手攏上去。寶玉在旁看著，只覺她攏上去更好看了。

大家說笑了一回，便一同去賈母處，卻見滿滿一屋子的人。原來，賈母叫了眾人來，要給鳳姐過生日。這回要學小家子出分子的樣兒，也圖個熱鬧新奇。說著，自己先拿出二十兩來，王夫人等都來湊趣，各按分例出錢。有十六兩的，也有二兩一兩的，共湊了一百五十兩多。又都交給尤氏去辦，說讓鳳姐也好好樂上一天。那尤氏便往鳳姐房中來商議怎麼辦生日的話，鳳姐說：「妳不用問我，妳只看老太太的眼色行事就完了。」尤氏笑道：「妳這阿物兒，也太行大運了。我以為老太太有什麼事叫我們去，原來單為妳過生日的事。出了錢不算，還要我來操心。妳怎麼謝我？」鳳姐笑道：「別扯臊，我又沒叫妳來，謝妳什麼！妳怕操心這會兒就回老太太去，再派一個就是了。」尤氏笑道：「妳瞧瞧興得這樣兒！我勸妳收

著些好，太滿了就潑出來了。」說著一笑就走了。

到了生日那天，外頭請了戲班、說書女先生，果然籌辦得十分熱鬧。誰知眾人都齊了，獨不見寶玉，賈母便一疊聲地叫去找。問襲人，也只說一早起來，就要了素衣裳穿，說有要緊事去北靜王府，就趕著回來的。賈母一聽便急了，道：「這還了得，不說聲就跑了，那跟的小子呢，怎不阻攔，萬一有什麼閃失可怎麼是好？」

原來寶玉只帶了一個茗煙，騎馬悄悄出了角門，一口氣跑了七八里路。見人煙漸漸稀少，方停下來，問茗煙何處可有香和香爐的？茗煙道：「荒郊野外的哪裡有？何不早說就帶了來了。」寶玉道：「糊塗東西，要能帶了來，也就不用這樣沒命地跑了。」

茗煙想了一會兒，笑道：「我得了個主意，想來二爺不止用這個呢，我們往前再走二里就是水仙庵了，不如到那兒借來一用。」於是去了水仙庵。寶玉命茗煙捧著香爐到後院來，放在井臺上，自己掏出香來焚了半禮。茗煙也忙磕了幾個頭，口內祝道：「今兒受祭的陰魂，我雖不知道是誰，想來自然是極聰明極俊雅的一位姐姐妹妹了。二爺心事不能出口，讓我代祀：妳若有靈，我們二爺這麼想著妳，妳也時常來望候望候一下二爺。保佑二爺來生也變成個女孩兒，和妳們一處玩耍，豈不兩下都有趣了。」

寶玉沒等說完，早忍不住笑了，踢他說：「休胡說！讓人聽了笑話。」

等二人回至怡紅院，襲人她們都不在房裡，只有幾個老婆子看屋子，見進來，趕著道：

「阿彌陀佛，可來了！把花姑娘急瘋了！二爺快去吧。」寶玉自換了華服，一徑往花廳去了。

耳內早聞得隱隱歌管之聲，見玉釧兒獨坐在穿堂廊簷下垂淚，一見他，便說：「鳳凰來了，快進去吧，再不來，都反了。」寶玉賠笑道：「你猜我往哪裡去了？」玉釧兒不答，只管擦淚。寶玉心裡自然明白，今兒是她姐姐的祭日。

寶玉進去，先向賈母請了安，忙去給鳳姐行禮。又向賈母王夫人回道：「北靜王的一個愛妾昨日沒了，給他道惱去。他哭得那樣，不好撇下就回來，所以多待了一會兒。」賈母道：「以後再私自出門，不先告訴我們，一定叫你老子打你。」寶玉答應著。賈母如今見他來了，歡喜都來不及了，哪肯再多說他，還怕他不受用，或者別處沒吃飽，路上受了驚怕，百般地哄他。

此時戲臺上正在演著《男祭》，黛玉便對寶釵說：「這王十朋也不通得很，必定跑到江邊做什麼？天下的水總歸一源，不拘哪裡的舀一碗哭去，也就盡情了。」寶玉聽了，不好意思，便回頭要熱酒去敬鳳姐。

賈母一邊和薛姨媽等說話，一邊不時吩咐尤氏等：「讓鳳丫頭坐在上面，你們好生替我待東，難為她一年到頭辛苦。」尤氏答應了，又笑回說道：「她坐不慣首席，坐在上頭橫不是豎不是的，酒也不肯吃。」賈母笑道：「你不會，等我親自讓她去。」鳳姐也忙進來笑

說：「老祖宗別信她們的話，我吃了好幾盅了。」賈母笑著命尤氏：「快拉她出去，按在椅子上，你們都輪流敬她。再不吃，我當真地就親自去了。」尤氏忙笑著又拉鳳姐出來坐下，斟了酒，笑道：「一年到頭難為妳孝順老太太、太太和我。我今兒沒什麼疼妳的，親自斟杯酒，乖乖地在我手裡喝一口。」

鳳姐笑道：「妳要安心孝敬我，跪下我就喝。」尤氏笑道：「說得妳不知是誰了！我告訴你，好容易今兒這一遭，過了後兒，知道還有今兒這樣不了？妳就趁著盡力灌兩盅吧。」鳳姐只得喝了兩盅。一時眾姐妹也來了，鳳姐也只得每人的喝一口。賴大嬤嬤又領著嬤嬤們來敬酒，鳳姐也難推托，只得又喝了兩口。

鴛鴦等來敬時，鳳姐真不能了，忙央告道：「好姐姐們，饒了我吧，我明兒再喝吧。」

鴛鴦笑道：「真個的，我們是沒臉的了？就是我們在太太跟前，太太還賞個臉兒呢。往常倒有些體面，今兒當著這些人，倒做起主子的款兒來了。我原不該來。不喝，我們就走。」說著真要走。鳳姐忙拉住，笑道：「好姐姐，我喝就是了。」說著拿過酒來，滿滿地斟了一杯喝乾。鴛鴦才自覺酒沉了，心裡突突地似往上撞，要往家去歇歇，便和尤氏說：「我要洗洗臉去。」瞅人不防，便出了席，往房門後簷下走來。平兒留心，也忙跟了來扶著她。

才至穿廊下，只見她房裡的一個小丫頭正在那裡站著，見她兩個來了，回身就跑。鳳姐便疑心，忙叫住。那丫頭先只裝聽不見，無奈後面連平兒也叫，只得回來。鳳姐更加起了

疑心，坐在小院子的臺階上，命那小丫頭跪下，喝命平兒：「叫兩個二門上的小廝來，拿繩子鞭子，把那眼睛裡沒主子的小蹄子打爛了！」那小丫頭已嚇得魂飛魄散，哭著只管碰頭求饒。鳳姐問道：「我又不是鬼，見了我，不說規規矩矩站住，怎麼倒往前跑？」小丫頭哭道：「我原沒看見奶奶來。我和平兒在後頭扯著脖子叫了妳十來聲，所以跑了。」鳳姐道：「房裡既沒人，誰叫妳來的？我又記掛著房裡無人，所以跑了。」鳳姐便說，倒越叫越跑。離得又不遠，妳聾了不成？妳還和我強嘴！」說著便揚手一掌打在臉上，打得那小丫頭一栽；這邊臉上又挨了一下，頓時兩腮紫漲。

平兒忙勸：「奶奶小心手疼。」鳳姐便說：「妳再打著問她跑什麼。她再不說，把嘴撕爛了！」丫頭子先還強嘴，後來聽見鳳姐要燒了紅烙鐵來烙嘴，方哭道：「二爺在家裡，打發我來這裡瞧著奶奶的，若見奶奶散了，先叫我送信兒去的。不承望奶奶這會兒就來了。」鳳姐便又問道：「叫妳瞧著我做什麼？難道怕我家裡去不成？必有別的緣故，快告訴我，我從此以後疼妳。妳若不細說，立刻拿刀子來割妳的肉。」說著，向頭上拔下一根簪子來，往那丫頭嘴上亂戳，嚇得那丫頭一邊躲，一邊哭求道：「告訴奶奶，可別說我說的。」平兒一旁勸著，一面催她，叫她快說。丫頭便悄悄說道：「二爺也是才來，來了就開箱子，拿了兩塊銀子，還有兩根簪子，兩匹緞子，叫我悄悄地送給鮑二的老婆去，叫她進來。她收了東西就往咱們屋裡來了，二爺叫我來瞧著奶奶，底下的事我就不知道了。」

鳳姐聽了，已氣得渾身發軟，忙立起來一逕來家。只見又有一個小丫頭在門前探頭兒，一見了鳳姐，也縮頭就跑。鳳姐提著名字喝住。那丫頭見躲不過了，索性跑了出來，笑道：「我正要告訴奶奶去呢，可巧奶奶來了。」鳳姐道：「告訴我什麼？」那小丫頭便說二爺在家這般如此，將方才的話也說了一遍。鳳姐啐道：「妳早做什麼了？這會兒我看見妳了，妳倒來推乾淨兒！」說著也揚手一下，打得那丫頭一個趔趄。自己便躡手躡腳地走至窗前。聽時，裡頭那婦人笑道：「多早晚你那閻王老婆死了就好了。」賈璉道：「她死了，再娶一個也是這樣，又怎麼樣呢？」婦人道：「她死了，你倒是把平兒扶了正，只怕還好些。」賈璉道：「如今連平兒她也不叫我沾一沾了。平兒也是一肚子委屈不敢說。我命裡怎麼就該犯了『夜叉星』。」

鳳姐氣得渾身亂顫，又聽他們都贊平兒，便疑平兒素日背地裡自然也有怨語了，那酒更加湧上來了，也不多想，回身把平兒先打了兩下，一腳踢開門進去，抓著鮑二家的便撕打一頓。又怕賈璉走出去，堵著門站著罵道：「好淫婦！妳偷主子漢子，還要治死主子老婆！平兒過來！妳們娼婦們一條藤兒，多嫌著我，外面兒妳哄我！」說著又把平兒打了幾下。平兒只氣得乾哭，罵道：「你們做這些沒臉的事，好好地又拉上我做什麼！」說著也把鮑二家的抓著撕打起來。

賈璉見鳳姐打鮑二家的，他已又氣又愧，只不好說的，今見平兒也打，便上來踢罵道：

「好娼婦！妳也動手打人！」平兒氣怯，忙住了手，哭道：「你們背地裡說話，為什麼拉我呢？」鳳姐見平兒怕賈璉，更加氣了，又趕上來打著平兒，偏叫打鮑二家的。平兒急了，便跑出來找刀子要尋死。鳳姐一頭撞在賈璉懷裡，叫道：「你們一條藤兒害我，被我聽見，倒都嚇唬起我來，你也勒死我吧！」賈璉氣得從牆上拔出劍來，說道：「不用尋死，我也急了，一齊殺了，我償了命，大家乾淨。」

正不可開交，只見尤氏等一群人來了，說：「這是怎麼說，才好好的，就鬧起來。」賈璉見了人，更是「倚酒三分醉」，逞起威風來，故意要殺鳳姐。鳳姐見人來了，便不似先前那般潑了，丟下眾人，哭著往賈母那邊跑。跑到跟前，爬在賈母懷裡，只說：「老祖宗救我！璉二爺要殺我呢！」賈母、邢夫人、王夫人等忙問怎麼了。鳳姐哭道：「我剛才回去換衣裳，不防璉二爺和人說話，我只當是有客來了，嚇得我不敢進去，在窗戶外頭聽了一聽，原來是和鮑二家的媳婦商議，說我厲害，要拿毒藥給我吃了治死我，把平兒扶了正。我原生了氣，又不敢和他吵，便打了平兒兩下。問他為什麼要害我，他躁了，就要殺我。」賈母等聽了，說：「這還了得！快拿了那下流種子來！」一語未完，只見賈璉拿著劍趕來，後面許多人跟著。說：「都是老太太慣得她，她才這樣，連我也罵起來了！」邢夫人、王夫人見了，氣得忙攔住罵道：「這下流東西！你更加反了，老太太在這裡呢！」賈璉乜斜著眼，道：「快出去！」賈璉涎言涎語地還只亂說。賈母氣得說道：

邢夫人氣得奪下劍來，只管喝他：「快出去！」

260

「我知道你也不把我們放在眼裡，叫人把他老子叫來，看他去不去！」賈璉聽見這話，方趕著腳兒出去了。

賈母笑道：「什麼要緊的事！小孩子們年輕，饞嘴貓兒似的，哪裡保得住不這麼著？都是我的不是，妳多喝了兩口酒，又吃起醋來。」說得眾人都笑了。賈母又道：「妳放心，等明兒我叫他來替妳賠不是。妳今兒別過去燥著他。」又罵：「平兒那蹄子，我看她平日倒好，怎麼暗地裡這麼壞？」尤氏等笑道：「平兒沒有不是，是鳳丫頭拿著人家出氣。兩口子都拿著平兒使性子；平兒委屈得什麼似的呢，老太太還罵人家。」賈母道：「原來這樣，我說那孩子倒不像那狐媚魘道的。」便叫琥珀來：「妳出去告訴平兒，就說我的話：『我知道她受了委屈，明兒我叫鳳姐賠不是，今兒是她主子的好日子，不許她胡鬧。』」琥珀答應著去了。

第二十七回　感秋夕悶制風雨詞　慕雅集苦吟明月詩

那天平兒就在李紈處歇了一夜，鳳姐只跟著賈母睡。賈璉次日醒了，想昨日之事，大沒意思，後悔不來。邢夫人又一早過來，叫了賈璉過賈母這邊來。賈璉只得忍愧前來，在賈母面前跪下。賈母問他：「怎麼了？」賈璉忙賠笑說：「昨兒原是吃了酒，驚了老太太的駕了，今兒來領罪。」賈母啐道：「下流東西，灌了黃湯，倒打起老婆來了！鳳丫頭成日家說嘴，霸王似的一個人，昨兒嚇得可憐。要不是我，你要傷了她的命，這會兒怎麼樣？」賈璉也不敢分辯，只認不是。賈母又道：「那鳳丫頭和平兒還不是個美人胚子？你還不足！為這淫婦打老婆，又打屋裡的人，你還虧是大家庭的公子出身。若你眼睛裡有我，乖乖地向你媳婦賠個不是，拉了她家去，我就喜歡了。要不然，我也不敢受你的跪。」

賈璉聽如此說，又見鳳姐站在那邊，哭得眼睛腫著，也不施脂粉，黃黃臉兒，比往常更覺可憐可愛，想著：「不如賠了不是，彼此也好了，又討老太太的喜歡。」便笑道：「老太太的話，我不敢不依，只是更加縱了她了。」賈母笑道：「胡說！我知道她最有禮的。她日後得罪了你，我自然也做主，叫她向你賠禮就是了。」

賈璉便起來與鳳姐作了一個揖，笑道：「原來是我的不是，二奶奶饒過我吧。」滿屋裡

的人都笑了。賈母笑道：「鳳丫頭，不許惱了，再惱我就惱了。」說著，又命人去叫了平兒來，命鳳姐和賈璉兩個安慰平兒。賈璉見了平兒，趕上來說道：「姑娘昨日受了屈了，都是我的不是；奶奶得罪了妳，也是因我而起，我賠了不是，還替妳奶奶賠個不是。」說著，也作了一個揖，引得賈母笑了，鳳姐也笑了。賈母又命鳳姐來安慰她，平兒忙走上來給鳳姐磕頭，說：「奶奶的千秋，我惹了奶奶生氣，是我該死。」鳳姐正自愧悔昨日酒吃多了，無故給平兒沒臉，今反見她如此，又是慚愧，又是心酸，忙一把拉起來，落下淚來。平兒道：「我服侍了奶奶這麼幾年，也沒彈我一指甲，就是昨兒打我，也都是那淫婦治的，怨不得奶奶生氣。」說著，也滴下淚來了。賈母便命人將他三人送回房去：「有一個再提此事，我不管是誰，拿拐棍子給他一頓。」

到了房中，鳳姐見無人，方說道：「我怎麼像個閻王，又像夜叉了？那娼婦咒我死，你也幫著咒我。千日不好，也有一日好，可憐我熬得連個混帳女人也不如了，我還有什麼臉來過這日子？」說著，又哭了。

賈璉道：「妳還不足？妳細想想，昨兒誰的不是多？今兒當著人還是我跪了一跪，又賠不是，妳也爭足光了。這會兒還嘮叨，難道還叫我替妳跪下才罷？太要足了強也不是好事。」說得鳳姐無言可對，平兒嗤地一聲笑了。賈璉也笑道：「又好了！真真的我也沒法了。」

正說著，只見林之孝家的來回說：「鮑二媳婦吊死了。」賈璉、鳳姐都吃了一驚。鳳姐忙收了怯色，反喝道：「死了罷了，有什麼大驚小怪的！」林之孝家的又道：「她娘家的親戚要告呢。」鳳姐冷笑道：「這倒好了，我正想要打官司呢！」林之孝和眾人勸了他們，又威嚇了一陣，又許了他幾個錢，也就依了。」鳳姐道：「我沒一個錢！有錢也不給，只管叫他告去。告不成倒問他個『以屍訛詐』呢！」

林之孝家的正在為難，見賈璉和她使眼色兒，便出來等著。賈璉一徑出來，和林之孝來商議，許了二百兩發送才罷，吩咐入在流年帳上。生恐有變，又命人將番役仵作人等叫了幾名來，幫著辦喪事，又私下給鮑二些銀兩。

鳳姐心中雖不安，面上也不表現出來。因房中無人，便拉平兒笑道：「我昨兒多喝了一口酒，妳別埋怨，打了哪裡，讓我瞧瞧。」平兒笑道：「也沒打重。」

正說著，便見李紈與眾姐妹進來了。鳳姐笑道：「今兒來得這麼齊，倒像下帖子請了來的。」探春笑道：「我們有兩件事。」鳳姐笑道：「有什麼事，這麼要緊？」探春笑道：「我們起了個詩社，頭一社就不齊全，眾人臉軟，所以就亂了。我想必得妳去做個監社御史，鐵面無私才好。」鳳姐笑道：「我又不會作什麼濕的乾的，要我吃東西去不成？」探春道：「妳只監察著我們裡頭有偷懶的，該怎麼樣罰就是了。」鳳姐笑道：「妳們別哄我，我

猜著了，哪裡是請我做監社御史！分明是叫我做進錢的銅商。想出這個法子來拘我，好和我要錢。可是這個主意？」一席話說得眾人都笑起來了。

李紈笑道：「真真妳是個水晶心肝玻璃人。」鳳姐笑道：「虧妳是個大嫂子呢！把姑娘們原交給妳帶著念書，學規矩、針線的。這會兒起詩社，能用幾個錢，妳就不管了？妳一個月的錢，比我們多兩倍。老太太、太太還說妳寡婦失業的，可憐，不夠用，又有個小子，足足地又添了十兩，和老太太、太太平等。又給妳園子裡的地，各人取租子。年終分年例，妳又是上上份兒。妳娘兒們，主子奴才沒有十個人，吃的穿的仍舊是官中的。一年也有四五百銀子。這會兒妳就每年拿出一二百兩來陪她們玩玩，能有幾年呢？她們明兒出了閣，難道還要妳賠不成？這會兒妳怕花錢，挑唆她們來鬧我，我還不知道呢！」

李紈笑道：「妳們聽聽，我說了一句，她就說了兩車無賴泥腿世俗專會打細算盤分金撥兩的話。虧了還托生在詩書大宦名門之家做小姐，又是這麼出了嫁；若是生在貧寒小門小戶人家，還不知怎麼下作貧嘴惡舌的呢！天下人都被妳算計了去！昨兒還打平兒呢，虧妳伸得出手來！氣得我只要替平兒打抱不平兒，妳今兒又招我來了。給平兒拾鞋也不要，妳們兩個只該換一個過兒才是。」說得眾人都笑了。

鳳姐忙笑道：「哦，我知道了！竟不是為詩來找我，是為平兒報仇來了。我不知道平兒有妳這一位仗腰子的人，若知道就有鬼拉著我的手，我也不敢打她了。平姑娘，過來！我當

265

著大奶奶姑娘們向妳賠個不是，擔待我酒後無德吧。」說得眾人又都笑了。李紈笑問平兒道：「如何？我說必定要給妳爭爭氣才罷。」平兒笑道：「雖如此，奶奶們取笑，我可禁不起。」李紈道：「什麼禁得起禁不起，有我呢。我且問妳，這詩社妳到底管不管？」鳳姐笑道：「這是什麼話，我不入社花幾個錢，不成了大觀園的反叛了嗎，還想在這裡吃飯不成？明兒一早就到任，下馬拜了印，先放下五十兩銀子給你們慢慢做會社東道。過後幾天，我又不作詩作文，只不過是個俗人罷了，『監察』也罷，不『監察』也罷，有了錢了，愁著你們還不撞出我來！」眾人又都笑起來。李紈點頭笑道：「這難為妳，果然這樣還罷了。既如此，咱們回去吧，等著她不送了去再來鬧她。」便帶了她姐妹就走。鳳姐道：「這些事再沒他了，我們臉軟，妳說該怎麼罰他？」李紈忙回身笑道：「正是為寶玉來，反忘了他。頭一社是他誤了，我們大家罰他掃一遍才好。」眾人笑道：「這話不差。」

黛玉今秋遇賈母高興，多遊玩了兩次，近日又咳嗽起來，覺得比往常又重了些。這天寶釵來望，因說起來便道：「這裡走的幾個大夫雖都還好，只是妳吃他們的藥總不見效，不如再請一個高明的來瞧一瞧，治好了豈不好？每年鬧一春一夏，也不是個常法兒。」黛玉道：「不中用。我知道我這樣病是不能好的了，且別說病，只論好的日子我是怎麼形景，就可知了。」寶釵點頭道：「可正是這話。妳素日吃的竟不能添養精神氣血，也不是好事。依我

說，先以平肝健胃為要。每日早起拿上等燕窩、冰糖熬出粥來，若吃慣了，比藥還強，最是滋陰補氣的。」

黛玉歎道：「妳素日待人，固然是極好的，而我最是個多心的人。前日妳說看雜書不好，又勸我那些話。怨不得雲丫頭說妳好，我往日見她贊妳，我還不受用。親自經過，才知道了。比如若是妳說了那個，我再不輕放過妳的；妳竟不介意，反勸我。若不是從前日看出來，今日這話，再不對妳說。妳方才說叫我吃燕窩粥的話，雖然燕窩易得，但只我每年犯這個病，請大夫，熬藥，人參肉桂，已經鬧了個天翻地覆，這會兒我又熬什麼燕窩粥，老太太、太太、鳳姐姐這三個人便沒話說，那些底下的婆子丫頭們，未免嫌我太多事了。妳看這裡這些人，因見老太太多疼了寶玉和鳳丫頭兩個，他們尚虎視眈眈，背地裡言三語四的，何況於我？又不是這裡正經主子，原是無依無靠投奔了來的，如今我還不知進退，何苦叫他們咒我？」

寶釵道：「這樣說，我也是和妳一樣。」黛玉道：「妳如何比我？妳又有母親，又有哥哥，這裡又有買賣商鋪，家裡仍舊有房有地。妳不過是親戚的情分住在這裡，又不沾他們一文半個，要走就走了。我是一無所有，吃穿用度，一草一紙，都是和他們家的姑娘一樣，那起小人豈有不多嫌的。」寶釵笑道：「將來也不過多費得一副嫁妝罷了，如今也愁不到這裡。」黛玉不覺紅了臉，笑道：「人家拿妳當個正經人，把心裡的煩難告訴妳聽，妳反拿我

取笑。」寶釵笑道：「雖是取笑兒，卻也是真話。妳放心，我在這裡一日，我與妳消遣一日。妳有什麼委屈煩難，只管告訴我，我能解的，自然替妳解。妳剛才說得也是，多一事不如省一事。我明日和媽媽說了，只怕我們家裡還有，給妳送幾兩，每日叫丫頭們就熬了，又便宜，又不興師動眾的。」黛玉忙笑道：「東西事小，難得妳為我著想。這有什麼放在口裡的！只愁我人人跟前失於應候罷了。這會兒怕妳煩了，我且去了。」黛玉道：「晚上再來和我說句話兒。」寶釵答應著便去了。

日漸黃昏，竟淅淅瀝瀝下起雨來，黛玉料這雨天寶釵是不能來了，便在燈下隨便拿了一本書，卻是《樂府雜稿》。見了《秋閨怨》、《別離怨》等詞，黛玉不覺心有所感，提筆作了一首《秋窗風雨夕》。正自看間，丫鬟報說：「寶二爺來了。」只見寶玉頭上帶著大箬笠，身上披著蓑衣已進來了。黛玉不覺笑了：「哪裡來的漁翁！」寶玉忙問：「今兒好些？吃了藥沒有？今兒一日吃了多少飯？」一面說，一面忙舉起燈來，一手遮住燈光，向黛玉臉上照了一照，笑道：「今兒氣色好了些了。」

黛玉又看那蓑衣斗笠不是尋常市賣的，十分細緻輕巧，便說道：「是什麼草編的？怪道穿上不像那刺蝟似的。」寶玉道：「還有一雙木屐呢，這三樣都是北靜王送的。他閑了下雨時在家裡也是這樣。妳喜歡這個，我也弄一套來送妳。」黛玉笑道：「我不要，戴上那個，

成個畫兒上的和戲裡的漁婆兒了。」及說了出來，方想起無意中與方才說寶玉「漁翁」的話

相連，羞得臉飛紅，便伏在桌上咳個不停。

寶玉卻不留心，拿著詩看了一遍，又不禁叫好。黛玉忙起來奪在手內，向燈上燒了。寶

玉笑道：「我已背熟了，燒也無礙。」黛玉道：「我也好了許多，謝你一天來幾次瞧我，

下雨還來。這會兒夜深了，我也要歇著，你且請回去，明兒再來。」寶玉忙說道：「原該歇

了，又擾得妳勞了半日神。」說著出去了，又回身進來問道：「妳想什麼吃，告訴我，我明

兒一早回老太太，豈不比老婆子們說得明白？」黛玉笑道：「等我夜裡想著了，明兒早起告

訴你。你聽雨更加緊了，可有人跟著沒有？」有兩個婆子答應：「有人，外面拿著傘點著燈

籠呢。」黛玉道：「這個天點燈籠？」寶玉道：「不相干，是明瓦的，不怕雨。」黛玉回手

向書架上把個玻璃繡球燈拿了下來，命點一枝小蠟來，遞與寶玉，道：「這個又比那個亮，

正是雨裡點的。」寶玉道：「我也有這麼一個，怕他們失腳滑倒打破了，所以沒點來。」黛

玉道：「跌了燈值錢，跌了人值錢？怎麼又變出這『剖腹藏珠』的脾氣來。」寶玉連忙接過

來。

黛玉聽著寶玉的腳步聲遠了，又聽窗外雨滴竹梢，清寒入幕，不知怎的又獨自傷感起

來……

次日，黛玉正歪在床上看書，卻見香菱笑吟吟地進來。黛玉在早些時已知，薛家呆霸王

269

薛蟠因調戲串戲的世家子弟柳湘蓮，被那柳二郎誆出北城門一通好打，如今薛蟠沒臉見人，借著學商販貨躲出去了，寶釵便讓香菱搬進園來一處做伴。今見她來，便問道：「妳家姑娘在做什麼呢？」香菱笑道：「在做針線呢。」便又笑道：「妳這一進來，也得了空兒，姑娘好歹教給我作詩，就是我的造化了。」黛玉笑道：「要作詩，妳就拜我為師。我雖不通，大略也還教得起妳。」香菱笑道：「果真？我就拜妳做師。妳可不許膩煩的。」黛玉道：「什麼難事，也值得去學！不過是起承轉合、平仄虛實罷了。妳若真心要學，且把他們這些人的詩集看了，細細揣摩透熟了，有不明白的來問我或者妳姑娘。妳又是一個極聰敏伶俐的人，不用一年的工夫，不愁不是詩翁了！」黛玉說著便挑出了幾本詩集令香菱自去讀去。

香菱回去，一本一本地看了。然後又來找黛玉談論，黛玉笑道：「共記得多少首？」香菱笑道：「凡紅圈選的我盡讀了。」黛玉道：「可領略了些滋味沒有？」香菱笑道：「不知是不是，說與妳聽聽。」黛玉笑道：「正要講究討論，方能長進。妳且說來我聽。」香菱笑道：「據我看來，詩的好處，有口裡說不出來的意思，想去卻是逼真的。有似乎無理的，想去竟是有理有情的。」黛玉笑道：「這話有了些意思，但不知妳從何處見得？」香菱笑道：「我看王維《塞上》那一聯『大漠孤煙直，長河落日圓』。想來煙如何直？日自然是圓的，這『直』字似無理，『圓』字似太俗。閣上書一想，倒像是見了這景的。若說再

找兩個字換，再找不出來，必得這兩個字才形容得盡，唸在嘴裡倒像含了個橄欖似的。那

「渡頭餘落日，墟里上孤煙」這『餘』、『上』兩字，難為他怎麼想來！我們那年上京來，

黃昏時岸上只幾棵樹，墟里上孤煙，遠遠的幾家人家做晚飯，那個煙竟是碧青，連雲直上。誰知我昨日讀

了這兩句，倒像我又到了那個地方去了。」

正說著，寶玉和探春也來了，都坐聽她講詩。寶玉笑道：「『會心處不在遠』，聽妳說

了這兩句，可知『三昧』妳已得了。」黛玉笑道：「你說他這『上孤煙』好，你不知還是套

了前人的來。我給你這一句瞧瞧，更比這個淡而現成。」說著便把陶淵明的「曖曖遠人村，

依依墟里煙」翻了出來。香菱瞧了，點頭歎賞，笑道：「原來『上』字是從『依依』兩個字

上化出來的。」

寶玉大笑道：「妳已得了，不用再講，若再講，倒學離了。妳就作起來，必是好的。」

探春笑道：「明兒我補一個柬來，請妳入社。」香菱笑道：「姑娘何苦打趣我，我不過是心

裡羨慕，才學著玩罷了。」探春、黛玉都笑道：「誰不是玩？」

香菱又央道：「出個題目，讓我謅去，謅了來，替我改正。」黛玉道：「昨夜的月最

好，妳且自去作一首吧。」

過了一天，香菱便拿了詩找黛玉。黛玉看了笑道：「意思卻有，只是措詞不雅。皆因妳

看的詩少，被它束縛住了。把這首丟開，再作一首，只管放開膽子去作。」

香菱聽了，默默地回來，索性連房也不入，只在池邊樹下，或坐在山石上出神，或蹲在地下摳土，來往的人都詫異。寶釵等都遠遠地站在山坡上瞧看她。只見她皺眉一回，又自己含笑一回。探春笑著說道：「菱姑娘，妳閒閒吧。」香菱怔怔答道：「『閒』字是十五刪的，妳錯了韻了。」眾人不覺大笑起來。寶釵道：「可真是詩魔了。都是顰兒引得她！」寶玉笑道：「這正是『地靈人傑』。我們成日歎說，可惜她這麼個人竟俗了，誰知到底有今日，可見天地至公。」寶釵笑道：「你能夠像她這苦心就好了，學什麼有個不成的。」寶玉不答。

第二十八回　鴛鴦女重誓絕鴛鴦　大觀園雅集歡大觀

鳳姐因邢夫人叫她過去，才知原是大老爺看上了鴛鴦，邢夫人找她來商議。鳳姐道：「依我說，竟別碰這個釘子去。老太太離了鴛鴦，飯也吃不下去的，哪裡就捨得了？況且平日說起閒話來，常說，老爺如今上了年紀，做什麼左一個小老婆、右一個小老婆放在屋裡，沒的耽誤了人家。放著身子不保養，官兒也不好生做去，成日家和小老婆喝酒。太太聽聽這話！不如勸勸老爺。這會兒迴避還恐迴避不及，倒拿草棍兒戳老虎的鼻子眼兒去了！太太別惱，我是不敢去的。」

邢夫人冷笑道：「大家子三房四妾的也多，偏咱們就使不得？就是老太太心愛的丫頭，這麼鬍子蒼白了又做了官的一個大兒子，要了做房裡人，也未必好駁回的。我叫了妳來，不過商議商議，妳先派上了一篇不是。也有叫妳去的理？自然是我說去。妳倒說我不勸，妳還不知道那性子的？勸不成，先和我惱了。」

鳳姐連忙賠笑說道：「太太這話說得極是。我能活了多大，知道什麼輕重？想來父母跟前，別說一個丫頭，就是那麼大的活寶貝，不給老爺給誰？背地裡的話哪裡信得？我竟是個呆子。依我說，老太太今兒喜歡，要討今兒就討去。我先過去哄著老太太發笑，等太太過去

了，我搭訕著走開，把屋子裡的人也帶開，太太好和老太太說的。給了更好，不給也沒關係，眾人也不知道。」邢夫人便又喜歡起來，告訴她道：「我的主意先不和老太太要。老太太要說不給，這事便死了。我心裡想著先悄悄地和鴛鴦說。別說鴛鴦，就是那些執事的大丫頭，誰不願意這樣呢？再和老太太說，攔不住她本人願意，常言『人去不中留』，自然這就妥了。」鳳姐笑道：「到底是太太有智謀，這是千妥萬妥的。」邢夫人笑道：「妳先過去，別露一點風聲，我吃了晚飯就過來。」

鳳姐暗想：「鴛鴦若不依，太太是多疑的人，只怕就疑我走了風聲，倒沒意思。不如一起過去了，她依也罷，不依也罷，就疑不到我身上了。」於是找了個藉口，與邢夫人一同過去了。到了那府裡，鳳姐又說道：「太太過老太太那裡去，我若跟了去，老太太若問起，倒不好。不如太太先去，我脫了衣裳再來。」

邢夫人聽了有理，便自往賈母處，和賈母說了一回閒話，便從後門出去，打鴛鴦的臥房前過。只見鴛鴦正坐在那裡做針線，邢夫人笑道：「做什麼呢？我瞧瞧，妳紮的花兒更好了。」一面說，一面渾身打量著她。鴛鴦見這般，自己倒不好意思起來，心裡便覺詫異，便笑問道：「太，這會兒不早不晚的，過來做什麼？」鴛鴦聽了，心中已猜著三分，不覺紅了臉，低了頭不發一言。聽邢夫人道：「妳知道妳老爺跟前竟沒有個可靠的人，因此冷眼選

邢夫人使個眼色兒，跟的人退出，便拉著鴛鴦的手笑道：「我特來給妳道喜來了。」

了半年，這些女孩子裡頭，就只妳是個尖兒。意思要和老太太討了妳去，收在屋裡。妳比不得外頭新買的，妳這一進去了，就封妳姨娘，又體面，又尊貴。妳又是個要強的人，俗話說的，『金子終得金子換』，誰知竟叫老爺看中了。」說著拉了她的手就要走。鴛鴦紅了臉，奪手不行。邢夫人便道：「這有什麼可害羞的，如今這一來，妳可遂了素日志大心高的願了，也堵一堵那些嫌妳的人的嘴。跟了我回老太太去！我管妳遂心如意就是了。」鴛鴦只是不語，邢夫人只當同意了，便自往鳳姐房中來。

次日早起，鳳姐正在與平兒說著此事，並說：「我看這事，八成不准，鴛鴦這丫頭平日──」話未說完，卻見邢夫人來了，平兒便自己迴避了。只在園中走著，正巧遇見鴛鴦，見四下無人，便笑道：「新姨娘來了！」鴛鴦聽了，紅了臉：「難怪妳們原是串通一氣來算計我！等著我和妳主子鬧去就是了。」

平兒聽她惱了，自悔失言，卻聽鴛鴦冷笑道：「她是油蒙了心，難道妳和妳主子也糊塗了！」平兒笑道：「我就說呢，這大老爺也太好色了，略平頭正臉的，他就不放手了。」鴛鴦冷笑道：「這是咱們好，從小什麼話兒不說？別說大老爺要我做小老婆，就是太太這會兒死了，他三媒六聘地娶我去做大老婆，我也不去。」平兒道：「妳既不願意，我教妳個法子。」鴛鴦道：「什麼法子我去和老太太說，說已經給了璉二爺了，大老爺就不好要了。」鴛鴦

啐道：「什麼東西！妳還說說呢！前兒──」話未說完，卻聽有人說：「他們兩個都不願意，我就和老太太說，叫說妳已經許了寶玉了，大老爺也就死了心了。」笑著出來。鴛鴦便罵道：「兩個壞蹄子，再不得好死的！人家拿著妳們當正經人，妳們倒替換著取笑兒。妳們自以為都有了結果，將來都是做姨娘的。據我看來，天底下的事未必都那麼遂心如意。妳們且收著些兒，別太樂過了頭兒！」二人見她急了，忙賠笑道：「好姐姐，別多心，咱們從小都是親姐妹一般，不過無人處偶然取個笑兒。妳的主意告訴我們知道，也好放心。」鴛鴦道：「什麼主意！我只不去就完了。」平兒搖頭道：「大老爺的性子妳是知道的。雖然此刻不敢把妳怎麼樣，將來難道妳跟老太太一輩子不成？那時落了他的手，倒不好了。」鴛鴦冷笑道：「難道『牛不吃水強按頭』不成？橫豎我有主意，再不然還有一死呢！」

正說著，只見她嫂子從那邊走來笑道：「姑娘原來在這裡！妳跟了我來，我和妳說話。」襲人、平兒裝不知道，笑道：「什麼話這樣忙？我們這裡猜謎兒呢，等猜了這個再去。」鴛鴦道：「什麼話？妳說吧。」她嫂子笑道：「妳跟我來，到那裡我告訴妳，橫豎有好話兒。」鴛鴦道：「可是大太太和妳說的那話？」她嫂子笑道：「可是天大的喜事。」鴛鴦立起身來，照她嫂子臉上下死勁啐了一口，指著罵道：「妳快閉了嘴離了這裡，好多著呢！什麼『好話』！怪道成日家羨慕人家的女兒做了小老婆，一家子都仗著她橫行霸道的，

一家子都成了小老婆了！看得眼熱了，也把我送在火炕裡去。我若得了臉呢，自己就封自己是舅爺了。我若不得臉時，你們把王八脖子一縮，生死由我去。」一面說，一面哭。

她嫂子臉上下不來，道：「願意不願意，妳也不犯著牽三掛四的。姑奶奶罵我，我不敢還言；這二位姑娘並沒惹著妳，小老婆長小老婆短，人家臉上怎麼過得去？」襲人、平兒忙道：「妳倒別這麼說，她也不是說我們，妳倒別牽三掛四的。妳聽見哪位太太、太爺們封我們做小老婆？況且我們兩個也沒有爹娘哥哥在這門子裡拿話挑唆著我們橫行霸道。她罵的人自有她罵的，我們犯不著多心。」鴛鴦道：「她膲了，又拿話挑唆妳們兩個，幸虧妳們兩個明白。原是我急了，她就挑出這個空兒來。」她嫂子自覺沒趣，便賭氣去了。

鴛鴦氣得還罵，平兒襲人勸她一回，方才罷了。平兒便問襲人道：「妳在那裡藏著做什麼的？我們竟沒看見妳。」襲人道：「我因為往四姑娘房裡瞧我們寶二爺去的，可巧妳從那裡來了，我一閃，妳也沒看見，後來她又來了。我從這樹後頭走到山子石後，誰知妳們四個眼睛沒見我。」

忽聽身後笑道：「四個眼睛沒見妳？妳們六個眼睛竟沒見我呢。」三人嚇了一跳，回身一看，正是寶玉走來。襲人先笑道：「叫我好找，妳在哪裡來著？」寶玉笑道：「我從四妹妹那裡出來，迎頭看見妳來了，就知道是找我去的，我就藏了起來，只等妳到了跟前嚇妳一

跳的，誰知妳也藏躲躲的，所以我就繞到妳身後。妳出去，我就躲在妳躲的那裡了。」平

兒笑道：「再往後找找去，只怕還找出兩個人來也未可知。」寶玉笑道：「這可再沒了！」

鴛鴦已知話俱被寶玉聽了，只伏在石頭上裝睡。寶玉推她笑道：「這石上冷，咱們回房裡去

睡，豈不好？」說著拉起鴛鴦來，四人徑往怡紅院來。

當晚，鴛鴦的哥哥來回賈母，要接她家去逛逛，賈母允了。鴛鴦想要不去，又怕賈母疑

心，只得勉強出來。

次日，王夫人、鳳姐、薛姨媽和眾姐妹們過來給賈母請安，說了會兒話，賈母笑道：

「今兒人齊，我們鬥牌吧。姨太太的牌生，咱們一處坐著，別叫鳳丫頭混了我們去。」薛姨

媽笑道：「正是呢，老太太替我看著些，就是咱們娘兒四個鬥呢，還是再添個呢？」王夫人

笑道：「可不就四個。」鳳姐道：「再添一個熱鬧些。」賈母道：「叫鴛鴦來。」忽想起鴛

鴦回了家，便又道：「可不我糊塗了。姨媽別笑話，一時還真離不了這丫頭。」

忽見鴛鴦拉了她嫂子，到賈母跟前跪下：「老太太替我做主，我是死也不離了老太

的。」賈母奇道：「卻為什麼這個樣子？」鴛鴦一邊哭，一邊說，把邢夫人怎麼來說合，她

哥哥嫂子又如何逼她說了一遍：「我不依，大老爺便說是戀著寶玉，或等著往外聘，我到天

上，這一輩子也跳不出他的手心去。我是橫了心的，當著眾人在這裡，我這一輩子莫說是

『寶玉』，便是『寶金』、『寶銀』、『寶天王』、『寶皇帝』，橫豎不嫁人就完了！就是

老太太逼著我，我一刀抹死了，也不能從命。若有造化，我死在老太太之先；若沒造化，服侍老太太歸了西，我或是尋死，或是剪了頭髮當尼姑去。」說著，便從袖裡掏出一把剪子，打開頭髮便鉸。眾婆娘丫鬟忙來拉住，已是剪了半絡下來了。

賈母氣得渾身亂顫，向鴛鴦道：「妳起來，看有誰敢來叫妳走。我總共剩了這麼一個可靠的人，還要來算計！」因見王夫人在旁，便向王夫人道：「妳們原來都是哄我的！外頭孝敬，暗地裡盤算我。有好東西也來要，有好人也要，剩了這麼個毛丫頭，見我待她好了，妳們自然氣不過，弄開了她，好擺弄我！」王夫人忙站起來，不敢還一言。

探春見眾人不好申辯，便賠笑向賈母道：「這事與太太什麼相干？老太太想一想，也有大伯子要收屋裡的人，小嬸子如何知道？便知道，也推不知道。」還沒說完，賈母笑道：「可是我老糊塗了！倒委屈了妳太太。」又說道：「寶玉，我錯怪了你娘，你怎麼也不提我，看著你娘受委屈？」寶玉笑道：「我偏著娘說大爺大娘不是？總共一個不是，我娘在這裡不認，卻推誰去？我倒要認是我的不是，老太太又不信。」賈母笑道：「這也有理。你快給你娘跪下，你說太太別委屈了，老太太有年紀了，看著寶玉吧。」

寶玉過去跪下要說，王夫人忙笑著拉他起來，說：「快起來，這如何使得！終不成你替老太太給我賠不是不成？」寶玉聽說，又站起來。賈母又笑道：「鳳丫頭也不提我。」鳳姐笑道：「我不派老太太的不是，老太太倒尋上我了？」賈母笑道：「這可奇了！倒要聽聽我

有什麼不是?」鳳姐道:「誰叫老太太會調理人,調理得水蔥兒似的,怎麼怨得人要?我若是孫子,我早要了,還等到這會兒呢。」賈母笑道:「我也不要了,妳帶了去吧!」鳳姐道:「等著來生托生個男人,我再要吧。」賈母笑道:「妳帶了去,給璉兒放在屋裡,看妳那沒臉的公公還要不要了!」鳳姐道:「璉兒不配,就只配我和平兒這一對燒糊了的卷子和他混罷了。」說得賈母和眾人都笑了。

忽聽丫鬟回說:「大太太來了。」那邢夫人原是來打聽消息的,剛進了院門,早聽幾個婆子悄悄地告訴了她老太太正生氣呢。待要回去,又見王夫人已迎了出來,只得進來向賈母請了安。見賈母一聲兒不言語,自己也覺羞愧。薛姨媽、鳳姐等人見狀也找個藉口漸漸退了。賈母見無人,方說道:「我聽見妳替妳老爺說媒來了。妳倒也三從四德,只是這賢慧也太過了!你們如今也是孫子兒子滿眼的了,妳還怕他?勸著他性子鬧。」邢夫人滿臉通紅,回道:「我勸過幾次不依。老太太還有什麼不知道呢,我也是不得已。」賈母道:「他逼著妳殺人,妳也殺去?這也不說了。我正要打發個人和妳老爺說去,他要什麼人,我這裡有錢,叫他只管一萬八千地買,只這丫頭不能。留下她服侍我幾年,就同他日夜服侍我一樣。妳來得也巧,怎麼又都妥當了。」說著,命人去「請了姨太太妳姑娘們來說個話兒。才高興,怎麼又都散了?」丫頭們答應著請去了。

眾人只得又過來了,賈母道:「咱們還玩咱們的牌,正高興,怎麼都去了?」賈母便喚

鴛鴦過來，道：「妳就在這下手裡坐著，姨太太眼花了，咱們兩個的牌妳看著些。」鳳姐歎

了一聲，向探春道：「妳們會識字的，倒不學算命！」探春道：「這又奇了，這會兒妳不打

點精神贏老太太幾個錢，又想算命：」鳳姐道：「我正要算算今兒該輸多少錢呢，我還想贏

呢！妳瞧瞧，場子沒上，左右都埋伏下了。」說得大家笑了。

鬥了一回，鴛鴦遞了一個暗號給鳳姐。鳳姐故意躊躇了半晌，笑道：「我這一張牌定

在姨媽手裡扣著呢。我若不發這一張，再頂不下來的。」薛姨媽說：「我手裡並沒有妳的

牌。」鳳姐說：「我回頭要查的。」薛姨媽道：「妳只管查。妳且發下來，我瞧瞧。」鳳姐

便送到薛姨媽跟前。薛姨媽便笑道：「我倒不稀罕，只怕老太太滿了。」鳳姐忙笑道：「我

發錯了。」賈母笑得已擲下牌，說：「妳敢拿回去！誰叫妳錯的不成！」鳳姐道：「我說要

算算命呢！這是自己發的，也怨不得人了。」賈母笑道：「可是呢，妳自己該打嘴，問妳自

己才是。」又向薛姨媽笑道：「我不是小氣愛贏錢，原是個彩頭兒。」薛姨媽笑道：「可不

是那樣，哪裡有糊塗人說老太太愛錢呢？」鳳姐正數著錢，聽說忙又把錢穿上了，笑道：

「贏了我的，還說單為彩頭兒，我到底小氣，輸了就數錢，快收起來吧。」

賈母見鴛鴦不動，便道：「怎麼生氣，也不洗牌了？」鴛鴦笑道：「二奶奶不給錢。」

賈母笑道：「她不給錢，那是她交運了。」便命小丫頭：「把她那一吊錢都拿過來。」鳳姐

笑道：「賞我吧，我照數兒給就是了。」薛姨媽笑道：「鳳丫頭果然小氣，不過是玩兒罷

了。」鳳姐便拉著薛姨媽，回頭指著一個木匣子說：「姨媽瞧瞧，那裡頭不知玩了我多少去，這一吊玩不了半個時辰，那裡頭的錢就叫它了。只等把這一吊也叫了進停，牌也不用了，老祖宗又有正經事差我辦了。」話未說完，引得賈母眾人笑個不停。偏平兒怕錢不夠，又送了一吊來。鳳姐道：「不用放在我跟前，也放在老太太的那一處吧，一齊叫進去倒省事，不用做兩次，叫箱子裡的錢費心。」賈母笑得手裡的牌撒了一桌子，命鴛鴦：「快撕了她的嘴！」

寶玉因想到鴛鴦這麼個人，還要受這樣的委屈，正自感歎，只見幾個小丫頭和老婆子忙忙地走來，笑道：「來了好些姑娘奶奶們，我們都不認得，二爺怎麼還不看去。」寶玉一聽也不及問就去了。只見賈母房中已是黑壓壓地一屋人，正在說笑。

原來卻是李紈寡嫂帶了女兒李紋、李綺上京，邢夫人的兄嫂帶了女兒岫煙，來投奔邢夫人，薛蟠從弟薛蝌送胞妹薛寶琴進京聘嫁，三家碰巧在路上遇到便約齊一起來了。

回到怡紅院中，寶玉又忙向襲人、麝月、晴雯等笑道：「妳們還不快看人去！誰知寶姐姐的親哥哥是那個樣子，她這叔伯兄弟形容舉止另是個樣子，倒像是寶姐姐的同胞弟兄似的。更奇在妳們成日家只說寶姐姐是絕色的人物，妳們如今瞧瞧她這妹子。老天，老天，妳有多少精華靈秀，生出這些人上之人來！可知我井底之蛙，成日家自說現在的這幾個人是有一無二的，誰知不必遠尋，就是本地風光，一個賽個妹子，我竟形容不出。

似一個，如今我又長了一層學問了。」一面說，一面自笑自歎。襲人見他又有了魔意，便不肯去瞧。晴雯等早去瞧了一遍回來，帶笑向襲人說道：「妳快瞧瞧去！大太太的一個侄女兒，寶姑娘一個妹妹，大奶奶兩個妹妹，倒像一把子四根水蔥兒。」一語未了，只見探春也笑著進來找寶玉，笑道：「這下咱們的詩社可興旺了。」寶玉笑道：「正是呢。這是妳一高興起詩社，所以鬼使神差來了這些人。」

晴雯笑道：「她們裡頭薛大姑娘的妹妹更好，三姑娘看著怎麼樣？」探春道：「據我看，連她姐姐和這些人總不及她。」襲人又是詫異，又笑道：「這也奇了，還從哪裡再尋好的去呢？我倒要瞧瞧去。」探春道：「老太太一見了，喜歡得已經逼著咱們的太太認了乾女兒了。」寶玉喜得忙問：「這是真的？」探春道：「我幾時說過謊！」又笑道：「有了這個好孫女兒，就忘了你這孫子了。」

寶玉笑道：「這倒不妨，原該多疼女兒些才是正理。明兒十六，咱們可該起社了。」探春道：「索性等幾天，她們新來的混熟了，邀上她們豈不好？這會兒大嫂子寶姐姐心裡自然沒有詩興的，況且雲兒剛好了。不如等著雲丫頭來了，香菱詩也長進了，便邀一滿社豈不是好？咱們兩個如今且往老太太那裡去聽聽，央告著老太太留下她們在園子裡住了，咱們豈不多添幾個人，更加有趣了。」寶玉喜得眉開眼笑，忙說道：「倒是妳明白。我終究是個糊塗心腸，空喜歡一會兒，都想不到這上頭來。」

第二十九回　蘆雪亭爭聯即景詩　攏翠庵訪乞離塵梅

眾人安頓下來，沒幾天，接了湘雲來，新來的姐妹漸漸也混熟了，每日間但見穿徑度柳，拂花問月，園中頓時熱鬧了不少。

寶玉深知其情，先是歡喜，後想起眾人皆有親眷，獨自己孤單無倚，不免又是垂淚。黛玉見了，先是歡喜，後想起眾人皆有親眷，獨自己孤單無倚，不免又是垂淚。黛玉見了，十分勸慰了一番，「妳必是自尋煩惱了，哭一會兒，才算完了這一天的事。妳瞧瞧，今年比去年更加瘦了。」黛玉拭淚道：「近來我只覺心酸，眼淚卻像比往年少了些的。」寶玉道：「這是妳哭慣了心裡疑惑，豈有眼淚會少的？」

正說著，只見他屋裡的小丫頭送了猩猩氈斗篷來，又說：「大奶奶剛才打發人來說，下了雪，要商議明日請人作詩呢。」一語未了，只見李紈的丫頭走來請黛玉。兩人便一同往稻香村來，見寶釵等已在那裡了。

那香菱只管拉著史湘雲請教，史湘雲更加高興，便高談闊論起來。寶釵笑道：「我實在聒噪得受不得了。一個女孩兒家，只管拿著詩做正經事講起來。一個香菱沒鬧清，偏又添了妳這麼個話口袋子，滿嘴裡說的是什麼杜工部之沉鬱，韋蘇州之淡雅，又怎麼是溫八叉之綺靡，李義山之隱僻。痴痴顛顛，哪裡還像兩個女兒家呢。」說得湘雲香菱都笑起來。

寶玉暗暗想道：「可惜這麼一個人，沒父母，連自己的本姓都忘了，偏又賣給了這個霸

王。」心中反替她嗟歎了一番。忽見寶琴也來了，披著一領斗篷，金翠輝煌，不知何物。寶釵忙問：「這是哪裡來的？」寶琴笑道：「因下雪珠兒，老太太找了這一件給我的。」香菱上來瞧道：「難怪這麼好看，原來是孔雀毛織的。」湘雲道：「哪裡是孔雀毛，那是野鴨子頭上的毛做的。可見老太太疼妳了，這樣疼寶玉，也沒給他穿。」寶釵道：「真真俗語說的『各人有各人的緣法』。我也再想不到她這會兒來，既來了，又有老太太這麼疼她。」

湘雲又瞅了寶琴半日，笑道：「這一件衣裳也只配她穿，別人穿了，實在不配。」接著又道：「妳除了在老太太跟前，就在園裡來，這兩處只管玩笑吃喝。到了太太屋裡，若太太在屋裡，只管和太太說笑，多坐一回無妨；若太太不在屋裡，妳別進去，那屋裡人多心壞，都是要害咱們的。」說得大家都笑了。寶釵道：「說妳沒心，卻又有心；雖然有心，到底嘴太直了。我們這琴兒就有些像妳。」正說著，只見琥珀走來笑道：「老太太說了，叫寶姑娘別管緊了琴姑娘。她還小呢，讓她愛怎麼樣就怎麼樣。要什麼東西只管要去，別多心。」寶釵忙起身答應了，又推寶琴笑道：「妳也不知是哪裡來的這段福氣！妳倒去吧，仔細我們委屈著妳，我就不信我哪裡不如妳。」

湘雲笑道：「寶姐姐，妳這話雖是玩話，卻有人真心是這樣想的。」琥珀笑道：「真心惱的再沒別人，就只是他。」口裡說，手指著寶玉。寶釵湘雲都笑道：「他倒不是這樣的人。」琥珀又笑道：「不是他，就是她。」說著又指著黛玉，湘雲便不響了。寶釵忙笑道：

「更不是了。我的妹妹和她的妹妹一樣。她比我還喜歡呢,哪裡還雲兒?你信雲兒混說。」

寶玉正恐黛玉心中不自在,看聲色卻不似往時,心想,她兩個素日不是這樣的,現在看來竟更比他人好十倍。一時又見黛玉趕著寶琴叫妹妹,直是親姐妹一般,寶玉看著只是暗暗納罕。

到了晚間,寶玉便找了黛玉來,笑道:「我雖看了《西廂記》,如今想來,竟有一句不解,我唸出來妳講給我聽。」黛玉笑道:「你唸出來我聽聽。」寶玉笑道:「那《鬧簡》上有一句說得最好,『是幾時孟光接了梁鴻案?』這不過是現成的典故,難為他『是幾時』三個虛字問得有趣。是幾時接了?是幾時接了孟光接了梁鴻案?妳說說我聽聽。」

黛玉禁不住也笑起來,道:「這原問得好。她也問得好,你也問得好。」寶玉道:「先時妳只疑我,如今妳也沒的說了。」黛玉笑道:「誰知她竟真是個好人,我素日反誤會了她。」便把說錯了酒令,寶釵怎樣說她,連送燕窩病中所談之事,細細地告訴寶玉。寶玉笑道:「我說呢,正納悶『是幾時孟光接了梁鴻案』,原來是從『小孩兒家口沒遮攔』上就接了案了。」

第二天,寶玉一早就去了賈母處,又連連催飯。賈母便說:「我知道你們今兒又有事情,連飯也不顧吃了。」便叫:「留著鹿肉給他們晚上吃。」史湘雲一聽,便悄悄和寶玉道:「有新鮮鹿肉,不如咱們要一塊,命人拿了園子裡去,又玩又吃。」寶玉喜得連連說是。

紅樓夢 上

一時大家齊往蘆雪亭。來遠遠地，只見攏翠庵中數十株紅梅映著皚皚白雪，開得好不精神。眾人正商議作詩，忽不見了湘雲、寶玉二人，黛玉道：「他兩個再到不了一處，若到一處，生出多少故事來，定是算計那塊鹿肉去了。」正說著，只見李嬸也走來看熱鬧，問李紈道：「怎麼戴玉的哥兒和那一個掛金麒麟的姐兒，那樣乾淨清秀，又不少吃的，在那裡商議著要吃生肉呢。」眾人都笑道：「了不得，快拿了他兩個來。」黛玉笑道：「這可是雲丫頭鬧的，我的卦再不錯。」

李紈等忙出來找著他兩個說道：「你們兩個要吃生鹿肉，我送你們到老太太那裡吃去。」寶玉笑道：「沒有的事，我們燒著吃呢。」李紈道：「這還罷了。」

恰好鳳姐打發了平兒來說，有事要晚來一會兒。湘雲一見，便拉住了她。平兒褪去手上的鐲子，三個圍著火爐兒。探春在屋裡聞到香氣，也找了來。李紈說：「客已齊了，你們還吃不夠？」湘雲一面吃，一面說道：「我吃這個方愛吃酒，吃了酒才有詩。若不是這鹿肉，今兒斷不能作詩。」因見寶琴站在那裡笑，便笑道：「傻子，過來嚐嚐。」寶琴笑說：「怪髒的。」寶釵道：「妳嚐嚐去，好吃的。妳林姐姐弱，吃了不消化，不然她也愛吃。」寶琴聽了，便過去吃了一塊，果然好吃，便也吃起來。一時見鳳姐也披了斗篷走來，笑道：「吃這樣好東西，也不告訴我！」黛玉笑道：「哪裡找這一群花子去！罷了，罷了，今日蘆雪亭

287

遭劫，生生被雲丫頭作踐了。我為蘆雪亭一大哭！」湘雲冷笑道：「妳知道什麼！『是真名士自風流』，你們都是假清高，最可厭的。我們這會兒腥的膻的大吃大嚼，回來卻是錦心繡口。」寶釵笑道：「妳回來若作得不好了，把那肉掏出來。」

吃罷正要進屋，平兒戴鐲子時卻發現少了一個，左右前後亂找一番。鳳姐笑道：「我知道這鐲子的去向。你們只管作詩去，不出三日包管就有了。」

說著，一齊來至屋內，只見杯盤果菜俱已擺齊，牆上已貼出詩題、韻腳、格式，卻是即景聯句，寶釵道：「誰先誰後，到底也分個次序出來。」眾人道是。李紈道：「我不大會作詩，只起三句吧。」鳳姐想了半日，笑道：「你們別笑話我。我只有一句粗話，下剩的我就不知道了。」眾人笑道：「更妙了！」鳳姐說道：「既是這樣說，我也說一句在上頭。」眾人道：「這句雖粗，卻正是會作詩的起法。不但好，而且留了多少寫不盡的地步與後人。就是這句為首，稻香老農快寫上續下去。」

鳳姐和李嬸、平兒又吃了兩杯酒，自去了。李紈提筆寫了，自己聯道：

開門雪尚飄。入泥憐潔白，

香菱、探春、李綺、李紋、岫煙、湘雲、寶琴、黛玉、寶玉、寶釵各接了聯下來……李紈笑道：「我替你們看熱酒去吧。」寶釵命寶琴續聯，卻見湘雲站起來便搶了聯去，寶琴也

站起來接了上來，湘雲哪裡肯讓人，一時揚眉挺身聯道：

龍門陣雲銷。野岸回孤棹，

寶琴也站了起來：

吟鞭指灞橋。伏象千峰凸，

湘雲又忙道：

盤蛇一徑遙。坳垤審夷險，

寶釵聯道：

柯枝怕動搖。皚皚輕趁步，

黛玉接道：

翦翦舞隨腰。斜風仍故故，

一邊又推寶玉。寶玉正看寶釵、寶琴、黛玉三人共戰湘雲，十分有趣，哪裡還顧得聯詩，今見黛玉推他，方聯道：

清夢轉聊聊。

湘雲不容他道出，便搶了去：

花緣經冷結，

探春也忙接上：

色豈畏霜凋。深院驚寒雀，

湘雲正渴了，忙忙地吃茶，已被岫煙聯了去……

空山泣老鴞。階墀隨上下，

湘雲忙丟了茶杯聯道：

池水任浮漂。

寶琴也忙笑道：

天機斷縞帶，

湘雲又忙道：

海市失鮫鮹。

黛玉也不容她出，便道：

寂寞對臺榭，

湘雲忙又聯道：

清貧懷簞瓢。

寶琴又是笑，又是搶道：

烹茶冰漸沸，

湘雲見此，自為得趣，又是笑，又忙聯道：

煮酒葉難燒。

黛玉忙笑道：

沁梅香可嚼，

寶釵笑稱好，也聯道：

淋竹醉堪調。

湘雲笑得彎了腰，忙唸了一句，眾人問「到底說的是什麼？」湘雲喊道：

石樓閒睡鶴，

黛玉笑得握著胸口，高聲嚷道：

錦罽❶暖親貓。

寶琴也忙道：

月窟翻銀浪，

湘雲忙聯道：

霞城隱赤標。

黛玉忙道：

無風仍脈脈，

寶琴又忙聯道：

不雨亦瀟瀟。

湘雲伏著已笑軟了。眾人看她三人對搶，只是笑。黛玉還推她往下聯，又道：「妳也有才窮力盡之時。我聽聽還有什麼舌根嚼了！」湘雲只伏在寶釵懷裡，笑個不停。寶釵推她起來道：「妳有本事，把『二蕭』的韻全用完了，我才服妳。」湘雲起身笑道：「我也不是作詩，竟是搶命呢。」探春早已料定沒有自己聯的了，已寫出來，又收了一句。

大家一看，獨湘雲的多，都笑道：「這都是那塊鹿肉的功勞。」李紈笑道：「只是寶玉又落了第了。」寶玉笑道：「我原不會聯句，只好擔待我吧。」李紈笑道：「也沒有社社待你的，今日是必罰了的。我剛才看見櫳翠庵的紅梅有趣，可厭妙玉為人，我不理她。如今罰你去取一枝來。」

眾人道「這罰得又雅又有趣」，寶玉又樂為，答應著就要走。湘雲、黛玉一齊說道：「外頭冷得很，你且吃杯熱酒再去。」湘雲早執起壺來，黛玉滿斟了一杯。湘雲笑道：「你吃了我們的酒，你要取不來，加倍罰你。」李紈命人好好跟著，黛玉忙攔說：「不必，有了人反不得了。」寶玉自去了，眾人又說笑了一回。

李紈笑道：「回來該詠紅梅了。」湘雲道：「我先作一首。」寶釵忙道：「妳都搶了去，別人都閒著，也沒趣。回來還罰寶玉，他說不會聯句，如今就叫他作去。」湘雲忙道：「我已有了個好題目了──」話未說完，便見寶玉笑欣欣地捧了一枝紅梅進來笑道：「你們

如今賞吧，也不知費了我多少精神呢。」

探春早又遞過一盅暖酒來，湘雲笑道：「喝了我們的酒，趕緊作詩過來，就叫『訪妙玉乞紅梅』，豈不有趣？」寶玉道：「姐姐妹妹們，讓我自己用韻吧，別限韻了。」眾人道：「隨你作去吧。」一邊大家看梅花。唯湘雲拿了一支銅火箸擊著手爐，笑道：「我擊鼓了，若鼓絕不成，又要罰的。」寶玉笑道：「我已有了。」黛玉提起筆來，說：「你唸，我寫。」湘雲便擊了一下道：「一鼓絕。」寶玉笑道：「有了。」黛玉搖頭笑道：「起得平平。」湘雲又道：「快著。」寶玉道：「尋春問臘到蓬萊。」黛玉、湘雲點頭笑道：「有些意思了。」寶玉又道：「不求大士瓶中露，為乞嫦娥檻外梅。」黛玉又搖頭笑道：「小巧而已。」湘雲忙催二鼓。寶玉趕緊笑道：「酒未開樽句未裁。」黛玉、湘雲點頭笑道：「入世冷挑紅雪去，離塵香割紫雲來。」

槎枒誰惜詩肩瘦，衣上猶沾佛院苔。」

大家才要評論時，幾個丫鬟跑進來道：「老太太來了。」大家笑道：「怎麼這等高興！」忙迎了出來。賈母進屋一看，先笑道：「好俊梅花！」又說：「你們只管玩笑吃喝。我因為天短了，不敢睡中覺，也來湊個趣兒。」因聽說作詩，賈母道：「有作詩的，不如作些燈謎，大家正月裡好玩。」眾人答應了。忽見鳳姐也笑嘻嘻地來了，說道：「老祖宗今兒也不告訴人，私自就來了，要我好找。」賈母便道：「我怕你們冷著了，所以不許人告訴你們去。妳真是個鬼靈精兒，到底找了我來。孝敬也不在這上頭。」鳳姐笑道：「我哪裡是孝

敬的心找了來？我因為到了老祖宗那裡，鴉雀無聲的，問小丫頭們，又不肯說，叫我找到園裡來。我正疑惑，忽然來了兩三個姑子，我心裡才明白了。我想姑子或是來要年例香例銀子，老祖宗一定是躲債來了，我連忙給了她們去了。如今來回老祖宗，債主已去，不用躲著了。已預備下稀嫩的野雞，請用晚飯去，再遲一回就老了。」她一邊說，眾人一邊笑。鳳姐也不等賈母說話，便命人抬過轎子來。

一行人說笑著出了夾道東門，一看四面粉妝銀砌，忽見寶琴披著鳧靨裘遙遙站在山坡上，身後一個丫鬟抱著一瓶紅梅。賈母喜得忙笑道：「你們瞧，這山坡上配上她這個人品，又是這件衣裳，後頭又是這梅花，像個什麼？」眾人都笑道：「倒像老太太屋裡掛的仇十洲的《雙豔圖》。」賈母搖頭笑道：「那畫裡哪有這件衣裳？人也不能這樣好！」卻見寶琴背後轉出一個披大紅猩猩氈的人。賈母道：「那又是哪個女孩子？」眾人笑道：「那是寶玉。」說話之間，來到跟前，寶玉笑道：「我剛才又到了櫳翠庵。妙玉每人送了一枝梅花，我已經打發人送去了。」

晚間，便有薛姨媽過來請賈母次日去賞雪。賈母因說起寶琴雪下折梅比畫上還好看，便細問她的年庚八字和家內景況。薛姨媽猜測著，大約要與寶玉求配，便半吐半露地告訴道：「可惜這孩子沒福，前年她父親就沒了。她從小見的世面倒多，跟她父母山山水水地都走遍了，那年在這裡，把她許給了梅翰林的兒子，偏偏第二年她父親就辭世了。」鳳姐不等說

完，便唉聲跺腳道：「偏不巧，我正要做個媒呢。」賈母笑道：「妳要給誰說媒！」鳳姐道：「老祖宗別管，我心裡看準了他們是一對。如今已許了人，不如不說了吧。」賈母知道鳳姐的意思，一笑也就罷了。

❶ 罽：毛織地毯一類的物品。

第三十回　俏平兒情掩蝦鬚鐲　勇晴雯病補雀金裘

　　襲人因母親病重，回了王夫人，回家看視。鳳姐便吩咐周瑞家的：「再將跟著出門的媳婦傳一個，妳兩個人，再帶兩個小丫頭，跟了襲人去。外頭派四個有年紀跟車的。要一輛大車，妳們帶著坐；要一輛小車，給丫頭們坐。叫她穿幾件顏色好的衣裳，大大的包一包衣裳拿著，包袱也要好好的，手爐也要拿好的，臨走時，叫她先來我看看。」

　　半日，襲人穿戴好來了，過來見鳳姐。鳳姐又細細看了一遍，把自己的一件大毛皮衣讓她換上，命平兒取出一件半舊大紅猩猩氈讓她包在包袱裡，又吩咐道：「妳媽若不中用了，就住下，我再打發人給妳送鋪蓋去。可別使人家的鋪蓋和梳頭的東西。」又對周瑞家的說：「妳們自然也知道這裡的規矩，不用我吩咐了。」襲人等答應著去了。

　　到晚間，晴雯正坐著取暖，麝月笑道：「剛才二奶奶帶信說，襲人母親剛去世了，不能回來。妳今兒別裝小姐了，我勸妳也動一動。」晴雯道：「等妳們都去盡了，我再動不遲。有妳們一日，我且受用一日。」麝月道：「好姐姐，我鋪床，妳把那穿衣鏡的套子放下來，晴雯唉了一聲，笑道：「人家才坐暖和了，你就來鬧。」寶玉便自己起身放下鏡套，笑道：「妳們暖和吧，我都完了。」

　　「妳們自然也知道這裡的規矩，不用我吩咐了。」晴雯道：「等妳們都去盡了，我再動不遲。妳比我高些。」

三更後，寶玉睡夢之中，叫了兩聲襲人。晴雯醒來，笑喚麝月道：「連我都醒了，守在旁邊的還不知道，真是挺死屍呢。」麝月翻身打個哈欠笑道：「他叫襲人，與我什麼相干！」便問做什麼，寶玉要吃茶，麝月忙起來，單穿紅綢小棉襖兒。寶玉道：「披上我的襖兒再去，小心冷著。」麝月回手便把寶玉披著起夜的一件暖襖披上，向暖壺中倒了半碗茶，遞給寶玉吃了。晴雯笑道：「好妹妹，也賞我一口兒。」麝月笑道：「更加上臉兒了！」晴雯道：「好妹妹，明兒晚上妳別動，我服侍妳一夜，如何？」麝月只得倒了半碗茶給她，笑道：「你們兩個別睡，說著話兒，我出去走走回來。」晴雯笑道：「外頭有個鬼等著妳呢。」寶玉道：「外頭自然有月亮的，我們說話，妳只管去。」一面說，一面便咳了兩聲。

晴雯等她出去，只穿著小襖，便躡手躡腳地下了熏籠出來。寶玉笑勸道：「看凍著，不是玩的。」晴雯只擺手，隨後出了房門。只見月光如水，忽然一陣微風，只覺侵肌透骨，不禁毛骨森然。心下自思道：「難怪人說熱身子不可被風吹，這一冷果然厲害。」一面正要嚇唬麝月，只聽寶玉高聲在內道：「晴雯出去了！」晴雯忙回身進來，笑道：「哪裡就嚇死了她？偏你慣會蠍蠍螫螫的！」寶玉笑道：「倒不為嚇唬她，頭一則妳凍著也不好；二則她不防，不免一喊，若嚇醒了別人，不說咱們是玩，倒反說襲人才去了一夜，妳們就見神見鬼的。妳來把我的這邊被子掀一掀。」晴雯便上來掀了掀，伸手進去渥一渥時，寶玉笑道：「好冷手！我說看凍著。」一面又見晴雯兩腮如胭脂一般，便道：「快進被來渥渥吧。」

一語未了，只聽咯噔地一聲門響，麝月慌慌張張地笑了進來，說道：「嚇了我好一跳。黑影子裡，山子石後頭，只見一個人蹲著，我才要叫喊，原來是那個大錦雞，見了人一飛，飛到亮處來，我才看真了。若冒冒失失一嚷，倒鬧起人來。」一面說，一面洗手，又笑道：「晴雯出去我怎麼不見？一定是要嚇我去了。」寶玉笑道：「這不是她，我若不叫得快，可不嚇一跳。」晴雯笑道：「也不用我嚇去，這小蹄子已經自怪自驚的了。」寶玉笑道：「可不就這麼去了。」麝月道：「妳就這麼『跑解馬』似的打扮的出去了不成？」寶玉笑道：「可不就這麼去了。」

晴雯不覺打了兩個噴嚏，寶玉歎道：「如何？到底傷了風了。」麝月笑道：「她這會兒還要捉弄人。明兒病了，叫她自作自受。」晴雯咳嗽了兩聲：「哪裡就這樣嬌嫩起來。」

誰想第二天晴雯果然只覺鼻塞頭重起來，懶得動彈。寶玉忙叫請醫開了藥，寶玉看了方子道：「該死，該死，他拿著女孩兒們也像我們一樣的治，如何使得！妳們就如秋天芸兒送來的那才開的白海棠，連我禁不起的藥，妳們如何禁得起？誰請了來的？快打發他去吧！再請一個熟的來。」老婆子道：「如今再叫小廝去請王太醫去倒容易，只是這大夫又不是告訴總管房請來的，這轎馬錢是要給他的。」寶玉道：「給他多少？」婆子道：「少了不好看，也得一兩銀子，才是我們這門戶的禮。」麝月道：「花大奶奶還不知擱在哪裡呢！」寶玉道：「我常見她在螺鈿小櫃子裡取錢，我和妳找去。」說著，二人來

至寶玉堆東西的房子，開了螺鈿櫃子，見下一格卻是幾串錢。於是開了抽屜，才看見一個小簸籮內放著幾塊銀子，麝月便拿了一塊銀子，提起戥子①來問寶玉：「哪是一兩的星兒？」寶玉笑道：「妳問我？有趣，妳倒成了才來的了。」麝月也笑了，又要去問人。寶玉道：「揀那大的給他一塊就是了。「這一塊只怕是一兩了，寧可多些好，別少了，叫那窮小子笑話，不說咱們不識戥子，倒說咱們有心小氣似的。」那婆子站在外頭臺階上，笑道：「那是五兩的錠子夾了半邊，這一塊至少還有二兩呢！姑娘收了這塊，再揀一塊小些的吧。」麝月早掩了櫃子出來，笑道：「誰又找去！多了些妳拿了去吧。」寶玉道：「妳只快叫茗煙再請王大夫去就是了。」婆子接了銀子，自去料理。

一時，王太醫來開了方，老婆子取了藥來。寶玉便命煎上。晴雯說道：「正經給他們茶房裡煎去，弄得這屋裡藥氣，如何使得。」寶玉道：「藥氣比一切的花香、果子香都雅，最妙的一件東西。這屋裡我正想各色都齊了，就只少藥香，如今恰好全了。」一面早命人煨上。一一妥當，方過前邊來賈母王夫人處問安吃飯。

寶玉在賈母處坐了會兒便回來了，見晴雯一人臥於床上，臉面燒得飛紅，又摸了一摸，只覺燙手。便說道：「別人去了也罷，麝月、秋紋也這麼無情，各自去了？」晴雯道：「秋紋是我攛了她去吃飯的，麝月是方才平兒來找她出去了。兩人鬼鬼祟祟地不知說什麼，必

是說我病了不出去。」寶玉道：「平兒不是那樣的人，況且她並不知妳病特來瞧妳。想是一定找麝月來說話的。」晴雯道：「這話也是，只是疑惑她為什麼忽然間瞞起我來。」寶玉笑道：「讓我到那窗根下聽聽說些什麼，來告訴妳。」

聽平兒正說道：「妳們這裡的宋嬤嬤去了，拿著這只鐲子，說是小丫頭子墜兒偷起來。還不時有人提起，這會兒又跑出一個偷金子的來了，而且更偷到街坊家去了，偏是他的人打嘴。所以我忙叮嚀宋媽，千萬別告訴寶玉，只當沒有這事。第二件，老太太、太太聽了也生氣。三則襲人和妳們也不好看。所以我回二奶奶，只說丟在草根底下，雪深沒看見，今兒雪化了，還在那兒。二奶奶也就信了。妳們以後防著她些，別叫她到別處去。等襲人回來，商議變個法子打發出去就完了。」又道：「晴雯那蹄子是塊爆炭，要告訴她，一時氣了，或打或罵，依舊嚷出來不好，所以單告訴妳留心就是了。」

寶玉回至房中，一一告訴了。又說：「她說妳是個要強的，如今病著，聽了這話更加要添病，等好了再告訴妳。」晴雯果然氣得蛾眉倒蹙，鳳眼圓睜，馬上就要叫墜兒。寶玉忙勸道：「妳這一喊出來，豈不辜負了平兒待妳我之心了。」晴雯道：「雖如此說，只是這口氣如何忍得！」寶玉道：「這有什麼氣的？妳只養病就是了。」

第二天，晴雯吃了藥仍不見好，急得亂罵大夫，又罵小丫頭們躲懶去了，一會兒，卻見墜兒蹭了進來。晴雯道：「妳瞧瞧這小蹄子，不問她還不來呢。妳往前來，我是老虎吃了妳？」墜兒只得往前湊，晴雯冷不防欠身一把將她的手抓住，向枕邊取了一根細長的簪子，向她手上亂戳：「要這爪子做什麼？拈不得針，拿不動線，只會偷嘴吃。眼皮子又淺，爪子又輕，打嘴現世的，不如戳爛了！」墜兒痛得亂哭亂喊。麝月忙拉開墜兒，按晴雯睡下：「才出了汗，何苦呢，等妳好了，要打多少打不得的？這會兒鬧什麼？」晴雯只管命人喚宋嬤嬤過來馬上打發墜兒出去。

墜兒母親只得進來打點了她的東西，又來見晴雯等，說道：「姑娘們怎麼了，妳侄女兒不好，你們教導她，怎麼攆出去？」晴雯道：「妳這話只等寶玉來問他，與我們無干。」那媳婦冷笑道：「我有膽子問他去！他哪一件事不是聽姑娘們的？他縱依了，姑娘們不依，也未必中用。比如方才說話，雖是背地裡，姑娘就直叫他的名字，在姑娘們就使得，在我們就成野人了。」晴雯一發急紅了臉，說道：「我叫了他的名字了，妳在老太太跟前告我去，說我撒野，也撞出我去。」麝月忙道：「嫂子，妳只管帶了人出去，有話再說。這個地方豈有妳叫喊講禮的？妳見誰和我們講過禮？別說嫂子妳，就是賴奶奶林大娘，也得擔待我們三分。便是叫名字，從小兒直到如今，都是老太太吩咐過的，你們也知道的，恐怕難養活，巴巴地寫了他的小名兒，各處貼著叫萬人叫去，何況我們！連昨兒林大

娘叫了一聲『爺』，老太太還說呢。再則，我們這些人常回老太太、太太的話去，可不叫著名字回話，難道也稱『爺』？哪一日不是寶玉兩個字唸二百遍，偏嫂子又來挑剔！過一日嫂子閒了，在老太太、太太跟前，聽聽我們當著面兒叫他就知道了。嫂子原也不得在老太太、太太跟前當些體統差事，成年只在三門外頭混，怪不得不知道我們裡頭的規矩。這裡不是嫂子久站的，再一會兒，不用我們說話，就有人來問妳了。有什麼話，且帶了她去，這裡不是嫂子久站的，再一會兒，不用我們說話，就有人來問妳了。有什麼話，且帶了她去，我也跑來，我們認人問姓，還認不清大娘，叫她來找二爺說話。家裡上千的人，妳也跑來，我也跑來，我們認人問姓，還認不清呢！」說著，便叫小丫頭子：「拿了擦地的布來擦地！」

那媳婦聽了，無言可對，也不敢久站，賭氣帶了墜兒就走。宋嬤嬤忙道：「難怪妳這嫂子不知規矩，妳女兒在這屋裡一場，臨去時，也給姑娘們磕個頭。沒有別的謝禮——便有謝禮，她們也不稀罕——不過磕個頭，盡個心罷了。怎麼說走就走？」墜兒只得過去磕了兩個頭，又找秋紋等，她們也不睬她。

晴雯閃了風，著了氣，反覺更不好了。翻騰至掌燈，剛安靜了些，只見寶玉回來，進門就唉聲跺腳，道：「今兒老太太喜喜歡歡地給了這個褂子，誰知不防後襟子燒了一塊，幸而天晚了，老太太、太太都沒看見。」一面說，一面脫下來。麝月瞧時，果見有指頂大的燒眼，說：「這必定是手爐裡的火迸上了。這不值什麼，趕著叫人悄悄地拿出去，叫個能幹織補匠人織上就是了。」婆子去了半日，仍舊拿回來，說：「不但能幹織補匠人，就連裁縫繡匠並做女工的問

了，都不認得這是什麼，都不敢攬。」麝月道：「這怎麼樣呢！明兒不穿也罷了。」寶玉道：「明兒是正日子，還叫穿這個去呢。偏頭一日燒了，豈不掃興！」晴雯聽了半日，忍不住翻身說道：「拿來我瞧瞧吧。沒個福氣穿就罷了，這會兒又著急。」寶玉笑道：「這話倒說的是。」晴雯看了道：「這是孔雀金線織的，如今咱們也拿孔雀金線界密了，只怕還可混得過去。」麝月笑道：「孔雀線現成的，但這裡除了妳，還有誰會界線？」晴雯道：「說不得，我掙命罷了。」寶玉忙道：「這如何使得！才好了些，如何做得活！」晴雯道：「不用你蠍蠍螫螫的，我自知道。」一面坐起來，挽了一挽頭髮，披了衣裳，只覺滿眼金星亂迸，實在是撐不住。若不做，又怕寶玉著急，少不得狠命咬牙挨著。便命麝月只幫著拈線。晴雯先拿了一根比一比，笑道：「這雖不很像，若補上，也不很明顯。」寶玉道：「這就很好，哪裡又找俄羅斯國的裁縫去。」晴雯先將裡子拆開，用茶杯口大的一個竹弓釘牢在背面，再將破口四邊用金刀刮得散鬆鬆的，然後用針紉了兩條，分出經緯，依本衣的紋路來織補。補兩針，又看看，織補兩針，又端詳詳。無奈頭暈眼黑，氣喘神虛，補不上三五針，伏在枕上歇一回。寶玉時而在旁，一時又問：「吃些滾水不吃？」一時又命「歇一歇」，一時又拿一件灰鼠斗篷替她披在背上，一時又命拿個靠枕給她靠著。急得晴雯央央道：「小祖宗！你只管嚷咳著熬夜，明兒把眼睛摳摟❷了，怎麼處！還不快睡去。」寶玉見她著急，只得胡亂睡下，仍睡不著。一時只聽自鳴鐘已敲了四下，才剛剛補完，又用小牙刷慢慢地剔出絨毛來。麝月道：「這就很好，若不留心，再看不出的。」寶玉忙要了瞧瞧，說道：「真真一樣了。」晴雯已咳了幾陣，說了一聲……

「補雖補了，到底不像，我也再不能了！」嗳喲了一聲，便身不由主倒下了。

寶玉忙命小丫頭子來替她捶著。不一會兒，天已大亮，且不出門，只叫快傳大夫開了藥。一面命人煎去，一面歎說：「這怎麼處！若有個好歹，都是我的罪孽。」晴雯睡在枕上道：「好太爺！你幹你的去吧，哪裡就得癆病了。」晴雯加意養了幾日，便漸漸地好了，寶玉這才放心。